W0185948

SV

Band 1436 der Bibliothek Suhrkamp

Nâzım Hikmet
Die Romantiker

Roman

Aus dem Türkischen von

Hanne Egghardt

Mit einem Nachwort von

Peter Bichsel

Suhrkamp Verlag

Titel der 1963 erschienenen Originalausgabe: *Yaşamak güzel şey be kardeşim*
Die deutsche Übersetzung erschien zuerst 1984 im Buntbuch Verlag Hamburg,
1988 im Luchterhand Literaturverlag Darmstadt (mit Peter Bichsels Nachwort)

© der deutschen Ausgabe Suhrkamp Verlag Frankfurt am Main 2008
Alle Rechte vorbehalten, insbesondere das
des öffentlichen Vortrags sowie der Übertragung
durch Rundfunk und Fernsehen, auch einzelner Teile.
Kein Teil des Werkes darf in irgendeiner Form
(durch Fotografie, Mikrofilm oder andere Verfahren)
ohne schriftliche Genehmigung des Verlages reproduziert
oder unter Verwendung elektronischer Systeme
verarbeitet, vervielfältigt oder verbreitet werden.
Satz: Hümmer GmbH, Waldbüttelbrunn
Druck: Druckhaus Nomos, Sinzheim
Printed in Germany
Erste Auflage 2008
ISBN 978-3-518-22436-6

1 2 3 4 – 13 12 11 10 09 08

Die Romantiker

Der Anfang

Das Dienstmädchen ging voraus, Ahmet folgte ihr in einen breiten, ausladenden Hof, dessen Steinboden eine angenehme Kühle ausstrahlte.
Warum das Mädchen wohl auf Zehenspitzen geht, ob jemand im Haus krank ist? Verdammt, jetzt schleiche ich auch schon aus lauter Angst, jemanden aufzuwecken! Warum muß ich auch sofort nachmachen, was ich sehe? Verdammt noch mal!
Aus Trotz begann Ahmet auf dem steinbedeckten Boden so fest aufzutreten, daß die Metallplättchen seiner Absätze laut klirrten. Einfach aus Trotz!
Sie betraten einen weitläufigen Raum. Hier war es noch dunkler als im Hof.
»Sie möchten sich ein wenig gedulden, läßt der Herr sagen. Man ist gerade bei Tisch.«
Ahmet setzte sich in einen der Sessel, die mit Schonbezügen aus Leinen bedeckt waren. Was unter dem Leinen war, weiß ich nicht. Vergoldete Holzschnitzerei vielleicht, oder roter Samt, wie in dem Sommerhaus meines Großvaters in Üsküdar.
In die Wand war eine Milchglasscheibe eingelassen, dahinter lag das Speisezimmer. Mein Magen knurrte, ich hatte Hunger. Nicht der Duft der Speisen, sondern das Klirren der Bestecke steigerte Ahmets Hunger nur noch mehr. Ihm gegenüber stand eine Anrichte mit eins, zwei, drei, vier, fünf ... fünf Schubladen. Ich schaute in den Spiegel und riß die Augen auf. Dann kniff ich sie wieder zusammen. Ich rieb mir die Nase und zog an meinem Bärtchen, für das die Bezeichnung Schnurrbart reinste Prahlerei war. Ich zog ganz schön lang daran herum, verdammt noch mal.

»Wie schön, daß Sie gekommen sind, Ahmet, mein Sohn!«
»Ich freue mich auch, Sie zu sehen, Onkel.«
Şükrü Bey war sehr groß, hager und hatte graues Haar. Es war vor ungefähr zwei Jahren, im Jahre 1923 in Moskau, daß Ahmet seinen Onkel das letzte Mal gesehen hatte. Şükrü Bey war damals wegen eines Teppichgeschäftes nach Moskau gekommen. Als er aus irgendeinem Grund verhaftet wurde, gab er an, ein naher Verwandter von Ahmet zu sein, der dort an der Universität studierte.
Eines Abends, so gegen sieben, rief mich die Geheimpolizei an. »Ja, das ist ein naher Verwandter von mir«, habe ich gesagt. »Ja, der Ittihat-Partei hat er früher angehört. Agent ist er keiner. Nein, das nehme ich nicht an. Dafür kann ich sogar bürgen.« Eine Stunde später brachten sie Şükrü Bey in Ahmets Zimmer. Ich habe ihm ein erstklassiges Essen vorbereitet. Von Kaviar bis Wodka. Und alles auf Pump. Şükrü Bey aß und trank und sagte dann: »Ahmet, mein Sohn, das vergesse ich dir nicht, solange ich lebe!«
»Wie geht es dir, Ahmet?«
»Danke, Tante, es geht mir gut.«
Tante Cemile ist immer noch hübsch. Wäre der Teufel eine Frau und noch dazu eine hübsche, dann würde er genauso aussehen wie sie.
In Tante Cemile bin ich von frühester Kindheit an verliebt. Sie erzählt immer noch davon, wie sie mich als dreijähriges Kind im Dampfbad des Sommerhauses meines Großvaters in Üsküdar zwischen den Beinen gehalten und abgeschrubbt hat. Und ich werde immer noch rot im Gesicht.
Şükrü Bey hustete.
»Nehmen Sie mir die Frage nicht übel, Ahmet, aber was ist der Grund Ihrer Reise nach Izmir?«
»Ich habe gehofft, Arbeit zu finden, Onkel. Irgend etwas,

das ich machen kann. In Istanbul habe ich jetzt keine Chance mehr, etwas zu finden.«

Şükrü Bey hustete.
Ich wußte schon, was jetzt kommen würde.
»Nun, Ahmet, mein Sohn, ich habe nicht vergessen, was Sie für mich getan haben ...«
Und dann tat er etwas für mich völlig Unerwartetes. Er ging zum Fenster und gab mir ein Zeichen, ihm zu folgen. Dann schob er den Vorhang etwas zur Seite. Zwischen den sonnenbeschienenen Zweigen eines Magnolienbaumes hindurch konnte man auf die hinter der Gartenmauer liegende Straße sehen.

»Schau dir den Kerl an, der da an der Ecke hockt. Den Bettler. Der Bursche ist ein Spitzel. Ich werde beobachtet. Sie lassen deinen Onkel nicht in Ruhe, Ahmet. Er hat sich längst aus der Politik zurückgezogen, aber sie sind immer noch hinter ihm her. Geh nach Istanbul zurück, Ahmet, mein Sohn. Laß Gras über alles wachsen, ich schicke dir Nachricht. Wenn du Fahrgeld brauchst, gebe ich es dir ... Das schulde ich dir noch für Moskau.«
»Geld habe ich.«
»Haben sie eure Zeitungen verboten?«
»Ja.«
»Haben sie auch schon damit begonnen, Leute von euch zu verhaften?«
»Nein.«
»Aber eure Fotos liegen aus. Hier, bei der Polizei.«
»Das glaube ich nicht.«
»Aber ganz bestimmt. Wenn bekannt wird, daß Sie zu mir gekommen sind, sind wir beide dran. Sie werden die Leute

von euch verhaften. Und mich werden sie auch vor Gericht stellen. Ganz bestimmt.«

Als Ahmet vor das Haus trat, blendete ihn das grelle Licht. Um nicht an dem Bettler an der Ecke vorbeigehen zu müssen, bog er nach links ab. Ob der Kerl tatsächlich ein Spitzel war? Oder hatte das Şükrü Bey nur erfunden, um mich zu täuschen? Er ging die Straße hinunter. In der glühenden Mittagshitze war hier, in diesem vornehmen Viertel, keine Menschenseele zu sehen. Die Fensterläden der Häuser, vor denen meistens Magnolienbäume standen, waren geschlossen. Weit unterhalb der Straße breitete sich die Bucht von Izmir aus. Breit, regungslos, wie in sich abgeschlossen. Wie kommt man in diese Bucht? Wo öffnet sie sich ins weite Meer? In diesen Gewässern hatte 1919 die griechische Flotte geankert. Von dieser Küste aus hatte das griechische Heer auf britischen Befehl hin anatolischen Boden betreten. Die Soldaten kamen zu der Zeit, als die Bauern die Gerste abgeerntet hatten und sie gerade dabei waren, sich an die Weizenernte zu machen. Dann, im Jahr 1922, genau zur selben Zeit, fuhren sie wieder aufs offene Meer hinaus. Diesmal aber ließen sie eine brennende Stadt hinter sich zurück. Man konnte mitten in der Stadt noch die Stellen sehen, wo der Brand getobt hatte: öde, leere Lücken zwischen den Häuserreihen.

Ahmet sah plötzlich einen reitenden Türken vor sich, der sich durch die Flammen einen Weg nach Izmir bahnte. Warum gerade ein einzelner Reiter? Einer aus einem Dorf um Adana. Warum gerade aus einem Dorf um Adana? Er trug die Fahne in der einen und das blanke Schwert in der anderen Hand. Der erste Reiter aus Adana, der damals, 1922, nach Izmir gekommen war – wo war er jetzt, 1925? Was macht er? Auf dem Gut welches Herrn ist er Knecht? Untertan? Und die griechischen Kommunisten? Nicht die, die wegen Aufwiegelung des griechischen Heeres an die Wand gestellt wurden. Die liegen Seite an Seite mit den Unsrigen, mit den einfachen Soldaten, in anatolischem Boden. Aber die anderen, die ins Gefängnis geworfen wurden? Sind sie immer noch auf einer der griechischen Inseln hinter Gittern?

Ahmet ging die Straße weiter hinunter. Unten angelangt, betrat er ein Kaffeehaus hinter der Kaistraße. Er bestellte Käse, Simit, Tee und eine Wasserpfeife. Hatte ich den Freunden nicht gleich gesagt, daß mich Şükrü Bey abwimmeln würde? Aber nein, die anderen hatten darauf bestanden, daß ich zu ihm gehen sollte. Dein Onkel findet sicher Arbeit für dich ... Das hat er dann ja wohl auch. Man muß die legalen Möglichkeiten soweit wie möglich ausnützen ... und das haben wir gemacht. Wenn er nur der Polizei nichts von mir sagt, der Onkel Şükrü Bey. Er bestellte nochmals etwas Käse und Simit. Nicht einmal zum Essen haben sie mich eingeladen! Er bestellte bei dem Kellner, der die Wasserpfeife brachte, noch einen Tee. Er wird mich der Polizei melden. Vielleicht hat er sogar schon angerufen. Wenn sie tatsächlich die Ittihat-Anhänger in die Zange nehmen, steht Şükrü Bey bestimmt ganz oben auf der Liste.

Bisher hatte Ahmet nur zweimal in seinem Leben eine Wasserpfeife geraucht, und das war in Istanbul. Von der Wasserpfeife in Izmir wird aber erzählt, daß sie jeden umhaut, der sie nicht gewöhnt ist. Und das stimmt wohl auch, denn Ahmet wird es ganz schwindlig. Er schließt die Augen, und langsam weicht die Dunkelheit einem strohgelben Leuchten. – Hallo Anuschka –

Plötzlich spürte er einen brennenden Schmerz an seiner linken Seite, wie bei einem Messerstich. Er öffnet wieder die Augen. – Leb wohl Anuschka –
Ein Kerl betritt das Lokal, sieht sich um, als suchte er jemanden, und setzt sich dann an den Tisch links neben mir. Unter seinen riesigen, aufgequollenen, halb geschlossenen Augenlidern hervor beobachtet er mich. Er trinkt seinen Kaffee aus und geht. Um ein Haar hätte ich den Kellner gefragt, wer der Kerl am Nebentisch war.

Ahmet verließ das Cafe. Inzwischen war es Spätnachmittag geworden, aber die Steine flimmerten immer noch von der Mittagshitze. An einer der ausgebrannten Stellen stand Ahmet plötzlich dem Meer gegenüber. Ein nacktes Meer. Genauso nackt wie die Brandstelle. Auch ich bin jetzt splitternackt und fühle mich von allen Seiten beobachtet.

Er bog in die Seitenstraße ein und ging in eine Moschee. Es stank nach faulenden Strohmatten und Fett. Neben der Kanzel kniete ein blinder, junger Mann in zerfetzten Kleidern und betete Koranverse. Seine Füße waren sauber und schwielig.
Ahmet blieb stehen und lehnte seinen Kopf an die Wand.

Als Ahmet noch klein war, las ihm sein Großvater vor dem Einschlafen aus den Versen der Mesnevi vor, anstatt ihn mit Wiegenliedern in den Schlaf zu singen.
Kaum aus dem Internat entlassen – dort war Beten und Fasten Pflicht – hörte ich mit beidem augenblicklich auf. Und den Koran hatte ich nie richtig lesen gelernt. Die heiligen Schriften haben mich immer mehr verwirrt als erbaut. Aber ich war gläubig. Oder besser gesagt, ich dachte nicht daran,

daß Gott nicht existieren könnte. Dann, eines Tages, viel später, kam mir der Gedanke, daß die Gläubigen ihre guten Taten vollbrachten, um belohnt zu werden oder um in den Himmel zu kommen und unsterblich zu werden.
Ob Gott tatsächlich existierte, spielte eine untergeordnete Rolle. Und Sünden vermieden sie nur deshalb, um nicht in die Hölle zu kommen oder bestraft zu werden. Diese Unfreiheit und Selbstsüchtigkeit der Gläubigen erschütterte mich, als wäre ich selbst nie gläubig gewesen. Ahmet versuchte damals, und daran erinnerte er sich, als wäre es erst gestern gewesen, so zu leben, daß er frei von der Erwartung einer Belohnung, aber auch von der Furcht vor Strafe war. Ein weiterer Grund, daß ich mich Gott leicht entziehen konnte, war, daß ich die Hodschas in Anatolien kennenlernte. Diese Männer hatten weder mit meinem Derwisch-Großvater noch mit dem Religionslehrer im Internat, der ständig Krawatten und Kneifer trug, noch mit dem Imam unserer Moschee in Üsküdar, der von Geist und Witz nur so sprühte, auch nur die geringste Ähnlichkeit. Wie der Drache, der in vielen Märchen vorkommt, saßen sie am Brunnen und ließen niemanden Wasser holen. Neben ihnen flatterte das Banner des dunkelsten Terrors, das Banner des Ungebildetseins, des Aberglaubens, der Doppelzüngigkeit und Intoleranz.
Ahmet schlief ein, den Kopf an die Wand gelehnt. Er wachte auf und blickte auf die Uhr. In der Moschee war es ganz dunkel geworden. Drei Alte kamen herein. Mit ihren weißen Bärten und ihren geflickten Jacken glichen sie einander wie Drillinge. Der blinde Gläubige betete immer noch.
Ich bin so traurig. Verdammt noch mal.

»Höre im Lied, das die Flöte erzählt,
wie sie der Schmerz der Trennung quält.«

Ahmet ging hinaus und blieb in dem Lichtkegel der Laterne stehen, die an dem Tor zum Moscheehof hing. Auf der Schwelle saß jemand. Er sah so aus wie der Bettler, den ihm Şükrü Bey gezeigt hat. Oder auch nicht. Das heißt, ich bin also doch verfolgt worden. Er ging an dem Bettler vorbei. Das heißt, Şükrü Bey hat, kaum daß ich weg war ... Möglich aber auch, daß mich Şükrü Bey gar nicht angezeigt hat, sondern daß mir der Kerl von selbst gefolgt ist. Am Morgen hatte ihm Ismail genau erklärt, wo sie sich treffen würden, sobald es Abend war. Ahmet bildete sich ein, hinter ihm ginge jemand, aber sich jetzt umzudrehen wäre eine große Dummheit. Er ärgerte sich, weil sein Herz wie rasend schlug. Unvermittelt hielt er an der Ecke an. Er drehte sich um. Niemand da. Die Lichtfetzen, die aus den Fenstern der Häuser drangen, bestätigten, daß bestimmt niemand da war. Er bog nach links ab. Entweder ich habe den Kerl abgehängt, oder ich bilde mir das alles nur ein, verdammt noch mal.

Ismail saß auf der untersten Stufe, auf den Überresten einer Steintreppe und zog an seiner Zigarette, die er in der hohlen Hand verborgen hielt.
Sie machten sich gemeinsam auf den Weg. Der Mond ging auf. Die Straße schlängelte sich an den dunklen Holzhäusern mit ihren Erkern entlang. Alles ist lautlos – einsam.
Ich bin ein winziger Fisch.
Genau dieses Gefühl hatte ich auch damals, in jener Mondnacht, in der ich aus einem dunklen Zug stieg und durch die mir neue, unbekannte Stadt Charkov wanderte.
Sie gingen aus der Stadt hinaus. Das Rattern eines Motors erfüllte die lautlose Stille der Mondnacht. Ich wurde immer

nervöser. Wir gingen jetzt eine staubige Straße entlang. Weder ein Haus noch ein Baum waren zu sehen. Wir kamen an den Fuß eines kargen Hügels. Von hier war der Motorenlärm wesentlich deutlicher zu hören. Auf halber Höhe des Hügels lag eine einsame Steinhütte, die keine Fenster hatte.
»Woher kommt dieser Motorenlärm, Ismail?«
»Eine Stunde von hier entfernt pumpen sie Tag und Nacht Wasser herauf.«
Ismail öffnete das riesige Vorhängeschloß an der Holztüre der Steinhütte. Er zündete die Petroleumlampe an. Ahmet setzte sich auf eins der beiden Klappbetten.
»Es sieht ja so aus, als hättest du gewußt, daß ich komme.«
»Das eine Bett ist noch von Ziya.«
Die Hütte hatte nur einen einfachen Lehmboden. Ismail holte aus dem Fliegenkästchen Brot, Käse, Tomaten, Gurken, Salz und eine Flasche Wasser.
»Bist du sicher, daß uns niemand gefolgt ist, Ismail?«
»Die Kerle sind ja nicht aus Luft, mein Freund. Wir hätten sie bemerkt.«
Ahmet stand auf. Er biß ein Stück von der Gurke ab. Dann trat er mit dem Fuß gegen den Lehmboden.
»Hoffentlich stoßen wir nicht auf Felsen.«
»Wieso sollten da auch Felsen kommen? Spaten und Schaufel sind da. Holz und eine Säge bringe ich später mit.«
»Daß ich bei dir bin, weiß niemand, nicht wahr, Ismail?«
»Ich habe den Freunden nicht einmal gesagt, daß du angekommen bist.«
Er begann langsam sich auszuziehen.
»Deinen Koffer hole ich von der Aufbewahrung ab. Du solltest dich nicht zuviel in der Stadt zeigen.«
Er hatte jetzt nur noch seine Leinenunterhose und das Unterhemd mit den abgerissenen Knöpfen an. Man sah jetzt

sehr gut, wie groß, braun und jung seine Hände waren. Ahmet klopfte den Boden noch einmal mit den Füßen ab.
»Morgen messe ich hier alles genau ab und zeichne einen Plan.«
»Ich glaube, Höhe und Breite dürften nicht weniger als zweieinhalb Meter sein. Ach, und wenn du schon beim Zeichnen bist, dann kannst du ja gleich ein Porträt von mir machen.«
»Ist deine Fabrik weit von hier, Ismail?«
»Eine Stunde ungefähr. Ich stehe beim Morgengrauen auf.«
Er stellte seinen Wecker, dessen Klingelgehäuse größer war als der Wecker selbst. »Von Ziya.«
Er schob ihn unter das Kopfkissen. »Damit er dich nicht weckt.« Ahmet begann sich auszuziehen. Ismail zog sich die Decke bis ans Kinn hoch.
»Im Fliegenkästchen ist Tee, Zucker und so. Ahmet, der Gaskocher ist in der Ecke. Er ist noch von Ziya. Jetzt blas bitte die Lampe aus.«
»Soll ich die Tür zumachen?«
»Wenn du trotz des Mondlichts schlafen kannst, laß sie offen. Dann haben wir frische Luft. Ziya konnte so nie schlafen.«
Ahmet trug jetzt nur noch seine kurze Unterhose und ein dünnes Unterhemd.
Die harten Fasern der Decke kratzten Ismail am Kinn. Dreizehn Jahre später, im Jahr 1938, wird Ismail im Militärgefängnis von Ankara sechs Monate lang in Einzelhaft liegen. Die Isolierzelle ist ebenfalls aus Stein gemauert, das Fenster ist vergittert, es hat aber keine Scheiben. Im Winter wird es hereinschneien. Der Boden ist aus Zement. Und Ismail wird sich dort an diese Nacht erinnern. An diese Nacht, in der ihn die Fasern der Decke am Kinn kratzen und Ahmet vergeblich versucht, die Lampe auszublasen ...

»Dreh doch den Docht der Lampe herunter, Ahmet!« Ahmet blies die Lampe aus, ohne an dem Docht zu drehen. Das Mondlicht floß durch die offene Tür herein. Ismail begann ganz leise zu schnarchen. Und der Motor machte tak tak, tak tak. Ahmet drehte sich nach rechts, dann nach links. Er drückte seine Augen fest zu und öffnete sie dann wieder. Er setzte sich im Bett auf. Das Mondlicht schien ihm jetzt direkt ins Gesicht. Und der Motor machte tak tak, tak tak. In Üsküdar, in der Strandvilla, bin ich oft so im Bett gesessen und habe dem Stampfen der Schiffe zugehört. Der Schiffe auf ihrer Fahrt ohne Anfang und Ende ...

Ahmet stand auf und nahm aus seiner Hose, die er über den Hocker geworfen hatte, Zigaretten und Streichhölzer. Beinahe wäre dabei die Pistole aus der hinteren Tasche gefallen. Ich kann überhaupt nicht richtig schießen, aber warum trage ich sie dann immer noch mit mir herum, verdammt noch mal! Er setzte sich auf die Türschwelle und zündete sich eine Zigarette an. Unten lag die Straße im Motorengeräusch.

Ich hebe den Kopf und schaue in die blauen Augen des Mädchens, das wie ich Kartoffeln schält. Es ist gegen Mittag. Draußen schneit es in Moskau. In der Küche der Universität aber ist es warm. Warum nimmt das Mädchen, das mir gegenübersitzt, den Schal nicht ab, den sie um Kopf und Schultern gelegt hat? Links neben mir sitzt mein Professor für ökonomische Politik. Rechts von mir der Iraner Hüseyinzade, ein Student. Neben ihm SI-YA-U, ein Chinese, ebenfalls Student. Neben ihm die Frau des Rektors: ein Eierkuchen, der zu stark aufgequollen ist. Neben ihr sitzt jemand, den ich nicht kenne, seiner Nase nach dürfte es ein Russe sein. Neben ihm schließlich das Mädchen mit den blauen Augen. Neben ihr Petrosyan. Er trägt auf der Brust seines am Hals seitlich geknöpften Hemdes den Orden mit der roten Fahne. Petrosyan ist Sekretär der Parteizelle der Universität. Wir alle sitzen im Kreis auf Holzbänken um einen riesengroßen Kübel und haben Küchendienst. Wir nehmen aus den Säcken Kartoffeln, die so gottverdammt krumm und erdig sind, schälen sie und werfen sie dann in den Kübel. Zwischendurch tragen immer wieder je zwei Personen den Kübel weg und leeren ihn in eine große, mit Wasser gefüllte Wanne.

»Du bist dran, Ahmet!«

Ich stand auf.

SI-YA-U drehte sich zu dem blauäugigen Mädchen:

»Du auch, Anuschka!«

Anuschka stand auf. Sie war hochgewachsen. Ich nahm den Kübel auf der einen Seite, sie auf der anderen. Ihre Beine konnte ich nicht sehen, weil sie Filzstiefel trug. Wir leerten den Kübel aus, und sie wusch sich danach an der Wasserleitung die Hände. Sie hatte lange, rundliche Finger und weiße Hände.

»Sie werden ja wieder schmutzig, Anuschka!«

Sie antwortete nicht.

»Arbeitest du in der Kanzlei?«

»Seit wann sind wir per du?«

Ich wußte wohl, daß die älteren Parteimitglieder, die aus intellektuellen Kreisen stammten, per Sie waren. Aber die Jugend auf der Universität duzte sich, um sich von vornherein näher zu sein. Ich ärgerte mich:

»Du scheinst wohl zu den alten Aristokraten zu gehören, was?«

»Sie sehen auch nicht gerade wie ein Proletarier aus!«

Beim Mittagessen suchte ich Anuschka vergeblich im Speisesaal, was mich aber nicht daran hinderte, meine fettlose Kohlsuppe, in die ich Schwarzbrot hineingebröckelt hatte, heißhungrig zu verschlingen. Den lauwarmen Tee, der eine fatale Ähnlichkeit mit Abwaschwasser hatte, trank ich ebenso gierig.

Der Schnee, der seit dem Morgengrauen in dichten Flocken auf Moskau niederfiel, wurde gegen Abend weniger und hatte schließlich ganz aufgehört. Erst als es Nacht wurde, begann es wieder ganz fein zu schneien. Heute schiebe ich eine Wache nach der anderen. Jetzt sitze ich auf der Ladefläche eines Lastwagens, der im Hof der Universität steht und mit Kisten voll getrockneter Fische beladen ist. Der Lastwagen ist so spät gekommen, daß wir ihn nicht mehr abladen konnten. Meine Füße in den derben Soldatenstiefeln sind eiskalt. Ich sollte hinuntersteigen und im Schnee herumgehen, das hilft. Und so machte ich es auch. Ich trampelte mir die Füße warm. Vom Hof aus konnte ich den Turm des Strastnoj-Klosters sehen. Ein Schlitten glitt vorbei. Die Mütze des Kutschers war voller Schnee. Die Leute im Schlitten waren wohl Nepmanen. Man konnte das aus ihren Pelzen und Kleidern schließen. Wenn man Wache schiebt, gehört es sich bestimmt nicht, daß man singt. Dabei hätte ich jetzt mit Begeisterung ganz laut den Budyonni-Marsch gesungen: Dayosch Warsowa, dayosch Berlin! Auf nach Warschau, auf nach Berlin! Das kommt wahrscheinlich davon, daß ich das Gewehr an meiner Seite so fest halte oder weil ich die Nepmanen gesehen habe. Ich schaue den Strastnoj-Boulevard entlang, der in Dunkelheit und im Schnee ganz ruhig vor mir liegt.

Ich hörte ein Geräusch. Sogleich dachte ich an das Unwahrscheinlichste: ›Vielleicht ist es Anuschka!‹
Ich drehte mich um. Neben mir, im Schein einer Lampe, steht ein Bespirizorni, eines jener Kinder, die weder Eltern noch eine Heimat haben. Es ist von Kopf bis Fuß in Lumpen gehüllt, nur ein winziges Fleckchen ist offen: dort glänzen seine Augen mitten in seinem völlig verdreckten Gesichtchen. Seine winzige Nase ist rot vor Kälte. Er mag etwa zwölf Jahre alt sein.
»Hallo, Onkelchen.«
»Hallo.«
»Der Fisch duftet, Onkelchen.«
»Kann schon sein.«
»Ist der ganze Lastwagen voll mit Fisch?«
»Ja, voll mit Fisch.«
»Schiebst du schon lange Wache, Onkelchen?«
»Ja, schon lange.«
»Der Fisch duftet.«
»Kann schon sein.«
»Wenn du mir einen Fisch gibst, Onkelchen.«
»Das geht nicht.«
»Ich habe Hunger.«
»Hast du heute noch nichts mopsen können?«
»Nur eine kleine Tasche und die war leer.«
»Es gibt doch für euch so eine Hilfsstelle, wo ihr zu essen bekommt. Warum gehst du nicht dorthin?«
»Ich liebe die Freiheit, Onkelchen.«
»Woher kommst du denn?«
»Vom Wolga-Ufer.«
»Und wie bist du hierhergekommen?«
»Zu Fuß, mit dem Zug, im Schlafwagen.«
»Du meinst wohl, in dem Kasten zwischen den Rädern?«

»Kann sein ... Einen Fisch, einen winzigen Fisch. Wenn du mir den gibst, passiert doch nichts!«
»Ich kann ihn dir nicht geben.«
»Sind die Fische abgezählt? Wer merkt schon, ob da einer mehr oder weniger drin ist!«
»Ich merke es.«
»Ich habe solchen Hunger!«
»Und wenn ich dir Geld gebe?«
»Gib es mir!«
Ich gab ihm Geld, er steckte es irgendwo in die Lumpen.
»Gib mir auch einen Fisch.«
»Ich habe dir ja Geld gegeben.«
»Um diese Zeit sind alle Geschäfte zu. Glaubst du, Geld hilft immer? Ich habe Hunger. Einen winzigen Fisch.«
»Geht nicht.«
»Warum nicht, Onkelchen?«
»Wenn ich jedem einen Fisch gebe, bleibt im Lastwagen nichts übrig.«
»Bin ich denn jeder?«
»Vielleicht nicht?«
»Nein. Ich bin Sechsfinger-Fedja.«
»Wieso sechs Finger?«
Er streckte seine rechte Hand hervor. Neben seinem kleinen Finger war noch ein Stückchen Fleisch angewachsen.
»Hast du eine Zigarette, Onkelchen?«
Ich gab ihm eine Zigarette.
»Möchtest du auch Feuer?«
»Auf leeren Magen soll man nicht rauchen. Gib mir auch einen Fisch.«
Ich gab Sechsfinger-Fedja vom Wolga-Ufer einen Fisch.
»Gib mir noch einen, Onkelchen.«
»Nein, jetzt gehst du aber zuweit.«

»Sei nicht bös. Nimm den und gib mir einen größeren.«
Ich nahm den einen zurück und gab ihm einen größeren. Er verstaute ihn in seinen Lumpen.
»Warum ißt du nicht? Du hattest doch Hunger?«
»Ich esse gemeinsam mit Sanka.«
»Wer ist denn das nun wieder?«
»Meine Geliebte.«
»Wie alt ist sie?«
»Kleiner als ich. Gib mir für sie auch einen Fisch.«
»Jetzt ist es aber genug. Verschwinde jetzt.«
»Sei nicht bös, ich geh' ja schon.«
Er verschränkte die Arme über der Brust, machte einen Buckel und ging weg. Dann blieb er stehen und drehte sich um:
»Ich sage niemandem, daß du hier Fische verteilst. Wenn alle Wachschiebenden so wären wie du, würde es um den sowjetischen Staat lieb ausschauen! Leb wohl, Onkelchen.«
Er verschwand aus dem Hof, tauchte in der verschneiten Dunkelheit des Strastnoj-Boulevards unter ...

Als ich in den Schlafsaal zurückkam, schliefen alle schon. Nur SI-YA-Us Bett, das neben dem meinen stand, war leer. Als ich die Tücher, die ich anstelle von Strümpfen um meine Füße gewickelt trug, aufmachte, kam SI-YA-U herein. SI-YA-U war der einzige Student an der ganzen Universität, der stets einen Anzug trug. Er besaß sogar Lackschuhe und eine Fliege. Auch einen Filzhut, aber den trug er jetzt nicht mehr. Einmal war er mit diesem Filzhut ausgegangen, da liefen ihm die Kinder am Swetnoj-Boulevard nach und schrien »Bourgeois, Bourgeois!« SI-YA-U sprach sehr gut Französisch. Ich glaube, er war aus Paris nach Moskau gekommen, aber genau weiß ich das nicht. Die Leute, die mit keinem of-

fiziellen Paß hierhergekommen sind – ich gehöre auch dazu –, fragen einander manche Dinge nicht.
»SI-YA-U, was ich dich fragen wollte: Wer ist eigentlich diese Anuschka?«
»Sie ist die Sekretärin vom Rektor.«
»Das weiß ich schon. Aber wer sind ihre Eltern?«
»Ihr Vater war Ingenieur, Kolschak ließ ihn erschießen. Die Mutter ist an Typhus gestorben. Bonne nuit.«

Das Motorengeräusch zerriß die Nacht. Ahmet schleppte sich barfuß zu seinem Bett zurück. Er legte sich auf den Rükken. Leb wohl, Anuschka!
Als ich aufwachte, sickerte durch den Türspalt grelles Sonnenlicht in das Halbdunkel der Hütte. Ismail hatte die Tür beim Weggehen geschlossen. Ich öffnete sie wieder. Dann trank ich Tee aus einem hauchdünnen Glas, das sicher auch noch von Ziya war.
Ahmet zündete die Lampe an und schloß die Tür wieder. Der Motorenlärm war immer noch zu hören. Wird man von draußen hören können, daß ich hier grabe? Er legte die Pistole auf das Bett. Irgendwie mußte man die Tür sichern, aber was hilft das schon? Wenn ich beim Graben erwischt werde, hält der Türriegel ohnehin nicht stand …
Er blickte auf seine Uhr. Halb zehn. Eineinviertel Stunden, und ich bin außer Atem. Verdammt noch mal. Er trank einen Schluck Wasser, zündete sich eine Zigarette an und öffnete die Tür. Die Straße unten war menschenleer, staubig lag sie im hellen Tageslicht.
Ahmet zog die Tür wieder zu. Von Zeit zu Zeit schaufelte er die ausgehobene Erde in eine Ecke. Er sah auf die Uhr. Zehn vor zwölf. Meine Handflächen sind geschwollen. In der Hütte ist es heiß wie in einem Dampfbad …

Die Kälte in Moskau ist trocken. Sogar die Afrikaner konnten sie leicht ertragen. Zu den Abendveranstaltungen der Studenten des Ost-Institutes ging ich immer in Militärstiefeln, Wikkelgamaschen und einem russischen Hemd aus dickem Stoff. Auch wenn ich gewollt hätte, ich hätte in keinen anderen Kleidern hingehen können. Im großen Saal wurde getanzt. Dort war ein fürchterliches Gedränge. Ich erkannte SI-YA-U. In seinem fein genähten dunkelblauen Anzug sah er aus, als hätte er sich für einen Maskenball verkleidet. Er sah mich nicht. Ich begann zu schwitzen. Verdammt noch mal.
Ahmet fuhr sich mit dem nackten Arm über sein verschwitztes Gesicht und die Augen. Er hatte sein Hemd ausgezogen, stützte sich auf die Schaufel und richtete seinen Rücken gerade. Sieh mal an, SI-YA-U tanzt, und noch dazu mit Anuschka! Das Mädchen entdeckte mich und lächelte mir zu. Strohblond ihre Haare, ihr Hals lang und rundlich. Ich schaute auf ihre Beine. Sie waren etwas dick. Ich freute mich, endlich etwas an ihr entdeckt zu haben, das nicht perfekt war.

Ahmet ging vor die Tür und warf sich die Jacke über die Schultern. Wenn man schwitzt wie ein Schwein, kann man sich leicht einen Schnupfen holen, verdammt nochmal. Er verschlang sein Mittagessen: Dörrfleisch, Tomaten und Brot. Auf der Straße fuhr ein Autobus vorbei und wirbelte ganze Wolken von Staub auf. Ahmet schloß die Tür. Ich ruhe mich etwas aus, dachte er und legte sich aufs Bett. Als er die Augen wieder aufmachte, stand Ismail neben ihm:
»Du bist ja total erschöpft!«
»Wie lange habe ich geschlafen?«
Die Tür der Hütte war offen, und draußen dämmerte ein glasklarer Abend.

Ismail fragte:
»Ist der Plan fertig?«
»Ich habe ohne Plan angefangen, aber ich zeichne ihn schon noch. Im Revolutionsmuseum in Moskau habe ich ein Muster gesehen.«
»Dann trage ich die Erde hinaus, aber erst wenn es dunkler wird. Hinter der Hütte ist ein Tragkorb, noch von Ziya. Ach, noch was: die Versammlung ist morgen abend.«
Sie setzten sich auf die Türschwelle und aßen von dem Sesam-Helwa, das Ismail mitgebracht hatte.
»Bring mir doch jeden Tag zwei Zeitungen mit, eine aus Istanbul und eine von hier!«
Sie trugen die ausgehobene Erde auf den Hügel vor der Hütte. So wie damals Anuschka und ich den Kartoffelkübel geschleppt hatten – trugen wir jetzt den Korb, auf der einen Seite Ismail und auf der anderen Seite ich.
»Gehen wir morgen nach der Versammlung getrennt weg, Ismail. Die anderen sollen nicht wissen, daß ich bei dir wohne!«
Am nächsten Abend kamen sie erst spät von der Versammlung nach Hause. Sie gingen aber erst dann ins Bett, nachdem sie die Erde, die Ahmet tagsüber ausgehoben hatte, auf den Hügel getragen hatten.

Ein regnerischer Abend, und ich begreife zum ersten Mal, wie sehr sich ein Regentag in Izmir von einem Regentag in Istanbul unterscheidet. Ismail hält Ahmet die Zeitungen hin, die er mitgebracht hat:
»Die Polizei sucht dich. Schon seit einer Woche. Sie haben inzwischen zwei Männer namens Ahmet Kadri aus Istanbul festgenommen und verhört.«

»Das hat mir Şükrü Bey eingebrockt!«
»Schon möglich. Allerdings hätte er dann auch eine Personenbeschreibung gegeben, und die Polizei müßte sich nicht einfach irgendwelche Ahmet Kadris schnappen.«
»Vielleicht sahen sie mir ähnlich. Die Polizei hat sicher meine Personenbeschreibung aus Istanbul erhalten. Woher sollten sie sonst wissen, daß ich in Izmir bin? Und überhaupt, aus welchem Grund suchen die mich so intensiv?«
»Sie haben jetzt mit Verhaftungen begonnen.«
»Was sagst du?«
Mein Herz begann zu rasen. Genauso wie an jenem Abend, an dem ich plötzlich geglaubt hatte, verfolgt zu werden. In den Zeitungen steht, daß in Istanbul und Ankara Kommunisten verhaftet worden sind, daß sie vor das Unabhängigkeitsgericht gestellt werden und daß alle Kommunisten, die noch nicht festgenommen werden konnten, intensiv gesucht werden. Zu denen gehöre auch ich ...
»Wer wußte davon, daß du hierherkommst?«
»Die es wissen, sind noch nicht gefaßt. Hier kennt die Polizei unsere Leute ...«
»... nicht. Höchstens werden sie Hüsnü vernehmen, vorausgesetzt, sie schließen die Gewerkschaft der Eisenbahnarbeiter.«
»Das tun sie bestimmt.«
Der Regen hörte auf. In der feuchten, heißen Dunkelheit klang das Motorengeräusch heiser und wie benommen.
Sie saßen auf der Schwelle und aßen Oliven, Brot und von dem Sesam-Helwa.
»Was meinst du, wieviel Jahre unsere Freunde bekommen werden, Ahmet?«
»Bei einem Unabhängigkeitsgericht weiß man nie.«
»Aber man wird sie deshalb ja nicht gleich aufhängen, Bruder!«

An jenem Tag genügte es ihnen nicht, daß die Dunkelheit hereingebrochen war. Sie warteten bis spät in die Nacht, um die Erde wegzutragen. Das Loch war jetzt ungefähr einen Kubikmeter groß. Sie beschlossen, daß es erst mal für einen Eingang in die unterirdische Druckerei reichen würde, und planten, in den nächsten beiden Tagen eine Holzkiste zu bauen, sie mit der ausgehobenen Erde zu füllen und sie danach in das Loch zu stellen. Die Erde auf dem Deckel wollten sie mit der Erde des Bodens vermischen, so daß das Loch jederzeit geöffnet oder auch verborgen werden konnte.
Ahmet öffnet jetzt tagsüber die Tür nicht mehr, um auf der Schwelle zu sitzen. Im Licht der Petroleumlampe liest er den ganzen Tag die Bücher, die noch von Ziya dageblieben sind. Eines davon ist ein Gedichtband.
»Welches von den Gedichten hast du dir gemerkt, Ismail?«
»Nur eine einzige Zeile:
›*Zu welchem Hafen fährt dieses hundertmastige Schiff?*‹«
»Wieso denn ausgerechnet diese Zeile?«
»Wegen der Masten.«

Die Eisenbahner-Gewerkschaft von Izmir wurde verboten. Ihre Vorstandsmitglieder, darunter auch Hüsnü, wurden verhört und anschließend wieder freigelassen. Inzwischen verging ein ganzer Monat. Ein Monat, in dem ich kein einziges Mal vor die Tür gegangen war. Auch die Versammlungen habe ich in der Zeit nicht mehr besucht. Sämtliche Bücher von Ziya hatte ich ausgelesen, und in den Zeitungen las ich nun schon die kleinsten Anzeigen.
Ich versuchte zu zeichnen. Das hundertmastige Schiff sollte es werden, aber es gelang einfach nicht. Ismail breitete die Lebensmittel, die er mitgebracht hatte, langsam auf dem Tisch aus. Dann wandte er sich an Ahmet:

»Unsere Freunde haben in Bursa eine Zeitung herausgebracht, die ›Genosse‹ hieß.«
»Wie? Wann?«
»Vor den Verhaftungen. Ich habe es heute erfahren.«
»Und dann?«
»Sie ist verboten worden.«
Bevor sich Ahmet nach Izmir auf den Weg gemacht hatte, sagten ihm seine Freunde:
»Bereite einen Platz für eine geheime Druckerei vor, aber nur den Platz. Alles weitere erfährst du dann von uns.«
Erst jetzt begriff er den Sinn dieses Auftrages. Sie wollten offenbar so lange wie möglich alle legalen Möglichkeiten nützen, um den ›Genossen‹ herauszubringen. Aber hätten sie dann nicht auch einen legalen Weg finden müssen, um das Papier, die Lettern, die Farbe, die Setzmaschine und das ganze Zeug zu lagern, bitte schön? Jetzt haben wir hier nichts als ein trockenes Loch. Haben sich die Genossen vielleicht auf die Verfassung verlassen? Hält sich unsere Bourgeoisie vielleicht an die Verfassung? Wenn ein Kurdenaufstand ausbricht, ist das keine Räuberaktion. Die einzigen, die das geschrieben haben, waren wir. Wir haben verlangt, daß der Grundbesitz der kurdischen Grundherren und Scheichs sofort an die kurdischen Bauern aufgeteilt wird, das haben wir geschrieben. Und sollten in dieser Sache die Engländer oder deren Verbündete ihre Finger im Spiel haben, so müssen diese Finger abgehackt werden. Zwischen dem türkischen und dem kurdischen Volk darf kein Blut fließen, haben wir verlangt. Das haben wir verlangt, und zwar oft verlangt, mein Sohn. Und was ist daraus geworden?
Ismail redete, als wüßte er, was Ahmet sich in der Zwischenzeit überlegt hatte:

»Die Burschen haben sich darauf verschworen, uns auszurotten.«
»Was hast du denn gedacht ... Unsere Grundherren haben ihren revolutionären Geist schon seit langem aufgegeben, zumindest gute 80 Prozent von ihnen. Das muß man begreifen, verdammt noch mal!«

Zehn Jahre später, nämlich 1935, sollte Ziya Ismail ein lebendes Beispiel für die Richtigkeit dieser Behauptung geben.
»Ismail«, wird Ziya dann zu ihm sagen, »weißt du, wen ich gestern getroffen habe? Einen der Abgeordneten, die 1925 in Ankara beim Unabhängigkeitsgericht als Richter fungiert haben. Ich habe den Kerl gefragt: ›Was hattet ihr vor zehn Jahren mit uns zu schaffen?‹
Er hat mich pfiffig und schlau angesehen und dann gesagt: ›Ziya Bey, ihr habt euch das alles selbst zuzuschreiben. Ich selbst besitze zwei Höfe. Hätten wir das Land der kurdischen Grundbesitzer an die kurdischen Bauern vergeben, wären doch sofort auch unsere Bauern auf die Idee gekommen, unser Land zu verlangen. So einen Weg konnten wir ihnen natürlich nicht ebnen.‹«

Ahmet stützte sich auf den Tisch und stand auf.
»Ich werde nach Istanbul fahren, Ismail.«
»Bist du übergeschnappt, Bruder?«
»Ich muß mit den Genossen in Verbindung treten und nach dem Papier und der Setzmaschine sehen.«
»In Istanbul ist kein einziger Genosse mehr geblieben. Außerdem hast du eine Ahnung, wie streng die Kontrollen in den Zügen und auf den Schiffen jetzt sind?«
Sie trafen sich wieder in Hüsnüs Wohnung. Es wurde be-

schlossen, daß Ahmet nicht fahren sollte. Doch auch kein anderer wurde zu der Istanbuler Adresse geschickt (weil Ahmet der Sache nicht besonders traute).
Tagsüber zünde ich die Petroleumlampe nun nicht mehr an. Ich beobachte, wie die Staubteilchen in den Sonnenstrahlen, die durch die Tür hereindringen, ganz verrückt miteinander tanzen und, fast scheint es mir so, miteinander kokettieren.
Ich frage Anuschka:
»Zu welchem Hafen fährt dieses hundertmastige Schiff?«
Nachts saß ich Ismail gegenüber und zeichnete zwei Porträts von ihm. Eines davon hat ihm gut gefallen. Es war das, auf dem er sich am wenigsten ähnlich sah.
So vergingen drei Wochen.
Könnte ich nur die Türe öffnen und hinausgehen! Ich würde mich nur zehn Minuten lang auf dem Erdhaufen, den wir aus dem Loch ausgehoben haben, in die Sonne legen. Ich begann nachzurechnen, wann Ismail nach Hause kommen würde. Erst zählte ich die Stunden, dann die zwanzig Minuten und schließlich die zehn Minuten. Ich kann von mir sagen, daß ich meine Erinnerungen verloren habe. Es gibt Menschen, die ganze Jahre in Gefängnissen, in Einzelhaft oder in der Isolierzelle verbringen. Denen ist aber klar, daß sie die Tür nicht einfach aufmachen und hinausgehen können. Aber ich könnte die Tür aufmachen und hinausgehen, wenn ich wollte. Und ich leide darunter, daß ich die Tür nicht aufmachen kann, von der ich weiß, daß ich sie doch aufmachen könnte.
Eine weitere Woche verging.
Es mag schon eine Stunde sein, daß Ahmet durch die Spalten der Holztür nach draußen starrt.
Mein Herz schlägt wie verrückt. Ich weiß, ich werde etwas Schlimmes tun. Ich weiß, daß ich die Tür aufmachen werde. Eine echte Dummheit. Ich weiß.

Ich öffnete die Tür behutsam. Dann mußte ich mich fest zusammennehmen, um nicht auf den Hügel gegenüber loszustürmen. Ich hatte meinen Bart abrasiert und trug Ismails alten Overall. Mein Gesicht hatte ich etwas eingeschwärzt. Möglich, daß ich in diesem Aufzug aussah wie ein Schmied. Ich ging etwa eine Viertelstunde die Straße entlang. Ich machte einem Bus Platz, der mir entgegenkam und in Richtung Stadt fuhr. Dann kam ich an einem Wall vorbei. Dort waren unter einer Laube Tabakblätter zum Trocknen aufgehängt, daneben standen zwei Menschen im Schatten einer Platane, davor lag ein kleiner Brunnen. Ich stützte mich auf den Brunnenrand und hielt meinen Mund direkt in den Wasserstrahl. Meine Brust und auch mein rechter Arm wurden naß, und ich spürte plötzlich, daß auf der Oberlippe der Schnurrbart fehlte – auf der Oberlippe, als ob es auf dem Kinn einen Schnurrbart gäbe –, auf jeden Fall fühlte sich meine Oberlippe so seltsam nackt an. Ich trank das Wasser in vollen Zügen. Als ich mich aufrichtete und gerade mit dem Rücken der rechten Hand über meine Lippen wischte, fühlte ich plötzlich in der Wade meines linken Beines einen jähen Schmerz, als hätte mich jemand mit einer Eisenstange geschlagen. Ich fuhr herum und blickte um mich. Da stand ein gelber Hund, bleckte die Zähne und grinste hämisch. Kann auch sein, daß er nicht grinste und ich es mir später nur eingebildet habe. Aus dem Maul des Hundes troff Speichel oder auch nicht, kann sein, daß ich mir auch das später nur eingebildet habe. Der gelbe Hund zog seinen Schwanz ein und trollte sich lautlos, ohne zu knurren, davon. So, als hätte er Angst bekommen, wie ich ihm in die Augen sah. Ich betastete meine Wade und blickte auf meine Hand: Blut. Die Leute, die auf dem Wall standen, hatten beobachtet, was geschehen war.

»Nicht so schlimm, junger Mann«, riefen sie. »Gib Tabak auf die Wunde, der Hund ist doch sonst völlig harmlos!«
Ich nahm etwas Tabak aus der Dose, die sie mir gereicht hatten, drückte ihn auf die Wunde und band mein Taschentuch fest darum.

Erst einige Zeit später bemerkte Ismail, daß sich Ahmet den Schnurrbart abrasiert hatte. Ahmet bemühte sich, mit der Nagelschere den Docht der Petroleumlampe zu stutzen und so die Flamme einzustellen. Auf seinem zerstreuten Gesicht tanzte das Licht.
»Warum hast du deinen Schnurrbart abrasiert, Bruder?«
»Hat sich mein Gesicht dadurch sehr verändert?«
»Zuerst habe ich es gar nicht bemerkt. Aber wenn du mich jetzt fragst, ob du nun anders aussiehst, dann muß ich schon ja sagen. Du siehst aber ohne Schnurrbart nicht so gut aus.«
»Meine Nase sieht so wohl noch um etliches länger aus, was?«
Ahmet verheimlichte Ismail, was an diesem Tag passiert war. An sich war es schon schlimm genug, daß ich das alles angerichtet hatte, aber es auch noch zu verheimlichen ... aber ich verheimlichte es.
Es vergingen vier weitere Tage.
Ahmet streut Salz auf eine riesige Tomate und ißt sie, indem er Stück für Stück von ihr abbeißt. Nebenbei liest er die Zeitung aus Izmir. Ismail wechselt das Zeitungspapier aus, mit dem die Fächer des Fliegenkästchens ausgekleidet sind.
»Ismail!«
»Was ist?«
»In der Zeitung steht, daß hier in Izmir tollwütige Hunde herumstreunen.«

»Stimmt. Ein paar Kinder sind schon gebissen worden, und vor einigen Tagen hat es auch den Pförtner unserer Fabrik erwischt.«

»Was geschieht mit den Gebissenen?«

»Sie werden nach Istanbul geschickt, nur dort gibt es ein Krankenhaus, in dem eine Behandlung möglich ist.«

»Sind schon Leute an der Tollwut gestorben?«

»Klar!«

»Und die Besitzer von tollwütigen Hunden, werden die bestraft?«

»Wer gibt schon zu, daß er einen tollwütigen Hund hat!«

»Gott verdammt! Wir müssen morgen eine Versammlung einberufen, Ismail!«

Ich erzählte ihm, was passiert war.

»Das ist alles, Ismail.«

»Das ist alles ...«, wiederholte Ismail nachdenklich. Dann sagte er: »Der Hund gehört den Tabakpflanzern. Ich war öfters mit Ziya unter dieser Platane. Wir haben dort Kaffee getrunken. Morgen gehe ich hin und erkundige mich. Der Hund wird sicher dort sein ... Und wenn er tatsächlich tollwütig wäre, hat er bestimmt vor dir schon jemand anderen gebissen, und dann hätten die Tabakpflanzer das Vieh schon lange beseitigt.«

»Wieso soll nicht ich der erste gewesen sein, den der Hund gebissen hat? Er kann ja mit mir angefangen haben!«

»Klar kann er das. Alles ist möglich. Aber warum sollten wir gerade die schlimmste aller Möglichkeiten annehmen?«

Die Versammlung wurde wieder bei Hüsnü zu Hause abgehalten. Ein unbemaltes Holzhaus, dessen unterer Teil aus einem mit Steinen ausgelegten Flur bestand. Im oberen Geschoß befanden sich zwei kleine Zimmer. Die Ankommenden zogen im Flur ihre Schuhe im Schein einer winzigen Petroleumlampe aus und gingen dann nach oben. Ich finde es wunderbar, wie sie diese Wohnungen immer so sauber halten. Der Fußboden ist vom vielen Reiben und Aufwaschen schon ganz hell geworden und heute auch noch ein wenig feucht. Gerade die feuchten Bretter verströmen auch diesmal wieder den Duft nach weißer Seife – ich nehme an, Seife aus Edirne – und Lavendel. Im Nebenzimmer weinte Hüsnüs sechs Monate alte Tochter.

Hüsnü eröffnete die Versammlung. Ich erzählte, was passiert war. Dann übernahm Ismail das Wort:
»Ich war bei den Tabakpflanzern. Sie behaupten, der Hund sei von einem Bus überfahren worden!«
Hüsnü kratzte sich am Bart – er trug auch heute wieder ein blitzsauberes Baumwollhemd – und fragte:
»Wann ist er überfahren worden?«
»Heute früh.«
»Woher willst du wissen, daß ihn wirklich ein Bus überfahren hat? Vielleicht hatten die Kerle nur Angst vor einer Geldstrafe oder vor sonst irgend etwas. Möglich, daß sie lügen.«
»Du meinst also, der Hund war tollwütig?«
Hüsnü wandte sich an Ismail und tat so, als würde er die Augen Ahmets nicht sehen, der ihm gegenübersaß:
»Hast du heute den Kerlen erzählt, daß der Hund Ahmet gebissen hat?«
»Bist du verrückt, Freund?«
Eine Frau mit weißem Kopftuch brachte auch heute wieder frischen Kaffee. Jedesmal, wenn sie sich nach vorn beugte, füllten ihre Brüste voller Milch das Vorderteil ihres weiten Kleides aus. Ahmed schlürfte seinen Kaffee in kleinen Schlucken und bemühte sich, so zu reden, als ginge ihn das Thema, das gerade behandelt wurde, gar nichts an.

»Möglich, daß der Hund an Tollwut verendet ist und seine Besitzer aus Angst vor einer Strafe sagen, er wäre von einem Autobus überfahren worden, wie Hüsnü eben gesagt hat, das ist möglich. Aber es ist genausogut möglich, daß der Hund nicht tollwütig war und tatsächlich von einem Autobus überfahren worden ist. Dann wäre es aber auch denkbar, daß er mich nicht gebissen hat, weil er tollwütig war, sondern ganz einfach weil er ein Hund war. Nicht, Ismail?«
»Schon möglich. Da fällt mir übrigens ein, daß er einmal versucht hat, Ziya in die Hand zu beißen.«
Hüsnü fragte: »Warum?«
»Ziya hatte ihm einen Knochen mitgebracht. Er hat dem Hund den Knochen zuerst hingeworfen und dann wieder weggenommen. Er wollte einfach mit dem Hund spielen.«
Ahmet hörte dem Gespräch geduldig zu, dann sagte er:
»Ich habe ihm zwar keinen Knochen weggenommen, er kann mich aber trotzdem nur gebissen haben, weil er eben ein Hund war. In diesem Fall könnt ihr mir eine Strafe geben, weil ich mich des Vergehens der Disziplinlosigkeit schuldig gemacht habe, als ich ins Freie ging.«

Ich atmete tief durch. Mein Herz schlug immer schneller, je mehr ich mich aufregte.
»Und wenn der Hund an Tollwut verendet ist? Heißt das, daß er auch schon tollwütig war, als er mich biß? Heißt das, daß auch ich tollwütig werde?«
Beinahe hätte ich gelacht. Irgend etwas ist komisch daran, wenn man sagt, man wird tollwütig, Gott verdammt.
»Ich müßte also nach Istanbul fahren, um mich gegen Tollwut impfen zu lassen. Der Chefarzt des Tollwut-Krankenhauses kennt mich ...«
Hüsnü sagte:

»Wir haben beschlossen, daß du nicht nach Istanbul fährst. Aber nach allem, was passiert ist, ist dieser Beschluß wohl hinfällig. Vielleicht gelingt es dir, dich nach Istanbul durchzuschlagen, ohne der Polizei in die Hände zu fallen. Und dann, wenn der Arzt ohnehin ein Bekannter von dir ist ... vielleicht wird er dich nicht anzeigen ...«

Die Frau mit dem weißen Kopftuch kam herein, sammelte die Kaffeetassen ein und ging wieder. Ich begann zu sprechen:

»Die ganze Angelegenheit läßt sich so zusammenfassen:« – Jeder hatte längst begriffen, um was es ging, aber ich wollte das Ganze noch einmal aufrollen. Aus Trotz – »Es gibt drei Möglichkeiten. Die erste: Der Hund ist tollwütig. Ich werde entweder auf dem Weg nach Istanbul gefaßt, oder der Arzt zeigt mich an. Er wagt es nicht, einen Mann zu impfen, der vom Unabhängigkeitsgericht gesucht wird. Aber auf jeden Fall werde ich behandelt. Dann falle ich dem Gericht in die Hände und muß mit dem vollen Strafmaß rechnen. Das ist die erste Möglichkeit. Nun zur zweiten: Der Hund ist tollwütig. Ich werde nicht erwischt, wenn ich nach Istanbul fahre. Der Arzt erweist sich als mutig. Ich werde geimpft, werde nicht tollwütig, und alles ist in Butter. Jetzt zur dritten Möglichkeit: Der Hund ist nicht tollwütig. Auf dem Weg nach Istanbul aber werde ich gefaßt, oder der Arzt verständigt die Polizei. Jetzt koste ich die volle Scheiße des Unabhängigkeitsgerichtes aus. Ich habe mich wie ein Trottel ausgeliefert. Ja, eine Möglichkeit habe ich übersehen: Der Hund ist tollwütig, ich fahre aber nicht nach Istanbul, werde auch nicht geimpft und werde dann hier tollwütig ... Soll ich nun fahren oder nicht?«

Sie konnten sich nicht entscheiden. Mach, was du willst, sagten sie. Ahmet ging auch diesmal vor Ismail aus dem Haus.

Unterwegs, dort wo man den Motorenlärm wieder hören konnte, hatte Ismail ihn eingeholt. Sie gingen zusammen weiter, ohne zu reden. Während sie sich im Schein der Petroleumlampe auszogen, sagte Ahmet:
»Ich fahre nicht nach Istanbul!«
Ismail schwieg und stieg in sein Bett. Ahmet beugte sich über seine Hose, die er über den Stuhl geworfen hatte. Ich nahm die Pistole aus der hinteren Tasche und legte sie auf die Kleider Ismails.

»Ich übergebe dir die Pistole, Ismail!«
»Warum?«
»Zu fünfzig Prozent besteht die Möglichkeit, daß ich tollwütig werde ...«
»Und wenn du doch versuchst, nach Istanbul durchzukommen?«
»Nein. Daß der Hund tollwütig war, ist nur zu fünfzig Prozent wahrscheinlich. Daß mich der Arzt aber der Polizei ausliefert, steht zu hundert Prozent fest. Und dann kann ich ja auch noch unterwegs gefaßt werden. Ich fahre nicht nach Istanbul. Wenn ich tollwütig werde, erschießt du mich ... dann wirfst du mich in dieses Loch ... und schaufelst die Erde auf mich ... so kann man nichts riechen ...«
Die Worte »erschießt du mich«, »wirfst mich in dieses Loch«, »schaufelst die Erde auf mich« und »so kann man nichts riechen« sage ich fast trotzig.
»Es weiß ohnehin niemand, daß ich hier bin.«
Ich lächelte.
»Für den Fall der Fälle schreibe ich ein paar Zeilen, daß ich mich aus unglücklicher Liebe umgebracht habe.«
So trivial war ich noch nie, verdammt noch mal.
»So ist es, Ismail.«

»Du spinnst aber wirklich.«
»Was heißt, ich spinne? Und wenn ich mich auf dich stürze und versuche, dich zu beißen?«
Ismail antwortete nicht.
»Kannst du gut schießen, Ismail?«
»Ja.«
»Und du triffst auch gut?«
»Ziemlich.«

Ich ging auf und ab. Blieb vor dem Fliegenkästchen stehen, öffnete die Tür. Schloß sie wieder.
»Los jetzt, leg dich nieder, Freund!«
»Bring mir morgen ein Buch über Krankheiten mit!«
»Wozu denn?«
»Wir lesen nach, was die Symptome für Tollwut sind. Soviel ich weiß, wird man nicht an einem einzigen Tag tollwütig. Man macht eine Krise durch in dieser ganzen Scheiße. Bevor man jemanden anfällt, bevor der Speichel zu rinnen beginnt und bevor man heult wie ein Hund ...«
»Woher willst du denn das mit dem Heulen wissen, Freund?«
»Ich habe in Istanbul ein Theaterstück gesehen. Da ging es um Leuchtturmwächter oder so ... In einer Nacht, in der ein Gewitter die Verbindung zum Festland unterbrochen hat, greift der eine Leuchtturmwächter, der Sohn, den anderen Leuchtturmwächter, seinen Vater, an. Und dabei heult er wie ein Hund, glaube ich ...«
»Leg dich jetzt nieder, und mach das Licht aus!«
»Vergiß nicht, mir das Buch mitzubringen!«
»Aber nein ... vorausgesetzt, ich finde eines!«
»Was heißt, vorausgesetzt, du findest eines? Such eben eines, und bring es dann mit!«
»Ja, ja.«

Das Motorengeräusch klang in dieser Nacht so, als liefe der Motor mitten im Zimmer.
»Ismail …«
»Ja, was ist?«
»Schläfst du?«
»Ich kann nicht schlafen.«
Durch die Türspalten drang das Mondlicht in die Hütte herein.
»Was denkst du, Ismail?«
»Nichts.«
(In Wirklichkeit aber dachte er nach. Ahmet wünschte in dieser Nacht, daß die ganze Welt und vor allem Ismail, ausschließlich über ihn nachdenken sollte. Aber Ismail dachte an seine Mutter.)

Der sechste Strich

Ahmet warf das Buch, das ihm Ismail hingestreckt hatte, achtlos auf das Bett. Sie aßen wortlos. Als sie ihre Zigaretten anzündeten, fragte Ahmet:
»Hast du schon in das Buch hineingeschaut, Ismail?«
»Ja.«
»Wie ist es, heult ein Mensch wie ein Hund?«
»Ja.«
»Was steht sonst noch drin?«
»Lies doch selbst!«
»Der vierzigste Tag …«
»Ja, von vierzig, einundvierzig Tagen steht etwas drinnen.«
Ahmet legte das Buch, ohne es aufzuschlagen, auf seine Kleider. Er blies die Lampe aus. Eine Zeitlang schwiegen beide. Dann sagte Ismail:
»Wozu das Theater, zünde die Lampe an und lies.«
Ich zündete die Lampe an und las. Außer dem, was ich ohnehin schon wußte, stand nichts Neues in dem Buch. Zuerst kamen Kopfschmerzen, dann Gelenkschmerzen, Schwäche und so weiter. Später Appetitlosigkeit, Angstzustände, Panik vor Wasser und Feuer. Schließlich Speichelfluß und Beißen, der Drang, jemanden anzufallen, und Heulen. Die Lähmung tritt am vierzigsten oder einundvierzigsten Tag ein …
Ich stand auf. Nahm aus dem Schreibzeug ein Stück Kreide und zog damit hinter der Tür sechs Striche. Sechs weiße Striche.
»Was soll das, Ahmet?«
»Heute ist der sechste Tag, Ismail.«
»Du spinnst wirklich, Bruder …«

Er zündete sich eine Zigarette an. Eine andere Zigarette warf er Ahmet zu. Der Zustand Ahmets gefällt ihm nicht. Daß er bestimmt nicht tollwütig wird, steht fest, aber in diesen vierzig Tagen wird er leiden wie ein Hund ... Ismail blies die Lampe aus. Ahmet kann die sechs weißen Striche hinter der Tür auch noch im Dunkeln erkennen.
Am siebenten Tag hatte Anuschka die Striche entdeckt, die ich auf die Tür der Datscha gezeichnet hatte.
»Was soll das, Ahmet?«
»Unser siebenter Tag. Das heißt, wir haben noch dreizehn Tage, Anuschka.«
»Und dann?«
»Was dann ist, wissen wir beide. Dein Urlaub ist zu Ende, und meine Ferien sind aus. Wir fahren nach Moskau zurück.«

»Ahmet!«
»Was ist?«
»Du hast letzte Nacht im Schlaf einmal so aufgeschrien, daß ich dachte, jemand wollte dich erwürgen. Du mußt ganz schön schlecht geträumt haben.«
»Mit der Tollwut hat es jedenfalls nichts zu tun. Ich habe nicht einmal Kopfschmerzen. Wenn ich wieder so schreie, brauchst du mich nur leicht zu stoßen. Ein- oder zweimal im Jahr passiert mir das. Dabei habe ich ständig das Gefühl, aufwachen zu müssen, schaffe es aber nicht. Verdammt noch mal. Oft weiß ich dann genau, wo ich bin, aber manchmal glaube ich ganz woanders zu sein und habe Angst, daß ich jetzt sterben muß, wenn ich nicht wach werde. Anuschka hat einmal ... dabei hatte ich ihr schon erzählt, sie braucht mich nur ganz leicht anzustoßen, das genügt schon ...«

Als Ismail heute morgen wegging, hatte er die Pistole nicht mitgenommen.
»Nimm die Pistole morgen mit, Ismail!«
Ismail antwortete nicht, er war eingeschlafen.

Batum ist eine Stadt wie ein Schachbrett. In Batum kann es vierzig Tage und vierzig Nächte regnen, kaum scheint die Sonne wieder, trocknet sie die steingepflasterten Straßen sofort aus.

Ich habe mich in Batum, im Hotel Frankreich, an den Tisch gesetzt. Im Botanischen Garten von Batum gab es alle Arten tropischer Bäume, tropischer Blumen und Pflanzen. Man konnte sie anschauen, berühren und daran riechen. Im Sommer des Jahres 1922 lagen Männer und Frauen splitternackt, wie Gott sie geschaffen hatte, nebeneinander am Badestrand von Batum. Ich aber kam direkt aus Anatolien an diesen Strand. Und was ich dort bisher von Frauen zu sehen bekommen hatte, waren höchstens nackte Füße, Hände oder Augen, die von den Tüchern nur ein bißchen freigegeben waren, und das auch nur an Markttagen. Es kam aber auch vor, wenn ich dem Blick solcher Augen begegnete, daß ich die Frau von Kopf bis Fuß nackt gesehen habe ... oder noch Schlimmeres ... Wie an alle vollkommenen Dinge gewöhnt man sich auch an die vollkommene Nacktheit sehr rasch, besonders, weil dabei kein Raum zum Träumen frei bleibt. Und nach kurzer Zeit fiel mir gar nicht mehr auf, daß die Frauen am Strand von Batum nackt waren.
In Batum habe ich mich in meinem Zimmer im Hotel Frankreich an den Tisch gesetzt. Da reiten auf der Straße Rotgardisten vorbei. Müde, hungrig, aber im vollen Bewußtsein, daß die Welt ihnen gehörte. Heute abend haben wir ein Treffen,

da gehe ich hin. Auf den mit Kieselsteinen gepflasterten Straßen Batums klapperten unentwegt Holzpantoffeln: Klapp klapp, klapp klapp, klapp klapp ...
Ich habe mich im Hotel Frankreich, in meinem Zimmer an den Tisch gesetzt und habe Hunger, schrecklichen Hunger... Pro Tag esse ich ein Viertelpfund Brot, zweimal Maissuppe und je zwei Glas Tee mit Sacharin. Drinnen schwimmen Fischköpfe. In der Suppe, nicht im Tee. Meine Lackschuhe habe ich schon vor langem verkauft. Einem Bauernburschen aus Adscharien. Er wollte heiraten. Und meine Lackschuhe hat er als Geschenk für die Braut gekauft. Um zig Millionen Rubel hat er sie gekauft... Ich habe den Kapitän und die Matrosen des türkischen Schiffes, das mich von Trabzon nach Batum brachte, gefragt: »Wird in Batum Geld verwendet? Batum ist doch, soviel ich weiß, kommunistisch, und da gibt es doch kein Geld?« »Die Menschewiken bezahlen mit Geld, die Bolschewiken nicht«, war die Antwort. »Vom Kommunismus verstehen wir nichts, aber nachdem Batum jetzt den Bolschewiken gehört ...« Ich hatte 50 Lira, die verteilte ich unter den Matrosen. Eine einzige Lira hob ich auf – als Andenken. Das Schiff, das mich nach Batum brachte, lud dort Waffen und Muniton und kehrte nach Trabzon zurück. Später erfuhr ich, daß einige unserer Matrosen und Kapitäne, die so sehr betont hatten, von Kommunismus nichts zu verstehen, auch Juwelenschmuggel betrieben hatten.

Ich saß im Hotel Frankreich an meinem Tisch. An einem ovalen Tisch, dessen Beine – waren es nur die Beine oder war es der ganze Tisch – geschnitzt, vergoldet und verziert waren. Rokoko ... In dem Sommerhaus in Üsküdar stand auch ein Rokokotisch, im Gästezimmer ... Ro-ko-ko. Der Pascha-Sohn aus Istanbul, oder besser gesagt: der Pascha-

Enkel, sitzt jetzt, nach einem 35tägigen (oder waren es 35 Jahre?) Fußmarsch von der Schwarzmeerküste nach Ankara und von dort nach Bolu, in den Bezirk, in dem ich als Lehrer unterrichtet habe, im Hotel Frankreich an einem Tisch. Die Bekanntschaft des Pascha-Enkels mit Anatolien liegt wie ein zerrissenes, schmutziges, blutiges Tuch auf dem Rokokotisch ausgebreitet ... Ich schaue, und Tränen steigen mir in die Augen ... Ich schaue, und vor Zorn rauscht mir das Blut im Kopf. Ich schaue und schäme mich für das Sommerhaus in Üsküdar. Entschließ dich, mein Sohn, so entschließ dich doch endlich! Das sage ich mir. Aber der Entschluß ist gefaßt. Ich kann sterben, aber umkehren kann ich nicht. Warte, überstürze nichts, mein Sohn. Legen wir alle Fragen hier auf den Tisch. Neben Anatolien. Was kannst du von dir geben? Was kannst du überhaupt geben? Alles, absolut alles ... Deine Freiheit, ja! Wie viele Jahre Gefängnis kann dich das kosten? Wenn es sein muß, lebenslänglich ... Aber du liebst die Frauen, Essen und Trinken, saubere Kleider. Europa, Asien, Amerika und Asien bereisen möchtest du auch. Wenn du Anatolien auf dem Tisch in Batum liegenläßt und von Tiflis nach Kars und von dort nach Ankara zurückkehrst, dauert es keine fünf, sechs Jahre, und du bist Abgeordneter, Minister, hast Frauen, Essen, Trinken, die Kunst, die Welt ... Vergiß es! Wenn es sein muß, kann ich mein ganzes Leben im Gefängnis verbringen. Aber damals in Batum, hast du nicht daran gedacht, daß man auch gehängt, ermordet oder wie Suphi und seine Anhänger ertränkt werden kann, wenn man Kommunist ist? Ich habe daran gedacht und habe mich gefragt: ›Hast du Angst davor, ermordet zu werden?‹ Ich habe mir geantwortet: ›Ich habe keine Angst.‹ Und dann: ›Hast du nicht darüber nachgedacht?‹ Nein. Zuerst habe ich bemerkt, daß ich doch Angst habe, und dann wieder, daß ich keine

Angst habe. Und dann habe ich mich gefragt: ›Bist du auch bereit, dafür verkrüppelt, gelähmt oder taub zu werden? Oder tuberkulös, herzkrank oder blind? Blind?‹ Blindheit, daran habe ich bisher überhaupt noch nicht gedacht. Ich stand auf. Drückte meine Augen ganz fest zu ... Ging im Zimmer umher, tastete mit den Händen nach den Gegenständen, ging mit festgeschlossenen Augen im dunklen Zimmer umher. Zweimal stolperte ich und fiel auf den Boden. Die Augen aber öffnete ich nicht. Dann blieb ich vor dem Tisch stehen und öffnete die Augen. Ja, ich bin auch damit einverstanden, blind zu werden. Das mag kindisch klingen oder auch ein wenig komisch ... Aber so ist es. Ich bin nicht auf Grund irgendwelcher Bücher oder Mundpropaganda oder gar meiner sozialen Lage hierhergekommen. Anatolien hat mich dorthin gebracht, wo ich jetzt bin. Anatolien, das ich nur vom Rand her ganz oberflächlich kennenlernen konnte. Mein Herz hat mich hierhergebracht. So ist das ...

Der siebente Strich

Als Ismail im Morgengrauen aus dem Bett stieg, war Ahmet schon seit langem wach, stellte sich aber schlafend. Heimlich, mit blinzelnden Augen, beobachtet er Ismail, sieht zu, wie er sich anzieht, wie er die Pistole nimmt, sie hin und her dreht und sie dann in seiner Tasche verschwinden läßt, wie er aus dem Fliegenkästchen Brot und Wurst nimmt und es im Stehen aufißt. Dann öffnet er leise die Tür, geht hinaus und schließt sie hinter sich ebenso geräuschlos. Ahmet beobachtete das alles blinzelnd. Und plötzlich bemerkte er, daß in der Hütte, vor der Hütte, auf der Straße, unter der Platane, in Hüsnüs Wohnzimmer, in Şükrü Beys Hof, an den ausgebrannten Stellen der Stadt Izmir, in der Twerskoj-Straße von Moskau, in Anuschkas Datscha, im Meer und auf der Erde etwas fehlte. Irgend etwas fehlte. Seit wann? Seit er schlief? Aber er war doch schon seit drei Stunden wach ... Aber dieses Fehlen hatte er jetzt erst, in diesem Augenblick, bemerkt. Oder war das Motorengeräusch erst eben verstummt? Hatte es jetzt, in diesem Moment, aufgehört? Ahmet lauschte angestrengt. Aber nicht auf das Motorengeräusch, sondern auf die Stille.

SI-YA-U war wie immer auf Zehenspitzen ins Zimmer geschlichen. So spät allerdings, mit dem Sonnenaufgang, war er sonst nie nach Hause gekommen. Hinter den vereisten Scheiben schneite es. Ich wußte, woher SI-YA-U kam. Er setzte sich an den Tisch.

Der Tisch muß weit mehr als zwei Meter lang sein. Und seine Breite wird 80, 90 Zentimeter messen. Warum nicht gleich einen Meter? Ich werde ihn abmessen. Ist er länger als das Loch? Habe ich mir mit den eigenen Händen ein Grab gegraben, verdammt noch mal? Es gibt ein Volkslied, in dem es heißt: ›Grabt mir mein Grab mitten auf dem Weg.‹ Das hat mir in unserem Sommerhaus manchmal meine Kinderfrau vorgesungen, und ich habe immer dabei geweint. Ismail hat die Pistole mitgenommen.

SI-YA-U stand vom Tisch auf und nahm aus der Kommode ein Stück Elfenbein und seine Schnitzwerkzeuge. Er begann, an dem Elfenbein zu schnitzen und zu feilen. Dabei behielt er seinen Hut auf. Dieses Zimmer ist uns beiden vor zwei Monaten zugeteilt worden, weil ich der Vorstand der »Arbeitsgruppe Schöne Künste« der türkischen Studenten bin und SI-YA-U dasselbe Amt für die chinesischen Studenten innehat. SI-YA-U zeigte mir seine Elfenbeinschnitzereien, noch während er daran arbeitete. Sie alle stellten etwa 20 Zentimeter große, in sich verschlungene Chinesenmädchen dar, eine zarter und hübscher als die andere. Und dann produzierte er noch alte, glatzköpfige, bartlose Chinesen, die ihre nackten, öligen Bäuche im Schneidersitz auf die Knie aufstützten. Seit einem Monat aber verbirgt SI-YA-U seine Schnitzereien vor mir, und ich tue so, als sähe ich sie nicht. Ich weiß aber, wessen Gesicht er zu schnitzen versucht. Der Wecker rasselte. SI-YA-U ließ das Elfenbein in seiner Tasche verschwinden. Wann hatte er seinen Hut abgenommen? Das bedeutet wohl, daß ich ein wenig eingeschlafen sein muß. Der Wecker rasselte, als wollte er überhaupt nie mehr aufhören.

Ismails Wecker hörte ich an keinem Morgen. Er hatte ihn immer unter dem Kopfkissen liegen.
»Bist du jetzt erst gekommen, SI-YA-U?«
»Warum?«
»Dein Bett ist unbenützt.«
Er antwortete nicht. Ganz eindeutig nahm er mir aber übel, daß ich nicht einsah, wie er versuchte, vor mir zu verheimlichen, daß er so spät gekommen war. Oder, was noch schlimmer war, daß ich es zwar wußte, ihn aber trotzdem fragte.
»Warst du wieder mit Anuschka zusammen?«
Er sah mich an, als hätte ich etwas sehr Ungehöriges getan.
»Ich weiß, daß du das Mädchen liebst.«
Er antwortete nicht, sah mich nur weiterhin so an.
»Verheimlicht man so etwas vor seinem Genossen? Liebt dich Anuschka auch?«
Ich schäme mich vor mir selbst, aber es macht mich einfach verrückt, daran zu denken, daß er bis zum Morgen mit Anuschka zusammen war. Ich denke gar nicht einmal daran, daß sie einander küssen. Sie werden nur bis zum Morgen am Ufer der Moskwa spazierengegangen sein. Dabei werden sie sich nicht einmal an den Händen gehalten haben. So habe ich sie ja selbst einmal gesehen. Daß mich dieser Gedanke verrückt macht, bemerke ich erst jetzt.
»Anuschka liebt dich doch?«
»Nein.«

Es hat aufgehört zu schneien. Auf den Bänken des Strasnoj-Boulevards sitzen vereinzelt Menschen. Ich gehe in Richtung Strasnoj-Platz. Schlitten fahren vorbei. Ich sehe einen Hund. Es ist ein Wolfshund. Er ist nicht gelb, sondern schwarz. Gelbe Wolfshunde gibt es nicht. Er läuft neben einem Mädchen her.

Ein tollwütiger Hund beißt heimtückisch. Er schleicht sich lautlos von hinten an und hat dich schon in die linke Wade gebissen, ehe du es merkst. Ismail hatte die Tür beim Weggehen nicht richtig geschlossen. Ich sehe das Morgenlicht durch die Türspalte.

Ich bereite eine Arbeit über den Einfluß der Oktoberrevolution auf die Malerei Rußlands und der Welt vor. Ich sitze in der Universitätsbibliothek. Hier ist es still wie im hinteren Garten des Sommerhauses in Üsküdar, wenn es Herbst ist. Vor mir türmen sich Bücher und Schriften über mein Thema. An diesem Abend habe ich aber kein einziges dieser Bücher angerührt. Mir ist nicht nach Arbeit. Sogar meine Lieblingsvorlesung, Wirtschaftspolitik, habe ich heute ohne Interesse über mich ergehen lassen. In der Bibliothek sind außer mir nur noch zwei Leute. Einer ist ein junger Russe, er hat im Bürgerkrieg seine beiden Arme verloren. Die Seiten seines Buches blättert er mit einem Holzstäbchen um, das er sich zwischen die Zähne geklemmt hat. Den anderen kenne ich nicht. Seiner Kleidung und seinen Gesichtszügen nach müßte es ein Mongole sein. Mein Blick fällt auf die Sammelbände der Prawda auf dem Nachbartisch. Ich nehme den Band des Jahrganges 1922. Die Schlagzeilen der Titelseite handeln von den Neujahrsbotschaften: ›Vergeßt nicht, Genossen! Wenn Arbeiter und Bauern ihre fleißigen Hände nicht regen, wird das neue Jahr neue Gräber entlang der Wolga bringen! Unser Neujahrswunsch: Sieg über den Hunger, Genesung der Industrie, reiche Ernte und Sieg des proletarischen Aufstandes in der ganzen Welt!‹
Ich schaue mir die anderen Nachrichten an. Unabhängigkeitskrieg in Ägypten. Die tschechische Regierung schickt für die Hungernden in Rußland dreizehn Millionen Kronen.

Ich blättere um. 3. Januar: Generalstreik der Eisenbahnarbeiter in Deutschland. Streik der Druckereiarbeiter in China. Streikvorbereitung der Metallarbeiter in England. 10. Januar: Die Erdölproduktion in Baku wird gesteigert. Straßenkämpfe in Irland.

Die Schlagzeilen vom 14. Januar: ›Wenn du dein Gehalt kassierst, denk an die Hungernden! Wenn du deinen Kindern zu essen gibst, vergiß die Kinder nicht, deren Eltern an der Wolga verhungert sind!‹

Ich suche Nachrichten über die Türkei. Da sind sie: ›Eine Erklärung des Genossen Frunze nach seiner Rückkehr aus Ankara‹ am 7. Februar: ›Zwischen der Ukraine und der Türkei ist ein Abkommen abgeschlossen worden.‹ ›Die Große Nationalversammlung hat mit Sowjetrußland einen Freundschaftspakt geschlossen‹ ...

Früher, während des zaristischen Regimes, spielte die Angst vor dem Imperialismus, der aus dem Norden einzudringen versuchte, das heißt die Angst vor Moskau, eine große Rolle für die Volksmassen der Türkei. Diese Angst war eine spezielle Eigenheit der türkischen Volksseele. Jetzt ist es umgekehrt. Das türkische Volk bringt Rußland, der Ukraine und den anderen Sowjet-Republiken tiefe Freundschaft entgegen.

Im März fand ich noch eine Meldung: Wir bedanken uns dafür, daß sich die sowjetische Regierung für die Einladung der Türkei zur Genfer Konferenz eingesetzt hat.

Petrosyan trat ein. Er war Sekretär der Parteizelle an der Universität. Heute hat er seinen Orden nicht angesteckt. Er schaute über meine Schulter auf die Prawda, die wie ein Leintuch ausgebreitet vor mir liegt. Ich flüsterte:

»Die Zeitungen aus dem Jahr 1922. Es kommt einem vor, als wären seither nicht ein, sondern zehn Jahre vergangen.«

Petrosyan schüttelte den Kopf und flüsterte:
»Da müßte ein Artikel vorkommen, der ungefähr so heißt: Die Probleme unserer Agrarpolitik. Wenn er dir unterkommt, schreib dir bitte auf, wann er erschienen ist. Müßte im Dezember gewesen sein. Oder im November.«
»Ist gut«, sagte ich.

Petrosyan ging wieder. Er arbeitete an einer Untersuchung über die Bodenprobleme im Mittleren Osten.
»Wenn ich fleißig bin, bin ich in drei Jahren fertig«, sagte er.
Und wußte dabei, daß er Krebs und noch acht, neun Monate, höchstens aber ein Jahr zu leben hatte.
Der Iran hat den hungerleidenden Kindern an der Wolga 300 Pud Reis und 23 Pud Rosinen geschickt. Die Vereinigten Staaten von Amerika haben sieben Schiffsladungen Mais geschickt. Der Ministerrat von England lehnte es ab, Rußland Geldhilfe zu gewähren. Ich kam zum 15. März. Wieder Schlagzeilen: ... ›Jeder Verband, jeder Genosse, muß sich die Gewissensfrage stellen, ob er wirklich alles getan hat, um die vom Hunger Bedrohten zu retten! Jeder, der sein Ohr dem Stöhnen der Hungernden verschließt, gehört an den Pranger. Er muß zum Mörder gestempelt werden!‹ ... Die schwedischen Kommunisten schickten 1560 Pud Mehl, Fische und 20 000 Kronen ... Auf dem elften Kongreß der Russischen Kommunistischen Partei spricht Lenin ... Faschistische Diktatur in Italien ... Und wieder eine Meldung über uns: ›Die türkischen Kommunisten schicken Glückwünsche zur Befreiung Wladiwostoks durch die Roten Streitkräfte. Die Große Nationalversammlung hat beschlossen, die Regierung in Istanbul aufzuheben.‹
Vor den Fenstern schneit es an diesem Moskauer Abend ganz

weich in dichten Flocken. Der Junge mit den abgerissenen Armen blättert emsig mit seinem zwischen die Zähne geklemmten Stäbchen in den Seiten des Buches.
Die Schlagzeilen des 7. Novembers: ›Gruß dir, westlicher Arbeiter! Du bist die Stütze des russischen Arbeiterstaates. Gruß euch deutschen Eisenarbeitern, die ihr Wilhelm stürzt! Zertrümmert auch Stinnes' blutigen Thron!‹ In derselben Ausgabe Lenins Glückwünsche: ›Werte Genossen! Zum fünften Jahrestag der Oktoberrevolution wünsche ich euch allen aus ganzem Herzen alles Gute. Mein Wunsch: Laßt uns in den nächsten fünf Jahren in Frieden genausoviel erreichen, wie wir bisher mit unseren Waffen in der Hand erreicht haben. Euer Lenin.‹
In derselben Ausgabe stand: ›Jugend, Jugend, sei schnell, sichere dir den Platz der scheidenden Generation!‹

Hasan kam herein. Er tat so, als sähe er mich nicht. Er setzte sich an einen ziemlich weit entfernten Tisch. Hasan war ein kleiner Offizier im osmanischen Heer gewesen. Er war im Kaukasus vom Zarenheer gefangengenommen und in ein Arbeitslager nach Sibirien geschickt worden. 1918 hatte er sich den Bolschewiken angeschlossen. 1919 hatte er Mustafa Suphi kennengelernt. Es gab keine Front gegen Weiße, an der er nicht gekämpft hätte: Gegen Koltschak, die Tschechoslowaken, gegen Wrangel und in dem von Suphi aufgestellten türkischen Heer hatte er gegen die georgischen Menschewiken gekämpft. Jetzt studiert er an der Universität Philosophie, möchte aber Elektroingenieur werden. Mich mag er überhaupt nicht. Wahrscheinlich, weil ich in aller Gemütlichkeit, ohne auch nur einen einzigen Schuß auf Kapitalisten und Imperialisten abgefeuert zu haben, auf die Moskauer Universität gekommen bin. Und daß ich der Enkel eines Paschas bin, kann er mir auch nicht verzeihen. (1932 wurde Hasan Elektroingenieur. 1937 wurde er an die Wand gestellt. Nach dem 20. Kongreß wurde seine Schuldlosigkeit erwiesen.)

Ich wandte mich wieder der Prawda vom 7. Oktober 1922 zu: ›Wir grüßen alle Genossen, die von den Schergen der Bourgeosie hinter Gitter gesperrt wurden, die wegen des Dienstes am Sozialismus verfolgt, verbannt, gefoltert und hingerichtet werden. Zum fünften Jahrestag des Proletariersieges grüßen wir sie, indem wir Gefängnismauern und Landesgrenzen übersteigen.‹

Anuschka kam herein. Ich senkte meinen Kopf tief in die Prawda, aus den Augenwinkeln aber beobachtete ich das Mädchen. Sie hatte mich entdeckt. Erst tut sie so, als wollte sie zu mir herkommen, dann aber überlegt sie es sich anders. Sie dürfte sich an einen Tisch hinter mir gesetzt haben.

In der Prawda steht: ›Wir müssen Sibirien von den Japanern säubern‹, ›Wir müssen gegen den internationalen Kapitalismus hart vorgehen‹, ›Wir müssen mit Amerika eine Verhandlungsbasis finden‹, ›Das Gleichgewicht des Etats muß gesichert werden‹, ›Es muß verhindert werden, daß die Fabriken leerlaufen‹.

Ich fand den Artikel, den Petrosyan gesucht hatte: ›Die vornehmlichen Probleme unserer Agrarpolitik‹. 21. Dezember 1922. Ich stand auf. Anuschka saß wirklich, wie ich vermutet hatte, hinter mir an einem Tisch in der Nähe der Tür.

»Komm einen Sprung mit hinaus!«

»Was willst du?«

»Bist du gestern nacht mit SI-YA-U an der Moskwa spazierengegangen?«

»Was geht das Sie an?«

»Der Junge ist ja ganz verrückt nach dir!«

Sie antwortete nicht. Das Blau ihrer Augen verdunkelte sich.
»Und du liebst SI-YA-U doch auch!«
»Warum denn nicht? Was wollen Sie von mir? Warum haben Sie mich gerufen?«
»Was hast du gerade gelesen?«
Sie lächelte. Dabei entstand in ihrer rechten Wange ein Grübchen. Aber nur in der rechten Wange.
»Jesenin ... Haben Sie noch irgendwelche Fragen?«
»Nein.«

»Nein, Ismail, so ist das nicht. Aufschneiden wollte das Mädchen sicher nicht. Mir ist alles mögliche eingefallen, aber an das habe ich nicht gedacht, und wäre es auch nur im entferntesten so gewesen, ich hätte es bemerkt. Das hätte ich sofort mitbekommen. Und warum sollte sie so etwas tun? Alle Studenten der Universität umschwärmten sie, aber nur mit SI-YA-U war sie per du. Mit allen anderen scherzte, lachte, tanzte sie und ging sie aus. Aber mehr war da nicht. Mehr wagte ohnehin niemand zu erhoffen. Oder vielleicht doch, aber einer genierte sich vor dem anderen, ›wenn der erfährt, was ich mir wünsche, bin ich schön blamiert ...‹. Sich dieses ›Mehr‹ vorzustellen, war wie ein Opiumrausch. Diese Art von Rausch kennen wir zwar nicht, wir wissen vielleicht auch gar keinen Namen dafür. Aber wenn wir es wüßten, Opium äßen, den Rausch erlebten und dann wieder zu uns kämen, würden die anderen uns ganz schön verspotten. So ist das ..«

An jenem Abend feierten die Chinesen den Jahrestag eines ruhmreichen Ereignisses in ihrer Revolutionsbewegung. SI-YA-U nahm Ahmet noch vor dem offiziellen Einlaß mit in

den Theatersaal. Auf dem äußeren Rahmen der Bühne hingen Blütengirlanden.
»Wo habt ihr denn jetzt mitten im Winter all diese Blumen her?«
SI-YA-U legte Ahmet das Blatt einer aprikosenfarbenen Rose in die Hand. Die Blumen waren aus Papier. Auf dem Blatt saß ein roter Käfer mit weißen Tupfen. Auch er war aus Papier.
»Wer wird diesen Käfer schon sehen, SI-YA-U?«
»Jeder, der sich für so etwas interessiert. Außerdem wollten wir uns selbst beweisen, was wir können.«
An den Wänden hängen chinesische Schriftzeichen, die auf Tücher gemalt sind. Ich kann meinen Namen in chinesischen Schriftzeichen malen.
Die Studenten und Gäste drängten lärmend in den Saal. Am auffallendsten waren nicht die Chinesen, Japaner oder Afrikaner, sondern die Kaukasier und Zentralasiaten. Das hängt sicher mit ihrer Kleidung zusammen. Sie trugen ihre Nationaltracht samt den Pistolen und Dolchen sogar in der Stadt. Bei den Zentralasiaten waren die Männer hübscher als die Frauen. Auf der Bühne hinter dem Präsidium hingen Bilder von Marx, Engels, Lenin und anderen Großen der bolschewikischen Partei. Marx und Engels hingen ganz oben, die Rahmen dieser Bilder waren mit Blumen geschmückt. Wir wählten an die 20 Genossen von der Weltbewegung der Kommunisten zu Ehrenmitgliedern ins Präsidium. Petrosyan erteilt Li, einem großen, kräftigen, jungen Mann, das Wort. Wer nicht Chinesisch kann, und das ist immerhin die Mehrzahl, sieht zu den Chinesen hinüber und klatscht dann mit ihnen, wenn Li bei seiner Rede eine kleine Pause einlegt. Mein Blick fällt auf den mit Ketten umwundenen Erdball. Ein Arbeiter, der mindestens dreimal so groß ist wie der

Erdball, läßt seinen schweren Eisenhammer auf die Ketten niedersausen. Ich höre das gewaltige Dröhnen der schweren, rostigen Kettenglieder, die auseinandergefetzt und in die Luft geschleudert werden. Vorn, auf der linken Seite entdekke ich Anuschka. Sie sitzt zwischen einem alten Engländer, der in der Komintern arbeitet, und einem indischen Studenten. Lis Rede wird ins Russische übersetzt. Ich glaube alles, was Li sagt. Dort ist das Kapital zu sehen: Eine riesige Spinne mit Schweinskopf, die in einem aus Fabrikrauch gesponnenen Netz hängt. Mit ihren kurzen, fetten Fingern, an denen Brillantringe funkeln, wühlt sie in einem Haufen Gold. Anuschka drehte sich um, unsere Blicke trafen sich, dabei hatte sie ein Lächeln auf ihren vollen Lippen. Anuschkas Ohren waren jünger als sie selbst, es waren die Ohren eines vierzehnjährigen Mädchens. Auf der Bühne sprach ein ukrainisches Mädchen in ihrer Muttersprache. Anuschka strich sich mit der linken Hand die Haare im Nacken glatt. Ich erfuhr den Namen des ukrainischen Mädchens: Lena. Der Nachname: Jurtschenko. Jurtschenko ist dunkelblond. Beim Reden hat sie Grübchen in beiden Wangen. Nicht wie Anuschka, die nur ein einziges Grübchen in der rechten Wange hat. Irgend etwas an ihr erinnert an die Mädchen in Istanbul. So hübsche Beine sehe ich zum ersten Mal. Ich verstehe, was das ukrainische Mädchen sagt. Irgend jemand hat an eine Wand III. Internationale geschrieben. Das Kapital, mit Zylinder und dickem Bauch, hat sich in eine Ecke verkrochen, es krümmt sich vor Angst. Wie aus einem Mund sangen wir alle die Internationale, jeder in seiner Muttersprache, nur das Wort »international« heißt in jeder Sprache »international«, nur die Chinesen haben einen eigenen Ausdruck.
Im Foyer fragte ich Anuschka:
»Bleibst du zum Konzert hier?«

»Nein, ich gehe.«
»Darf ich dich nach Hause begleiten?«

Es war eine stockfinstere und keine besonders kalte Nacht, in der nicht einmal der weiße Schnee der Dunkelheit etwas anhaben konnte. Wir gingen von den Boulevards zum Moskwa-Fluß. Anuschka sagte:
»Sie haben meinen Vater vor meinen Augen ermordet.«
»Koltschak hat ihn erschießen lassen, nicht wahr?«
»Es läutete plötzlich an unserer Tür. Meine Mutter öffnete. Draußen waren zwei Offiziere. Sie gingen sofort in das Zimmer meines Vaters, in dem auch ich war. Einer der Männer war blond und hatte große blaue Augen. Er zog seine Pistole und schoß Vater in den Kopf. Dreimal ...«
Ich fragte nicht, was danach geschehen sei, wie sie von Sibirien hierhergekommen waren und wo ihre Mutter an Typhus gestorben war.
»Ich male, bin Maler.«
»Ich weiß. Ich habe die Bilder gesehen. In eurem Zimmer.«
»Wann warst du in unserem Zimmer?«
»Eines Ihrer Bilder hat mir sehr gefallen, eines gut, zwei mittel und den Rest habe ich nicht gemocht.«

»Wieso hatte mir SI-YA-U nicht erzählt, daß Anuschka in unser Zimmer gekommen war? Wann konnte sie nur da gewesen sein? Und was haben sie dort gemacht? Ich glaubte, mein Herz würde zerspringen. Dann wieder schämte ich mich schrecklich für das, was ich mir vorstellte. Anuschka und dieser Schuft von SI-YA-U ...«
»Warum sagen Sie nichts?«
»SI-YA-U schnitzt an einer Elfenbeinfigur von dir, nicht?«

»Davon weiß ich nichts. Ich habe ihn gebeten, mir eine Katze zu schnitzen. Ich liebe Katzen. Aber aus irgendeinem Grund schafft er es nicht. Er kann keine Katze schnitzen.«
»Bring mir deine Katze, ich male sie dir in Öl.«
»Ich habe gar keine Katze.«
»Dann male ich dir aus dem Gedächtnis eine riesengroße Angorakatze.«

Wir betraten den Garten der Chram-Spasitel-Kirche, von der man direkt auf die Moskwa sehen konnte. Anuschka sagte: »Im Winter war ich noch nie hier.«
Die Bänke zwischen dem dichten, verschneiten Gebüsch waren alle besetzt. Weiter hinten, auf einer Lichtung, fanden wir eine leere Bank und setzten uns darauf.

»Anuschka, hältst du mich für einen sehr groben, ungehobelten Kerl?«
»Nein, aber wenn Sie aufhören würden, Ihre Grobheiten zu übertreiben, nur um zu verschleiern, daß Ihr Großvater Pascha war, wäre es viel besser.«
»Hast du von den anderen Türken erfahren, daß ich der Enkel eines Paschas bin? Ich weiß schon, wer das gesagt hat!«
»Niemand hat es gesagt. Es steht in Ihrer Beschreibung.«
»Liest du alle Beschreibungen der Studenten so genau?«
»Nein, aber Ihre habe ich gelesen.«
Ich fragte nicht, warum. Sie hätte mir sicher eine plausible Erklärung gegeben, aber ich dachte nur an die unwahrscheinlichste aller Erklärungen ...

Plötzlich gellten Pfiffe durch die Nacht, Trillerpfeifen, dann Rufe und Laufschritte.
»Zwei Personen, hier!«

Noch bevor Anuschka und Ahmet überhaupt begriffen hatten, um was es ging, herrschte sie ein Milizbeamter mit dichtem Schnauzbart an:
»Los ... Marsch ...!«

Ahmet sah, wie eine kleine Schar von Männern und Frauen aus dem Park gescheucht wurden. So etwas passierte ihm zwar zum ersten Mal, aber von seinen Freunden hatte er schon davon gehört. Er fuhr den Milizbeamten mit dem vollen Schnauzbart, der Anuschka am Arm gefaßt hatte, an:
»Laß den Arm des Mädchens los, wir sind Studenten der Universität!«
»Ich bin keine Studentin, ich bin Schreibkraft an der Universität!«
»Das könnt ihr auf dem Kommissariat erzählen!«
Inzwischen hatte er ein paarmal in seine Pfeife geblasen. Ein weiterer Milizbeamter tauchte auf. Er hatte keinen Bart.
»Die sind renitent!«
Anuschka befreite sich von dem Griff des Beamten mit dem dicken Schnauzer.
»Was heißt hier, wir sind renitent«, fauchte Anuschka. »Was ist hier los, was wollen Sie von uns? Warum sollen wir aufs Kommissariat gehen? Ich verstehe nicht, was hier vor sich geht!«
»Was habt ihr hier gemacht?«
»Wir sind auf der Bank gesessen.«
»Ihr seid also hier gesessen, wohl wie Brüderlein und Schwesterlein.«
»Ja genau«, sagte Ahmet.
»Wie Brüderlein und Schwesterlein?«
Ahmet wiederholte den Spruch des bartlosen Beamten: »Wie Brüderlein und Schwesterlein!«

»So schaust du aus ... Bist du Georgier?«
»Ich bin Türke, politischer Emigrant und Kommunist.«
Der bartlose Beamte untersuchte im Schein seiner Taschenlampe die Papiere, die ihm Ahmet hingehalten hat. Dann fragte er seinen Kollegen mit dem dichten Schnauzer:
»Hast du sie bei irgend etwas erwischt?«
»Nicht direkt ... aber was haben sie hier verloren. Sie wollten ja bestimmt was machen ...«
Anuschka sagte:
»Wir haben nicht gewußt, daß dies hier ein verrufener Ort ist ...«
»Das hättet ihr aber wissen sollen!«
»Wir kommen sicher nie mehr hierher!«
»Wenn ihr wollt, könnt ihr noch ein bißchen sitzen bleiben. Aber ich an eurer Stelle würde lieber gleich verschwinden.«

Ahmet und Anuschka verließen den Kirchen-Park. Ohne es zu bemerken, lächelten beide. Sie sprachen nicht. Sie fühlten sich etwas komisch, ein wenig beschämt und flau. Besonders Ahmet hatte so ein flaues Gefühl. Plötzlich, in der Dunkelheit des Parktores, küßte er das Mädchen. Anuschka wehrte sich nicht. Sie überließ sich meinem Mund. Ein Lichtstrahl ging von den Schlägen meines Herzens aus und erleuchtete mich von Kopf bis Fuß. Anuschka war im Küssen ungeübt. Ich nahm ihren Kopf zwischen meine Hände:
»Schau mir in die Augen, Mädchen ... Hast du vor mir schon jemanden geküßt?«
»Ja.«
»Du lügst.«
»Laß mich!«

Ich wollte sie noch einmal küssen, aber sie ließ es nicht zu. Am Abend sitze ich da und male eine Katze. Es ist das achte oder neunte Katzenbild, das ich innerhalb der letzten drei Monate gezeichnet habe. Auf Moskau fiel Frühlingsregen, als SI-YA-U plötzlich sagte:
»Anuschka liebt dich.«
»Woher willst du das wissen.«
»Sie hat es mir gesagt.«

Der Motor dröhnt tak tak, tak tak.
»Blas die Lampe aus, Ahmet!«
Ahmet stand auf, zeichnete den siebenten Strich hinter die Tür und blies die Lampe aus.
»Sag den anderen, daß ich nach Istanbul gefahren bin, Ismail. Wenn es passiert, sollen sie nicht wissen, daß ich hier bin.«
»Gut, gut. Leg dich endlich nieder.«
Der Motor dröhnt tak tak, tak tak.

Der vierzehnte Strich

Diesmal wartete Ahmet nicht bis zum Abend. Zwei, drei Stunden nachdem Ismail gegangen war, zeichnete er den vierzehnten Strich hinter die Tür. Er wußte zwar genau, daß es der vierzehnte Strich war, trotzdem zählte er nach. Vierzehn. Einundvierzig weniger vierzehn ergibt siebenundzwanzig. Er schaute durch die Türritzen ins Freie. Plötzlich schreckte er zurück. Er schaute noch einmal: Eine junge Frau mit dunklem Teint, barfuß, einem hellen Kopftuch und einer Pluderhose legte Wäsche auf das Gestrüpp. Neben ihr stand ein Junge mit nacktem Oberkörper, der zur Hütte herschaute. Ahmet fuhr zurück, als könnte ihn der Junge von draußen sehen. Scheinen Zigeuner zu sein, dachte er. Ihre Stimmen konnte man deutlich hören. Der Junge sagte: »Ich gehe in die Hütte hinein!« Die Frau: »Das kannst du nicht, siehst du das Vorhängeschloß nicht?« Der Junge: »Das bringe ich schon auf!« Er begann an dem Schloß zu hantieren. Ahmet drückte sich in die hinterste Ecke. Der Junge schaute durch die Türritzen herein. »Da brennt eine Lampe!« Ahmet fluchte lautlos über den Jungen, die Lampe und über sich selbst. Der Junge versucht nun das Schloß mit Gewalt aufzubrechen, die Frau schreit ihn an. Durch die Ritzen sieht Ahmet, wie ihre Schatten aneinanderstoßen. Jetzt brüllt der Junge los, offenbar setzt es Prügel. Die Schatten verlieren sich vor den Ritzen der Tür. Ahmet kauert zehn Minuten, vielleicht aber auch zwei Stunden, in der Ecke und bewegt sich nicht. Dann schleicht er auf Zehenspitzen – bin ich verrückt, von draußen kann man meine Schritte doch gar nicht hören, ich bin ja barfuß – bis zur Tür. Die Zigeunerin hockt jetzt bei der Wäsche, und der Junge liegt neben ihr auf dem Rücken.

Ich ziehe mich wieder in die Ecke zurück, rücke den Stuhl heran, setze mich darauf und verschränke meine Arme über dem Bauch.
Die Frau beginnt ein Lied zu singen. Sie hat eine weiche, warme Stimme. Die Zigeunerweiber sollen feurig sein, heißt es. Das Petroleum der Lampe wird gleich ausgehen. Verdammt. Ahmet stand auf und wollte sie neu auffüllen, da fiel ihm ein, daß ja kein Petroleum mehr da war. Ismail wird erst heute abend welches mitbringen. Er kehrte zu seinem Stuhl zurück. Der Junge sprach jetzt mit einem Mann. Er sagte ihm, daß in der Hütte Licht brenne. Der Mann antwortete: »Die da wohnen, haben beim Weggehen wahrscheinlich vergessen, die Lampe auszumachen.«
Sie näherten sich der Tür und schauten durch die Ritzen herein. Die Lampe flackerte und verlöschte. Der Junge sagte: »Sie haben die Lampe ausgelöscht!« Die Frau rief ihnen vom Gebüsch aus verärgert zu: »Was geht euch die Lampe an!« »Da drinnen geistert es!« rief der Junge zurück. Kein Ton war zu hören. Ahmet stand auf und schaute hinaus: Niemand da, nicht einmal mehr die Wäsche. Er verstopfte die Türritzen mit Zeitungspapier und legte sich dann aufs Bett. Nun war es stockfinster, nicht einmal der Tod ist so finster. Auch nicht die Kopfschmerzen, die Angst, die Krämpfe, das Heulen mit dem Speichelfluß und auch nicht der Gedanke daran, daß mich Ismail mit der Pistole erschießt. All diese Vorstellungen sind nicht so finster, wie es jetzt in der Hütte ist.
Ich empfinde sogar die Traurigkeit der Dinge, die nicht stockfinster sind. Der Tod ist nicht traurig, verdammt.

Ismail kam nach Hause.
»Drüben am Hügel ist ein Zelt aufgestellt worden. Die wer-

den aber sicher morgen wieder wegziehen. Ziya war ganz wild auf Zigeuner. ›Wenn ich nicht schon verlobt wäre, würde ich eine Zigeunerin heiraten‹, hat er immer gesagt.«
Sie aßen in der Hütte. Die Tür öffneten sie an diesem Abend nicht. Ismail sagte:
»Wenn es Tabletten gegen Tollwut gäbe, wären Injektionen überflüssig. Aber sie werden auch das erfinden. Eines Tages.«
Ahmet antwortet ihm:
»Bis dahin bin ich schon aufgeschmissen.«
Dann schämte er sich für das, was ihm da aus dem Mund gerutscht war.
»Dir passiert schon nichts!«
Ismail schaute zur Tür, vermutlich auf die Striche.
»Der vierzehnte Strich«, sagte Ahmet.
Es mußte Mitternacht sein, als Ahmet plötzlich das Gefühl hatte, jemand klopfe an die Tür. Er fuhr mit einem Satz in die Höhe und saß aufrecht in seinem Bett.

Ich öffnete die Tür.
Ahmet rieb sich die Stirn und blickte auf die Tür. Sind wir überfallen worden? Er horchte. Nur der Motor dröhnte wieder tak tak, tak tak. Ich öffnete die Tür. Es war das Jahr 1921. Seit vier Tagen und drei Nächten sind wir in Inebolu. Zwei Männer, die ich nicht kenne, stehen vor unserer Hoteltür. Ich höre das Rauschen des Schwarzen Meeres. Zwei Männer in Reithosen und Pelzmützen stehen vor unserer Tür. Weit hinten im Korridor brennt eine Petroleumlampe. Süleyman und Tevfik setzen sich in ihren Betten auf. Einer der Männer in Reithosen sagte:
»Los, anziehen, die Herren!«
Tevfik fragte:

»Was ist los?«
»Nehmt auch eure Koffer mit!«
Süleyman fragte:
»Ich auch?«
»Ja.«
In der Dunkelheit flackerten nur die Nachtlämpchen.
Tevfik fragte:
»Wer seid ihr?«
»Vom Ayın-Pe.«
Ayın-Pe ist die Militärpolizei.
»Lassen Sie sich nicht stören, mein Herr«, sagte einer von ihnen zu mir. Der andere zündete die Petroleumlampe im Zimmer an. »Machen Sie keinen Lärm!«
Das sagte er aber nicht zu mir, sondern zu Süleyman und Tevfik.
Süleymans Finger zitterten, als er seinen Koffer packte. Der erste Mann ging zu den beiden und verließ das Zimmer mit ihnen. Der zweite sagte zu mir:
»Sie gehen nicht aus, bevor ich morgen hierhergekommen bin.«
»Ja, aber ...«
»Die Herren werden mit dem Schiff, das in einer Stunde ablegt, nach Istanbul zurückgeschickt. Gute Nacht«, sagte er und ging weg.

Plötzlich fiel mir auf, daß mir Süleyman und Tevfik nicht einmal auf Wiedersehen gesagt hatten. Dabei wurde mir ganz eigenartig zumute.

Vor vier Tagen war mein Großvater morgens in die Moschee beim Anlegesteg von Üsküdar gegangen, um sein Morgengebet zu verrichten. Bei dieser Gelegenheit waren Süleyman,

Tevfik und ich aus Istanbul geflüchtet. Nach Inebolu. Während der Besatzung durch die Entente-Mächte gab es zwei Möglichkeiten, von Istanbul nach Anatolien zu gelangen: Auf dem Landweg über Pendik oder über das Schwarze Meer. Einer der Führer jener Organisation, die für Mustafa Kemal Waffen aus Istanbul herausschmuggelte, war ein Verwandter Süleymans, und der besorgte uns drei gefälschte Reisepapiere. In Sirkeci bestiegen wir ein schwarzes, ausgetrocknetes Schiff, das fast so flach war wie ein Bügelbrett. Wir gingen in unsere Kabinen, wo die Küchenschaben an den Wänden durcheinanderkrabbelten und es eng und heiß wie in der Hölle war. Tevfik lehnte seinen Kopf an das Bullauge.

»Ob wir Istanbul je wiedersehen werden?«

Er weinte.

»Vielleicht fahren wir weg und kommen nie mehr zurück.«

Als das Schiff unter dem Stampfen der Schiffsschraube zu dröhnen begann, ging ich aufs Deck hinauf. Der Verwandte von Süleyman hatte uns zwar gewarnt: ›Bleibt in der Kabine bis das Schiff aufs offene Meer hinausfährt!‹, aber das Stampfen der Schraube gab mir Vertrauen, außerdem hatte ich einfach nicht die Kraft, aus Istanbul wegzufahren, ohne ein letztes Mal zum Sarayburnu, zur Galatabrücke, zu den Kuppeln der Moscheen, den nadelfeinen Minaretts und hinüber nach Taşkışla zu schauen. Wir fahren an einem amerikanischen Kriegsschiff vorbei, dessen Masten mit Drahtgeflecht umwunden sind. Um den Leuchtturm Kızkulesi herum, vor Beşiktaş und in den Buchten des Bosporus ist fast kein Platz zum Durchkommen, denn das Meer von Istanbul ist voll mit Schlachtschiffen, Kreuzern, Torpedobooten und Lastschiffen. Wie oft habe ich dieses kriegerische, widerliche Gewirr aus Eisen und Stahl schon gesehen und dabei blinde Wut verspürt!

Aber im Moment kann ich diese Schiffe mit Selbstvertrauen betrachten. Jetzt kümmert es mich nicht, daß im Meer von Istanbul mehr Unterseeboote herumschwirren als Sardellen, Makrelen und andere Fische. Ich bin auf dem Weg nach Anatolien, zu Mustafa Kemal Pascha.

Auf dem Schiff befinde ich mich in der Menge der Deckspassagiere: Männer, Frauen, Kinder mit Kisten und Körben. Ich sehe meine Stadt. Keinen bestimmten Stadtteil, sondern die Stadt als Ganzes. Und ich denke daran, wie vor den Kasernen und Waffenlagern Schotten, Neuseeländer und Inder, alle aus dem englischen Heer, Wache halten, immer zu zweit. Wie Marionetten werden sie Arme und Beine bewegen und sich in entgegengesetzter Richtung voneinander entfernen. Dann machen sie kehrt, gehen aufeinander zu und stehen sich gegenüber. Ich weiß, daß diese Art des Wacheschiebens für die Unseren sehr nützlich ist. Kaum kehren die Wachhaltenden einander den Rücken zu und entfernen sich voneinander, können sich die Unseren – selbstverständlich nur nachts – auf sie stürzen. Sie machen sie kurzerhand fertig und haben freien Zugang zum Lager. Wenn die Wacheschiebenden Inder sind oder Mohammedaner aus einem anderen Land, muß man nicht einmal ein Messer verwenden. Sie ergeben sich ohne einen Muckser, und manchmal helfen sie den Unseren sogar. Ich weiß aber auch: Wenn ein Matrose, ein Infanterist oder ein Artillerist, ein Franzose, Engländer, Amerikaner, Italiener, Grieche oder einer aus Madagaskar oder Australien unsere Scheiben einschlägt, unsere Kinder verprügelt oder unsere Frauen belästigt, dann bringen wir ihn um.

Ich war durch das Tor des Gülhane-Parks auf die Straße hinausgegangen. Es wurde gerade Abend. Die Straße war ziemlich ausgestorben. Vereinzelt kamen Leute, deren Gesichter aussahen wie vierzehn Tage Regenwetter. Ich blieb stehen. Die Straßenbahn fuhr irgendwo knirschend um eine Biegung. Ich ging zwei, drei Schritte weiter, da sah ich, wie eine Frau mit verhülltem Gesicht die Straße herunterlief. Offenkundig lief sie vor etwas davon oder ist verjagt worden. Sie schreit nicht. Sie trägt nur einen Schuh und hinkt deshalb. Meine Augen, die im Wegdenken von Schleier und Kleidern geübt sind, bemerken, daß es sich um eine ältere Frau handelt. Auf dem Gehsteig gegenüber geht ein Beamter versonnen seiner Wege – daß es ein Beamter, ja sogar genauer gesagt ein Finanzbeamter war, kann ich heute noch unterschreiben. Die Frau läuft an ihm vorbei und kommt auf mich zu. Dann bleibt sie stehen:
»Rettet mich, Brüder!«
Sie kann auch etwas anderes gesagt haben. An die Worte »Brüder« und »Rettet mich« aber kann ich mich ganz genau erinnern. An der Straßenecke tauchten zwei französische Soldaten aus der Fremdenlegion auf. Sie liefen ihr mit Armen und Händen rudernd nach. Die Frau ließ sich zu meinen Füßen niederfallen. Der Finanzbeamte kam vom Gehsteig gegenüber zu uns her. Am unteren Ende der Straße, in der Biegung, hielt ein Mann an und schaute zu uns. Dann blieb er stehen, wo er war. Die Legionäre wälzten sich auf uns zu – oder es kam mir zumindest so vor. Ich stellte mich vor die Frau, da versetzte mir der eine Soldat einen Schlag aufs Ohr. Ich taumelte. Mir wurde schwarz vor Augen, oder richtiger gesagt, ich machte die Augen zu. Dann hörte ich Stimmen:
»Knöpf du dir den anderen vor, Şinasi!«

»Okay!«
Ich öffnete die Augen und sah die Soldaten flach auf dem Boden liegen.
»Los, verschwinde!« (Das galt mir.)
»Gib mir die Hand, Schwester!« (Das galt der Frau.)
»Und Sie, mein Herr, Sie verschwinden auch!« (Das galt dem Finanzbeamten.)
Es waren drei junge Männer. Vielleicht waren sie auch nicht mehr so jung, aber mir kam es so vor. Ich sah ihre Messer. Einer wischte sich das Messer am Gürtel ab und steckte es ein. Sie faßten die Frau an den Armen und verschwanden in den Gülhane-Park.

Wir bringen sie um. Jetzt haben sie so viel Angst, daß sie nicht bloß in der Nacht, sondern auch tagsüber – und das überall in Istanbul, sogar in den Seitengassen von Beyoğlu – sich nicht allein auf die Straße trauen. Ich weiß aber, daß diese Angst sie nur noch grausamer macht.
Sie tun sich mit der Sultanspolizei zusammen, dringen in unsere Häuser ein, lassen die Unseren auf den Polizeistationen foltern, und wer diese Folter überlebt, wird in die afrikanische Wüste oder auf irgendeine vergessene Insel im Ozean verbannt. Ich weiß, daß sie nur noch grausamer werden. Aber wir werden sie trotzdem töten. Wir schmuggeln schon Waffen nach Anatolien. Nur – zu denen, die Waffen schmuggeln und töten, gehöre ich nicht. Ich schaffe es einfach nicht, jemanden umzubringen oder Waffen zu schmuggeln. Deshalb bin ich vor Freude auch fast übergeschnappt, als mir Süleyman, mit dem ich in derselben Zeitung arbeite – ich zeichne manchmal Karikaturen –, vorschlug, nach Anatolien zu gehen.
Nach 75 Stunden Fahrt sind wir in Inebolu angekommen.

Inebolu hat weder eine Kaimauer noch einen Hafendamm. Die Schiffe müssen im offenen Meer ankern, und die Passagiere werden in Fischerbooten an Land gebracht. Bei Sturm fahren die Schiffe, ohne anzuhalten, an Inebolu vorbei.
Inebolu war die erste anatolische Stadt, die ich kennenlernte. Hier habe ich auch zum ersten Mal anatolische Bauernfrauen gesehen. Auf dem Marktplatz habe ich sie gesehen. Eine Frau hatte sich hockend an eine Mauer gelehnt, ohne das Bündel Holz abzulegen, das sie auf dem Rücken trug. Ich sah auch ihre riesigen Füße, die wie zwei aus ihren Panzern gekrochene Schildkröten aussahen. Ich sah ihre Hände: Gesegnete Hände, die den Strick der Last festhielten. Zornig, als umfaßten sie eine Axt, geduldig und liebevoll, als schaukelten sie eine Wiege.

Tevfik, Süleyman und ich sind jetzt schon seit drei Nächten und vier Tagen in Inebolu. Tevfik ist ein Dichter. Er hat im Vorjahr vom Sultan einen Preis bekommen. Unterwegs hatte er immer wieder gesagt:
»Wenn mir diese Auszeichnung nur kein Unglück bringt!«

Ich höre, wie das Schwarze Meer rauscht. Am Steg des Sommerhauses in Üsküdar klingt das Wasser des Bosporus ganz anders: Weicher, irgendwie geheimnisvoller. Ich hörte eine Schiffssirene. Die Sirene des Schiffes, auf dem Tevfik und Süleyman waren. Ob sie die beiden wohl in die Kajüte oder in den Kielraum gesperrt haben? Verdammt noch mal!
Hoffnungslosigkeit erfaßte mich. Sie breitete sich schnell aus und wurde zu einem Schamgefühl. Mir war, als hätte ich mein Wort gebrochen, keine Solidarität gezeigt, nicht geholfen. Ich ging sogar soweit, mich für einen gemeinen Kerl zu halten. Ich stand auf. Die Petroleumlampe brannte immer

noch. Ich löschte sie. Das Licht der Sternennacht floß in das dunkle Zimmer. Ich setzte mich auf Süleymans Bett, das noch warm war. Aber warum hatten sie die beiden nur zurückgeschickt? Hätte ich sagen müssen ›Schickt mich auch zurück!‹? Habe ich meine Freunde verraten? An wen? Außerdem, sind die beiden tatsächlich meine Freunde? Süleyman hat mir immerhin geholfen. Ohne ihn wäre ich nicht hier. Wäre es umgekehrt gewesen, und sie hätten mich zurückgeschickt, und die beiden wären hiergeblieben, wie hätten sie sich verhalten? Sicher hätten sie auch nichts unternommen. Aber jetzt ist es doch Unsinn, das alles zu überlegen und nach Entschuldigungen zu suchen. Das Brausen des Schwarzen Meeres füllt das Zimmer. Ein Sturm muß aufgekommen sein. Ich steckte den Kopf zum Fenster hinaus und roch den Wind. Er roch nach Salz, aber nicht nach feuchtem wie am Bosporus, sondern nach triefend nassem Salz. Ich schloß das Fenster.
Tevfik können sie zurückgeschickt haben, weil er eine Auszeichnung vom Sultan hatte. Aber Süleyman? Ich bin sicher, daß er keine Verbindungen zu den Besatzungsmächten hatte. Er ist nach Anatolien geflüchtet, weil er in Istanbul bis zum Hals in Schulden steckte.
Ich konnte bis zum Morgen nicht einschlafen.

Ahmet kratzte sich den Nacken. Die Haare im Nacken waren ganz schön lang geworden. Er mußte sie sich von Ismail wieder schneiden lassen.
Am nächsten Morgen kam einer der Männer in Reithosen, gemeinsam verließen wir das Hotel. Das Meer war ruhig. Im Sand lagen umgestürzte Boote, barfüßige, braune Kinder spielten kreischend zwischen den zum Trocknen aufgehängten Netzen. Wir gingen in das ebenerdig gelegene Zimmer

eines zweistöckigen Holzhauses. Besser gesagt, ich ging hinein, mein Begleiter, der mich hergebracht hatte, wartete vor der Tür. Der Ayın-Pe-Chef von Inebolu, ein Mann in Gehrock und Fellmütze, bat mich auf einem Sessel vor seinem Tisch Platz zu nehmen. Der Sessel stand so nahe am Tisch, daß er daran zu kleben schien. Ich setzte mich und schlug die Beine übereinander. Kaum in diesen Raum eingetreten, fühlte ich schon Feindschaft gegen diesen Mann. Mit unverhohlenem Zorn fragte ich:

»Warum haben Sie meine Freunde nach Istanbul zurückgeschickt?«

»Ich habe sie nicht zurückgeschickt. Das war ein Befehl aus Ankara. Sie haben charakterlich nicht entsprochen.«

Er begann mit den langen, dünnen Fingern seiner rechten Hand – es schienen nicht fünf, sondern fünfhundert zu sein – auf den Tisch zu trommeln. Er hatte meine Frage mit müder Stimme beantwortet, jetzt schwieg er. Er zog die Augen zusammen, lächelte aber dabei. Ich ahnte, daß er auch mich mit Argwohn betrachtete. Aber warum und wieso konnte ich mir nicht vorstellen. Das machte mich noch nervöser. Damals hatte ich noch keine Ahnung, daß es einen Beruf gibt, der das Argwöhnen zum Ziel hat.

Er stand auf, beugte sich zu mir vor und sprach mit derselben müden, abgenützten Stimme:

»Sie können nach Ankara aufbrechen, wann immer Sie wollen. Hier ist ein Reisezuschuß von 100 Lira. Bitte!«

Er legte mir das Geld aufs Knie und richtete sich wieder auf. Jetzt trommelte er wieder auf den Tisch.

Ich stand auf. Das Geld fiel zu Boden. Ich bückte mich, um es aufzuheben, zerknüllte es in der Hand und steckte die Scheine in die Hosentasche. Vielleicht, weil ich mich bücken mußte, um das Geld aufzuheben, vielleicht auch, weil ich bisher außer von meinem Großvater an Festtagen noch von niemandem ohne Gegenleistung Geld genommen hatte, vielleicht auch, weil dieser Fremde mit der müden Stimme, von dem ich genau wußte, daß er mir mißtraute, mir das Geld aufs Knie gelegt hatte, vielleicht aber auch aus einem Haufen anderer, verborgener Gründe erfüllte mich plötzlich eine Art traurigen Abscheus. Ich ging weg, ohne mich zu verabschieden.

Das erste, was ich in dem Café hörte, in das ich anschließend ging – wer es sagte, weiß ich nicht –, war:
»Die Leute, die gestern aufs Schiff gebracht worden sind, sollen bei den Felsen im offenen Meer ins Wasser geworfen werden. Befehl aus Ankara.«

Ich stürzte aus dem Café. Außer Atem pflanzte ich mich vor dem Ayın-Pe-Chef auf:
»Tevfik und Süleyman sollen ins Meer geworfen werden!«
»Wer sagt das?«
»Ich habe es im Café gehört!«
»Von wem?«
»Weiß ich nicht.«
»Machen Sie sich keine Sorgen, junger Herr, Ihre Freunde werden gesund und wohlbehalten in Istanbul eintreffen.«
Auch das sagte er wieder mit seiner müden, abgenützten Stimme, so daß ich ihm nicht einmal das »junger Herr« übelnahm und ihm glaubte.

Es war auch wirklich so. Süleyman und Tevfik kehrten gesund und wohlbehalten nach Istanbul zurück. Der eine machte weiterhin Schulden, und der andere schrieb dem Sultan neue Gedichte. Nach Ausrufung der Republik arbeiteten beide in einer Zeitung, die vom Innenministerium herausgegeben wurde. Sie wurden beide Abgeordnete in der Großen Nationalversammlung.

Ahmet holte unter seinem Kopfkissen Zigaretten und Streichhölzer hervor. Er zündete sich eine Zigarette an. Ismail schnarchte laut.

Mit Hilfe des Hotelbesitzers hatte ich einen Eseltreiber gemietet und war am nächsten Morgen vor Sonnenaufgang aufgebrochen. Man hatte mir gesagt, daß es kalt werden würde, sobald wir in die Berge kämen. Ich hatte aber nur einen einfachen Mantel, deshalb riet man mir, Zeitungspapier in den Rücken, die Brust und die Schuhe zu stopfen. Was ich dann auch tat. Dazu kaufte ich mir auch eine riesige Pelzmütze aus aschfarbenem Persianer. Der Esel war zu schwach, um gleichzeitig mich und mein Gepäck tragen zu können. Außerdem konnte ich eine Reise auf dem Rücken eines Esels nicht mit meiner Würde in Einklang bringen.

Inebolu lag eine Dreiviertelstunde hinter uns. Von unserem Weg konnte ich die Stadt, das Meer unten auf der linken, die Ebene auf der rechten Seite und die schneebedeckten Berge vor mir sehen.
Am Schwarzen Meer scheint die warme Sommersonne, auf der Hochebene ist noch Frühling und in den Bergen Winter. Plötzlich ertappe ich mich, wie meine rechte ausgestreckte Hand auf diese Aussicht zeigt und ich laut rufe:
»Meine Heimat! Das ist meine Heimat, mein geliebtes Anatolien!«
Der Eseltreiber schaut mich entsetzt an. Ich komme wieder

zu mir und lächle beschämt. Die Scham verliert sich aber bald wieder. Mit derselben Stimme, aber diesmal ohne die Hand nach vorn zu strecken, rufe ich:
»So schön ist es nicht einmal in der Schweiz!«
Dabei kenne ich die Schweiz nur von den kleinen, farbigen Bildchen, die der Tobler-Schokolade beigepackt sind.
Der Eseltreiber antwortete nicht. Er sagte lediglich zu seinem Esel:
»Hü, schwarzer Bursche!«
Wir marschierten weiter. Hin und wieder, wenn ich meinen Kopf nach rechts und links drehe, denke ich: »Gibt es einen glücklicheren Menschen als mich?« Ich spreche aber nicht mehr aus, was ich denke. Ich schäme mich vor dem Eseltreiber.
Wir kamen gut voran, Inebolu und das Schwarze Meer waren inzwischen nicht mehr zu sehen. An einer Biegung begegneten wir einer Gruppe von acht oder zehn Leuten, die gerade rastete. Sie waren alle aus Istanbul – das sah man an ihren Kleidern – und noch sehr jung. Jeder von ihnen trug eine Art Tasche oder Beutel auf dem Rücken. Wir begrüßten uns – dabei stellte sich heraus, daß sie Reserveoffiziere waren, die an den Dardanellen, in Palästina und in Galizien gekämpft hatten. Einer war sogar aus der Gefangenschaft in Indien zurückgekehrt.
Bevor sie zum Militär gingen, waren die meisten von ihnen Lehrer gewesen. Vor einer Woche waren sie in Inebolu angekommen. Jetzt waren sie nach Ankara unterwegs und sollten von dort an die Westfront gehen. Sie fragten mich:
»Wie alt sind Sie?«
»Ich bin im neunzehnten Lebensjahr«, antwortete ich ihnen.
»Dann sehen wir uns bald an der Front.«
Wir brachen gemeinsam auf. Einer von den Leuten sah krank

aus. Wir luden den Mann, der aus der Gefangenschaft heimgekehrt war, samt seinem Beutel auf den Esel. Als es Abend wurde, kamen wir zu der Ecevit-Herberge in den Ilgaz-Bergen. Das Haus war von riesigen Eichen und Buchen umgeben. In Inebolu hatte man mir schon gesagt, daß es hier ausgezeichnete Butter gäbe und der Honig sehr berühmt sei. Sobald ich mich gesetzt hatte, bestellte ich für mich und für den Eseltreiber je eine Portion davon. Das Fladenbrot war heiß, die Butter zerfloß sofort und vermischte sich mit dem Honig. Ich weiß auch heute noch genau, daß ich noch nie so etwas unglaublich Gutes gegessen hatte. Ich trank meine Dickmilch und schaute zu meinen Weggefährten, die auf der anderen Seite der Bank saßen und aus ihren Beuteln Brot und Käse ausgepackt hatten.

Ich fragte sie:

»Warum eßt ihr nicht Honig und Butter?«

Sie gaben mir keine Antwort. Ich bot ihnen von meiner Butter, die auf Weinblättern angerichtet war, und meinem Honig an. Sie lehnten ab. Bevor ich noch eins mit mir war, ob ich es sagen sollte oder nicht, fragte ich schon:

»Habt ihr kein Reisegeld bekommen?«

»Doch, doch.«

»Wieviel denn?«

»Zehn Lira.«

Zuerst wunderte ich mich, dann schämte ich mich, und schließlich geriet ich in Wut.

»Mir haben sie hundert Lira gegeben«, sagte ich. »Ihr geht an die Front, und ich gehe Bilder malen. Aber ich habe einen Verwandten, der in Ankara Abgeordneter ist, und deshalb haben sie mir hundert Lira gegeben. Scheiße, verdammt noch mal. Wenn ihr mir auch nur einen kleinen Gefallen tun wollt, dann verbraucht dieses Geld gemeinsam mit mir!«

Noch während sie zögerten, brachte der Wirt schon für jeden Butter, Honig, Dickmilch und Brot. Ich genierte mich unglaublich. Ich fühlte mich wie ein reicher Erbe, der gnadenhalber ein paar Arme zum Essen einlädt.
Verdammt, habe ich das wirklich alles damals so überlegt? Oder denke ich erst jetzt so?
Ahmet zog im Bett seine Knie an den Körper, umfaßte sie mit den Händen und blieb in der Dunkelheit so sitzen.
In dem Motorenlärm klingt heute Heimweh mit. Es ist, als rufe der Lärm inständig und ohne Unterlaß an irgendeinen Ort, an einen weit entfernten Ort. *Zu welchem Hafen fährt dieses hundertmastige Schiff?*
Als wir nach Kastamonu kamen, fragte mich der Eseltreiber: »Wollen Sie zu den Nutten gehen, Herr? Die sind hier berühmt.«
Ich dachte einen Augenblick nach. Eigentlich hätte ich schon Lust. Wenn es auch eine Nutte ist, möchte ich doch gerne mit einer anatolischen Frau schlafen. Aber dann fiel mir ein, daß in Kastamonu die Syphilis sehr verbreitet war. Ich hatte plötzlich Angst, als wäre ich schon angesteckt.
»Ich mag nicht«, sagte ich. »Gehst du?«
»Jetzt nicht. Vielleicht auf dem Rückweg. Wenn Gott es erlaubt.«

In Kastamonu lernte ich das Unabhängigkeitsgericht kennen.
»Zu wieviel verdonnern sie unsere Freunde?«
»Aufhängen werden sie sie nicht gleich«, hatte Ismail gesagt.
»Das weiß ich schon, aber was für Strafen werden verhängt? Oder werden sie doch aufgehängt? Ich weiß nicht, ob der

Staatsanwalt, der damals in Kastamonu amtierte, heute noch im Amt ist.«
Ich war dabei, als das Unabhängigkeitsgericht in Kastamonu jemanden zu fünfzehn Jahren verurteilte. Der Mann war seiner Kleidung nach halb Städter, halb Bauer. Er hatte Rakı destilliert. In Anatolien aber bestand Alkoholverbot ...

Es war der Abend nach meiner Ankunft in Ankara. Mein Verwandter hatte für seine Freunde, die Abgeordneten, ein Festessen gegeben. Als auf der Tafel Rakıflaschen auftauchten, fragte ich – nicht absichtlich oder aus Aufsässigkeit, sondern einfach, weil es mir so entfahren war:
»Ist Rakı nicht verboten? In Kastamonu wurde einer zu fünfzehn Jahren verurteilt, nur weil er Rakı destilliert hat!«
»Das Verbot gilt doch nicht für uns«, lachte mein Verwandter.
»Und das Gesetz?«
»Das können wir doch nicht auf jeden anwenden. Wo kämen wir dann hin?«
Was ich darauf gesagt habe, weiß ich heute nicht mehr genau. Ich weiß nur, daß mein Verwandter wörtlich gesagt hat:
»Das Verbot gilt doch nicht für uns. Das können wir doch nicht auf jeden anwenden. Wo kämen wir dann hin?«
Ich habe auch Rakı getrunken. Keine Sekunde habe ich daran gedacht, nicht zu trinken. Und das nicht nur in jener Nacht.
Gegen Ende des Essens sagte einer mit einem dicken Gesicht, von dem ich erst später erfuhr, daß er einer der einflußreichsten Abgeordneten war, zu mir:
»Ahmet Bey, ich habe gehört, daß Sie gut malen können«, sagte er – er kann es von niemand anderem als von meinem Verwandten gehört haben. »Mach doch eine Vergrößerung

von so einem majestätischen Bild Mustafa Kemal Paschas. Vergrößere eine Fotografie und male das Bild in Öl. Ich kann dafür vom Pascha 50 Goldstücke herausschlagen. Mit Leichtigkeit kriege ich fünfzig!«
Ich habe kein Bild Mustafa Kemal Paschas vergrößert. Und die fünfzig Goldstücke, die der dickgesichtige Abgeordnete dafür vom Pascha holen wollte, waren mir widerwärtig. Dabei – wäre es nicht um fünfzig Goldstücke gegangen, hätte ich diese Arbeit mit großer Begeisterung gemacht, damals.
Ahmet wiederholte das Wort ›damals‹ laut. ›Damals‹. Plötzlich fiel ihm auf, wie schrecklich kurz dieses ›damals‹ gedauert hatte, und er spürte eine seltsame Art von Traurigkeit. Er erinnerte sich daran, wie er mit Mustafa Kemal in dessen Büro in der Großen Nationalversammlung bekannt geworden war.
Mein Herz schlägt wild. Ich sehe etwas Stahlblaues. Dann etwas Goldgelbes. Und dann seine weißen, wohlgeformten Hände. Oder vielleicht habe ich das alles nur so in Erinnerung. Vielleicht waren seine Hände gar nicht so. Aber seine Augen waren sicher so stahlblau und sein Haar so goldgelb.
»Die Genossen vor dem Unabhängigkeitsgericht. Die Knochen der fünfzehn auf dem Grund des Schwarzen Meeres, vor der Küste von Sürmene ...«
Die Zigarette verbrannte Ahmets Finger. Er drückte sie auf dem Tisch aus. Der Motorenlärm hallte in der Dunkelheit der Hütte: tak tak, tak tak ...
Im Dröhnen des Motors versuchte Ahmet, Ismails Atemzüge herauszuhören. Es gelang ihm auch. Ismail schlief tief und fest. Ob er von mir träumt? Vielleicht träumt er davon, wie ich ihn anfalle und wie er auf mich schießt?
Ahmet zündet sich noch eine Zigarette an. Er versucht, sich Ismail vorzustellen.

Irgendwo auf dem Weg von Inebolu nach Ankara kamen wir an einen Bach. Weit und breit keine Brücke. Ich zog mir Schuhe und Strümpfe aus und krempelte mir die Hose bis zu den Knien hoch. Wir waren hierhergeraten, um keinen Umweg machen zu müssen. Ich sah, wie ein Bauer sich auf dem Rücken seiner Frau durch den Bach tragen ließ. Der Mann war noch nicht alt, er trug keinen Bart, konnte also noch keine vierzig Jahre alt sein. Zuerst dachte ich, der Mann sei gelähmt oder so. Aber kaum waren sie am anderen Ufer angelangt, stieg der Kerl ab und ging zu Fuß weiter.
»Was soll das?« fragte ich den Eseltreiber.
»Das ist seine Frau. Sie hat ihn auf ihrem Rücken über den Bach getragen. Ist wohl eine kräftige Frau.«

Ahmet lächelte. Er hatte das Anuschka erzählt ... Es war eines Abends, vor oder nach Kastamonu, das weiß ich nicht mehr genau. Wie seltsam, daß ich mir das nicht gemerkt habe. Werde wohl schon sehr früh senil. Vorausgesetzt, ich werde nicht tollwütig. Schluß jetzt mit diesem Tollwut-Unsinn! Aber es war doch nach Kastamonu, jetzt erinnere ich mich genau.
Es war nach Kastamonu. Es war Abend, beinahe schon Nacht. Wir marschierten noch immer durch eine gottverlassene Öde. Kein einziger Baum, kein Haus – nichts, das sich bewegt hätte. Die Erde erstreckte sich menschenleer und endlos nach allen vier Richtungen.
»Haben wir noch weit bis ins nächste Dorf?«
»Wir sind schon im Dorf, Efendi.«
»Wo ist das Dorf?«
»Unter unseren Füßen.«
In dem Halbdunkel sah ich auf der Erde einige Erhebungen

und ein paar Löcher, aus denen Rauch qualmte. Auch Hunde hörte ich unter der Erde bellen.
»Wir befinden uns auf den Dächern des Dorfes, Efendi.«
Die Dächer des Dorfes waren eins mit dem Erdboden. Wir gingen noch ein Stück weiter und stiegen dann über einen schmalen Pfad in das Dorf hinunter. In diesem Dorf habe ich die ersten Verwundeten gesehen. Sie lagen im Gemeindehaus auf dem Boden. Im roten Schein des Ofens lagen sie auf dem nackten Erdboden. In blutigen, verschmutzten Verbänden, zerrissenen, zerfetzten Uniformen lag einer neben dem anderen, einer auf dem Rücken, einer auf dem Bauch. Sie hatten Stoppelbärte. Keiner von ihnen stöhnte. Der Bürgermeister sagte zu uns:
»Sie sind vor vier Tagen nach dem Abendgebet gekommen. Sie haben gesagt, sie würden am Morgen weitergehen. Aber dann konnten sie nicht weiter. Zwei von ihnen sind schon gestorben, und die anderen haben wir jetzt am Hals. Ich bin in die Bezirksstadt gegangen und habe Meldung gemacht. Man hat mir gesagt, es würde sich jemand um sie kümmern, bisher aber ist noch niemand hergekommen.«
»Müssen sie an einen weit entfernten Ort?«
»Jeder muß woanders hin.«
»Wo sind sie verwundet worden?«
»Was weiß ich … wir führen ja momentan Krieg mit Griechenland …«
Der Bürgermeister hatte das ›wir führen ja momentan Krieg mit Griechenland‹ so gesagt, als wäre es die neueste Nachricht der Welt, die ihn aber keineswegs interessierte.
Ich hockte mich zu den Verwundeten, grüßte sie und versuchte, mit ihnen zu reden. Sie antworteten nicht. Der Eseltreiber sagte:
»Lassen Sie sie, Efendi, die sind nicht imstande zu sprechen.«

Dann faßte er einen am Kopf und drehte ihn von der Hitze des Ofens weg.
»Der lebt nicht mehr lang. Nicht einmal mehr bis zum Morgen.«
Er sagte das aber nicht etwa leise, sondern laut, direkt ins Gesicht des Verwundeten, das er immer noch zwischen den Händen hielt.
Der verwundete Soldat, dessen Verbände von Blut und Erde ganz schwarz geworden waren, hob seinen Kopf aus den Händen des Eseltreibers und versuchte, ihn aufrecht zu halten. Es gelang ihm nicht. Ich stützte ihn und lehnte ihn dann gegen die Wand.
»Das weiß nur Gott«, sagte er. Er sagte es leise, nicht flüsternd, nur leise.
Der Eseltreiber sagte:
»Sicher, das weiß nur Gott. Aber ich auch. Ich habe nämlich während des Weltkrieges in Çanakkale im Sanitäterzelt gearbeitet. Und von dort weiß ich das. Leider. Du schaust mir nicht aus, als würdest du den Morgen erleben.«
»Ich überlebe, ich überlebe ...«
Er überlebte nicht. Als sich das Krähen der Hähne, das Bellen der Hunde und das Gekreische der Frauen draußen miteinander vermengte, starb er drinnen neben dem Ofen, immer noch mit dem Rücken so an die Wand gelehnt, röchelnd.
Das war meine erste Bekanntschaft mit dem Tod.
Als wir aufbrachen, bat einer der Verwundeten den Eseltreiber:
»Schau mich auch an, werde ich den Abend erleben?«
Der Eseltreiber schaute genau in die Augen des Verwundeten. »In deinen Augen ist die Dunkelheit des Todes nicht zu sehen«, sagte er. »Gott allein weiß es, aber ich sehe den Tod nicht.«

Unterwegs fragte ich den Eseltreiber:
»Hast du den Tod wirklich nicht in seinen Augen gesehen, oder wolltest du ihn nur beruhigen?«
»Warum sollte ich ihn beruhigen wollen? Gott allein weiß es, aber er wird leben.«
Auf dieser Reise entdeckte ich, was für eine große Kunst das Flicken ist. Die Kleider der Bauern hier trugen Flicken in den absonderlichsten Arten: Verschiedenste Farben und verschiedenste Stoffarten waren nebeneinandergenäht. Sie waren um ein Vielfaches trauriger als die ärmlichsten Kleider der Istanbuler Bettler. Auf dieser Reise erfuhr ich auch, wie winzig, klein und ausgezehrt Ochsen und Esel sein können.
Die Bäuche der Kinder waren angeschwollen. Auf dem ganzen Weg habe ich keine einzige Bauernfrau gesehen, deren Füße nicht nackt gewesen wären.

In Ankara brachte mich mein Verwandter im Taşhan unter. Das ist das beste Hotel von Ankara. Ich wohne in einem Zimmer, dessen Wände aus Stein sind und dessen einziges Fenster vergittert ist. Ich rechne nach: Dreiviertel des Geldes, das mir von den Reisekosten übriggeblieben war, hatte ich für die Zimmermiete bezahlt. Ich rechnete nach: Der Besitzer des Taşhan mußte innerhalb von zwei, drei Jahren Millionär geworden sein. Ich staunte. Dann wurde mir der Kerl widerwärtig.
Im Café Kuyulu traf ich einen Dichter aus Erzurum, den ich aus Istanbul kannte. Er war jetzt Protokollführer in der Nationalversammlung.
Ankara war wie eine Steppe. Eine Stadt in der Steppe, die sich um die Hänge eines grund- und sinnlos aus dem Boden geschossenen Hügels legt. Auf dem Gipfel des Hügels zum

Überdruß noch eine Burg. Wenn ich nachts zu dieser Burg hinaufschaute, hatte ich das Gefühl, als hätte ein in fernen Meeren entstandener Taifun oder Wirbelsturm eine Galeone in die Luft gehoben und auf diese Felsen gesetzt.
Abgesehen von der Großen Nationalversammlung, dem Bahnhof, einigen Moscheen und dem Taşhan sind die Häuser in Ankara aus Holz und Ziegeln gebaut und meist getüncht.
Einmal redete ich im Café Kuyulu mit dem Dichter aus Erzurum über die Ahis in Ankara. Er erzählte mir, daß diese Tradition der Ahis, also der Mitglieder einer Art Handwerkerinnung, in einigen anatolischen Bezirken in abgewandelter Form immer noch gebräuchlich sei.
»Diese Ahis sind von Handwerkern und Dorfbewohnern gegründet worden, es ist eine Art von Bolschewismus.«
Er hörte abrupt zu reden auf, schaute um sich und flüsterte dann:
»Die Bolschewiken geben uns Waffen und Gold, aber die Unseren haben Angst vor ihnen.«

Als ich diese Nacht allein durch die winkeligen, krummen Gäßchen von Ankara streifte, war es mir, als hörte ich die Geräusche von Hämmern und Werkbänken, die Laute, wie sie in Schmieden, Webereien, Zimmereien und Kupferschmieden entstehen, wie eine feierliche Hymne in einer religiösen Zeremonie. Ich wußte, daß die Bolschewiken Feinde der Reichen und Freunde der Armen sind. Die Zeitungen in Istanbul waren voll mit Berichten über Folterungen, die die Bolschewiken an russischen Adeligen, Generälen und Kaufleuten verübten. Viele der Überlebenden waren nach Istanbul geflüchtet. Aber sie sahen nicht so aus, als hätten sie schwere Foltern ertragen müssen. Die Frauen waren mindestens Herzoginnen, die Männer Prinzen. Sie betrieben Bars und Spielhöllen, verkauften ihre blonden, rosigen, dicklichen Frauen und ließen Tombola spielen. Ich wußte auch, daß die Entente-Mächte den Bolschewiken feindlich gesinnt waren. Lenins Namen hatte ich schon gehört und sein Foto auch in Zeitungen gesehen. Eines hatte ich sogar mit einem schwarzen Stift vergrößert. Aber nicht, weil ich ihn so sehr liebte, sondern weil mich seine hohe Stirn, seine klugen, geschlitzten Augen und vor allem der kleine Bart am Kinn faszinierten.

Eines Abends ging ich mit dem Dichter aus Erzurum in Kamils Theater. Ein Theater, das aus einem Stall oder einem Lager umgebaut worden war. Vor der Tür verbreitete eine Lux-Lampe einen traurigen, bläulichen Schein – eine einzige Lux-Lampe. Wir traten ein. Die Zuschauer sitzen, die Hände auf den Knien, mucksmäuschenstill auf den Holzbänken. Wenn ich da an die Stegreiftheater in Istanbul denke – zum Beispiel in Şehzabaşı oder Kuşdili –, dort geht es vor dem Theater und im Theater zu wie auf einem Jahrmarkt. Die Zuschauer freunden sich sofort an. Wer sich kennt, lacht und blödelt miteinander. Es gibt Pistazien, Limonade, Weichselsaft, Rahmeis und Soda zu kaufen. Und dann kommen noch Händler und bieten ihre Waren feil: Teller, Gläser, Löffel. Sie rufen und schreien, was das Zeug hält. Vor dem Eingang spielt eine Kapelle mit Trommeln, Klarinetten, Trompeten und Pauken. Bis sich der Vorhang hebt, ist die Fröhlichkeit der blauen, roten und grünen Glühbirnen, der Fähnchen und Ankündigungen, die vor dem Eingang flattern, ins Innere vorgedrungen. Der Vorhang hebt sich, und dickgeschminkte, dralle Coupletsängerinnen treten auf. Sie werfen kokette,

schmachtende Blicke ins Publikum, hüpfen in die Höhe und beginnen endlich zu singen. Jetzt aber tobt das Publikum: ›Hoch! Hoch!‹ In dem wilden Tumult sind Wortfetzen wie ›Deine Zunge sei geküßt!‹ oder ›Du machst mich fertig!‹ zu hören. Nach den Couplets spielen die Zuschauer mit den Schauspielern mit. Gleich, ob es um eine Komödie oder um eine Tragödie geht. Sie pfeifen den Bösewicht aus und geben dem Mädchen Ratschläge, das in eine Falle zu geraten droht. Zwischen den Vorhängen dröhnt die ganze Umgebung von den Rufen der Händler, von der Kapelle, die jetzt drinnen spielt, und vom Gekreisch der Zuschauer. In Istanbul ist ein Stegreiftheater wie ein Jahrmarkt. In Ankara aber ist es wie ein Sterbehaus. Die Zuschauer hatten ihre Blicke auf den Vorhang geheftet. Teils zerstreut, teils grantig, schauten sie einen Engel in langem Gewand an, der Trompete blasend auf ein paar zerfetze Wolken zuschwebte. Man kann die Leute aus Istanbul gut von den Einheimischen aus Ankara unterscheiden, die Abgeordneten von den Beamten, alle haben aber etwas Gemeinsames. Der Dichter aus Erzurum flüsterte:
»Die Angst. Ankara ist die Stadt der Angst.«
Othello Kamil kenne ich schon aus Istanbul. Er ist ein Schüler des großen armenischen Schauspielers Papasyan. Weil er den Othello noch besser spielte als sein Lehrer, hat man ihm den Namen Othello Kamil gegeben.
Der Vorhang ging auf. Eine kleine, dunkle, zarte Frau in einem goldgewirkten Jäckchen, einer Pluderhose und einem goldbesetzten Fes trat auf die Bühne. Sie war eine Armenierin aus Kayseri, sagte zumindest der Dichter aus Erzurum. Ich durchschaute sofort, daß er in die Frau verliebt war.
Die Frau stand unbeweglich da. Sie hatte einen sehr hübschen Mund, unendlich groß scheinende Augen und dicke, schwarzgeschminkte Augenbrauen. Von den hinteren Sitz-

reihen war zaghaftes Klatschen zu hören. Ich drehte mich um. Der Dichter aus Erzurum sagte:
»Die Arbeiter einer Kriegsgerätefabrik.«
Die Frau deutete in die Richtung, aus der der Applaus gekommen war, ein Lächeln an und begann dann mit sehr rührender Stimme das Lied ›Grüne Vögel singen in den Seen‹ zu singen. Vor Rührung stellten sich mir alle Haare auf. ›Ohne Vater und ohne Mutter in fremdem Land.‹ Noch einmal erlebte ich alles: Die Reserveoffiziere aus Istanbul und Izmir auf ihrem Weg zur Front, die sterbenden Soldaten im Dorf, Frauen, die ihre Männer auf dem Rücken durch den Bach tragen, die syphilitischen Huren in den Puffs von Kastamonu, die verrotzten, verlausten, barfüßigen, glatzköpfigen Kinder und die Burg Köroğlu in Çamlıbel, die anatolischen Holzpflüge und die aufgesprungene Erde. Soviel Kummer ist ja kaum auszuhalten, verdammt noch mal!

Die Frau sang noch zwei Lieder. Der Vorhang ging zu und wurde wieder aufgezogen. Dieselbe Frau mit demselben Mund, denselben schwarzgeschminkten Augenbrauen, denselben Augen und derselben Schwermut begann nun einen Bauchtanz und klapperte dazu mit Holzplättchen, die sie in den hennagefärbten Fingern hielt. Der Vorhang ging zu und wurde wieder aufgezogen. Ein Stück von Shakespeare wurde aufgeführt. Die gleiche Frau trug jetzt ein langes Gewand wie der Engel auf dem Vorhang und künstliche, weiße Blumen im dunklen Haar und spielte die Desdemona. In der Rolle des Othello war Kamil wieder erstklassig. Die Schauspieler spielten alles aus dem Stegreif, nur Kamil sprach den vollständigen Text und Jago auch.
Mit Raşit, der den Jago spielte, wurden wir nach der Vorstellung bekannt. Er hatte sich abgeschminkt. Jetzt sah man

seine unzähligen Sommersprossen und sein rotes Haar. Er war klein gewachsen und nicht mehr ganz jung. Seine runden, gelblichbraunen Augen sprühten. Seine Stimme war honigsüß. Auch außerhalb der Bühne sprach er sehr akzentuiert. Er hatte in Istanbul das Robert College absolviert. Französisch und Englisch beherrschte er ausgezeichnet. »Ich kann Shakespeare von A bis Z auswendig«, sagte er. »Auch seine Sonette.«

Er war der Sohn eines ehemaligen Botschafters. »Shakespeares Theater«, sagte er, »ist größer als unseres, und doch hat es Gemeinsamkeiten mit dem unseren. Ich fühle mich hier, in Ankara, wie im London zur Zeit Elisabeths, wenn ich in der Marktszene auftrete ... Wir sehen uns noch, Ahmet Bey, ich wohne im Taşhan. Sie werden mich zwar nicht bemerkt haben, aber ich Sie schon. Ihren Namen hatte ich auch schon in Istanbul gehört.«

Zuerst wunderte ich mich, dann aber dachte ich, er mußte meinen Namen wohl im Zusammenhang mit meinen Karikaturen gehört haben.

»Wenn Sie so liebenswürdig wären, auf mich zu warten, könnten wir gemeinsam zum Taşhan zurückkehren, Ahmet Bey.«

Der Dichter aus Erzurum sagte:

»Wir gehen aber noch wo hin.«

»Wie Sie wollen ...« Raşit wandte sich mir zu:

»Wir sehen uns noch, Ahmet Bey.«

Unterwegs sagte der Dichter aus Erzurum:

»Laß dich mit diesem Kerl auf nichts ein. Man weiß nichts Genaues über ihn. Überhaupt solltest du dich in Ankara mit Leuten, die du nicht sehr gut kennst, nicht unterhalten.«

Die Straßen waren stockfinster. Wir begegneten Polizeipatrouillen.

»Ankara ist eine Arche Noah«, sagte der Dichter aus Erzurum. »Eine Arche Noah, die in der Sintflut des untergehenden Osmanischen Reiches segelt. Sie wird bestimmt an ein Ufer gelangen, aber am Ufer werden die Schlangen die Tauben fressen und die Wölfe die Schafe, die zuvor friedlich nebeneinander gelebt haben. Die Löwen und Tiger werden einander umbringen.«

Die Cafés waren schon lange geschlossen. Wir kamen zum Samanpazarı.

»Hier ist Mustafa Sagir, ein Spion der Engländer, gehängt worden«, sagte er.

Als wir uns vor dem Eingang zum Taşhan trennten, wiederholte er:

»Laß dich mit diesem Raşit nicht ein. Bei dem weiß man nicht ... Hast du verstanden?«

»Alles klar.«

Mustafa Kemal Pascha wohnt außerhalb der Stadt, umgeben von seinen Leibwächtern von der Schwarzmeerküste ...

Die westliche Front ist von hier zugleich weit weg und doch sehr nah. Während des Zweiten Inönü-Kampfes vom 23. März bis 31. März konnte man in Ankara angeblich Kanonendonner hören. Ob das wahr ist, weiß ich nicht. Eines aber stimmt sicher: Als das griechische Heer begann, auf Ankara loszumarschieren, wurden sofort alle Ämter geschlossen, und wer Geld hatte, flüchtete aus Ankara per Zug, Wagen oder Ochsenkarren ins Landesinnere. Als die Griechen *das Schlachtfeld unseren Waffen überlassen hatten*, waren die einen schon wieder zurückgekehrt, die anderen aber waren gerade in Sivas angekommen.

Die fruchtbarsten Gegenden der Türkei sind gemeinsam mit den blühendsten Städten in Feindeshand: 15 Provinzen und Bezirke, neun große Städte, sieben Seen und elf Flüsse, drei Meere und sechs Eisenbahnen. Und Millionen von Menschen. Unsere Menschen. In Feindeshand.
Ich sah meinen Cousin:
»Ich gehe an die Front«, sagte ich.
»Kommt nicht in Frage«, antwortete er.
Ich ließ nicht locker.
»Ich werde für dich intervenieren«, sagte er.
Als wir uns nach drei Tagen trafen, sagte er, als würde er mir die erfreulichste Nachricht der Welt überbringen:
»Ich habe interveniert.« Bei wem, sagte er nicht, ließ aber durchblicken, daß es an sehr hoher, wenn nicht höchster Stelle gewesen sein mußte.
»Du hast keine Erlaubnis, an die Front zu gehen. Dafür bekommst du Arbeit in der Pressedirektion.«

Ich habe nicht versucht zu begreifen, warum ich keine Genehmigung erhalten hatte, an die Front zu gehen. Ich hätte vielleicht darauf bestehen können, an die Front geschickt zu werden, und vielleicht hätte ich damit auch Erfolg gehabt, ich ließ es aber bleiben.
»In der Presseabteilung mag ich nicht arbeiten, verschaff mir eine Stelle als Lehrer in einem kleinen Ort.«
Er schaute mich an, wie nur die Gescheiten die Dummen anschauen. Eine Woche später brach ich wieder zu Fuß, wieder mit meinem Gepäck auf dem Rücken eines Esels, nach Bolu auf. Mein Eseltreiber hinkte.

Der fünfzehnte Strich

Ahmet las den Gedichtband, der von Ziya zurückgeblieben war, noch einmal von Anfang bis Ende durch. Zum wiederholten Mal. Er goß Wasser auf den Boden und versuchte, aus dem feuchten Lehm eine Plastik zu formen. Zuerst Anuschkas Kopf. Es ging nicht. Dann eine Katze. Auch sie gelang nicht. Schließlich begann er, ein Gedicht zu schreiben. Er wußte nicht, was er schreiben sollte, auch nicht, wie man so etwas anfing. Für das richtige Versmaß reichte es irgendwie nicht. Aber wer schrieb heutzutage schon noch im Versmaß. Er versuchte, die Silben aufeinander abzustimmen. Immer sieben und sieben. ›*Zu welchem Hafen fährt dieses hundertmastige Schiff?*‹ war dann die Vorlage für ›*Die Trennung ist ein Zweig, die Rose ihre bitterste Frucht*‹.

Auf Frucht reimt sich alles mögliche. Aber kein Reim half, eine zweite Strophe zustande zu bringen. Wenn ich ein Dichter wäre, würde ich keine Liebesgedichte schreiben, hatte ich zu Anuschka gesagt. Wie kam ich nur auf die Idee, ein Gedicht schreiben zu wollen? ›Diese gottverdammte Welt …‹ Wieso sollte die Welt gottverdammt sein? Die Welt ist schön. Was soll das nun wieder heißen, ›die Welt ist schön‹? Was ist daran schön? Und für was für einen Prozentsatz der Menschheit ist die Welt schön? Die überwiegende Mehrheit der Menschen denkt überhaupt nicht darüber nach, ob die Welt schön ist oder nicht.

Sie lebt mit Rechtlosigkeit, Hunger, Unterdrückung und Tod, als ob es das alles nicht gäbe. Und wer kämpft schon gegen Rechtlosigkeit, Hunger und Tod? Wir kämpfen dagegen. Genau jene Gruppen, die Aufstände organisieren und Barrikaden errichten. Kämpfe ich auch? Ja, indem ich darauf warte, endlich tollwütig zu werden. Verdammt noch mal!

Der sechzehnte Strich

Der Gouverneur von Bolu war abgelöst worden. Die Lehrer der Oberschule von Bolu entschlossen sich endlich, ermutigt durch Ahmet, bei dem neuen Gouverneur vorzusprechen, ihm zu schildern, daß sie schon seit Monaten kein Gehalt mehr bekommen hatten, und wenn nötig, nun daran dachten, auf hart zu schalten.

Die ausgewählten Vertreter der Schule versammelten sich eines Donnerstagnachmittags im Café Aynalı und marschierten dann entschlossen in Richtung Regierungsgebäude los. Ahmet und der Religionslehrer Şaban Efendi aus Thrakien voraus, die Lehrer für Mathematik, Geschichte und Literatur hinter ihnen. So überquerten sie den Markt. Es regnete. Vorne war ein und hinten waren drei Regenschirme aufgespannt. Die Händler auf dem Markt grüßten die kleine, zornige Karawane unter den Regenschirmen voll Hochachtung und Hoffnung. Alle Lehrer, Ahmet eingeschlossen, hatten auf dem Markt Schulden, und alle auf dem Markt wußten, warum sie zum Gouverneur gingen.
An der Ecke bogen sie ab. Der Regen ließ nach. Ahmet drehte sich um: Von den drei Schirmen waren nur noch zwei übriggeblieben.
»Wo ist der Literaturlehrer?«
»Er ist auf dem Markt geblieben, um sich Zigaretten zu kaufen. Er wird uns gleich einholen.«
Der Religionslehrer, Şaban Efendi, knurrte:
»Muß er seine Zigaretten ausgerechnet jetzt kaufen?«
Ein Schirm vorne, zwei Schirme hinten, betraten sie den Vorgarten des Regierungsgebäudes. Eine vom Regen ganz durch-

weichte Frau mit schwarzem Kopftuch, aber ohne Schleier bemerkte die herannahenden Männer. Sofort drehte sie sich zur Wand und wartete so, bis die Gruppe vorbei war. Sie hatten den Garten hinter sich und kamen jetzt in einen Hof mit aufgeweichtem Boden. Ahmet drehte sich wieder um: Von den beiden Schirmen war nur noch einer übriggeblieben.
»Wo zum Teufel ist der Geschichtslehrer?«
Der Musiklehrer antwortete:
»Er mußte mal!«
Der Religionslehrer, Şaban Efendi, knurrte wieder:
»Typisch Itilafçı. Die müssen immer zur falschen Zeit!«
Der Mathematiklehrer war auch ein alter Itilafçı. Es begann zu schütten. Ahmet drückte sich unter den Schirm des Religionslehrers Şaban Efendi. Als sie durch das Portal des Regierungsgebäudes gingen, drehte sich Ahmet wieder um: Kein einziger Schirm zu sehen.
Als Şaban Efendi auf der Treppe seinen Schirm schloß, knurrte er:
»Schuld bist du selbst, Ahmet Efendi. Geht man so eine wichtige Angelegenheit mit solchen Leuten an?«
Ahmet sagte zu dem Diener, der vor den riesigen Türen saß, wie es sonst nur in Moscheen üblich ist:
»Melde dem Herrn Gouverneur, daß die Lehrer der Oberschule da sind.«
Der Diener trat ein und kehrte zurück:
»Bitte schön.«
Ahmet schob den schweren Vorhang zur Seite und trat in den Raum. Der Gouverneur saß an seinem Tisch. Er trug einen schwarzen Kalpak, hatte schwarze Augen und war hünenhaft gebaut.
Ahmet sagte:

»Wir, der Religionslehrer Şaban Efendi und ich ...«
Der Gouverneur schnitt ihm mit einer Handbewegung das Wort ab:
»Ich sehe Sie, aber wo ist der Religionslehrer?«
Ahmet schaute sich um. Kein Şaban Efendi weit und breit. Er bebte vor Zorn:
»Şaban Efendi ist sicher noch vor der Tür. Wenn Sie ihn hereinholen lassen wollen ...«
»Nicht nötig.«
»Wir sind zu fünft aufgebrochen. Und jetzt bin ich ...«
»Ich brauche ohnehin nur Sie. Nehmen Sie Platz.«
»Unsere Gehälter ...«
»Ich habe bereits Anordnungen getroffen. Sie werden je ein Monatsgehalt bekommen.«
»Ja, aber wir ...«
Der Gouverneur schnitt Ahmet das Wort wieder mit einer Handbewegung ab. Er drückte auf den Knopf einer Klingel. Dann bestellte er bei dem eintretenden Diener Tee und sagte:
»Du kannst dem Herrn Lehrer vor der Tür sagen, daß er nicht zu warten braucht.«
Der Diener entfernte sich. Der Gouverneur stand auf und pflanzte sich in voller Größe vor Ahmet auf.
»Ahmet Bey«, sagte er, »ich weiß, wer Sie sind. Ich kenne Ihre Überzeugung und weiß, was Sie in der Stadt und in den Dörfern für Tätigkeiten entfaltet haben. Dasselbe gilt für Ihre Freunde, den Strafrichter Yusuf und den Buchhalter Osman. Und auch für Ihre anderen Anhänger.«
Er hielt ein. Dann legte er seine riesige Hand auf Ahmets Knie und fuhr langsam fort:
»Das griechische Heer befindet sich im Vormarsch auf Ankara.«

»Was sagen Sie? Schon wieder?«
»Ankara kann fallen.«
»Tatsächlich? Und was geschieht dann?«
»Dann rufen wir hier den Bolschewismus aus.«
»Den Bolschewismus?«
»Ihr macht mich zum Staatspräsidenten, wir stellen ein Heer auf und befreien Ankara. Informieren Sie Ihre Gesinnungsgenossen, aber erwähnen Sie vorerst nichts von mir.«
Ahmet schaute den Gouverneur an, als hätte ihm jemand auf den Schädel geschlagen. Er verstand einen Teil, einen anderen wieder nicht. Der Gouverneur sagte, die Hand immer noch auf Ahmets Knie:
»Yusuf Bey und Osman Bey können Sie von meinem Vorschlag berichten. Sie können Innenminister werden, Osman wird Finanzminister und Yusuf Ministerpräsident ...«
Ahmet kam augenblicklich wieder ganz zu sich. Er konnte dem Gouverneur jetzt ohne Schwierigkeiten folgen und verstand auch alles. Der Diener brachte den Tee und verschwand wieder. Während der Gouverneur bedächtig seinen Tee umrührte, sprach er vom Gendarmeriekommandeur und vom Polizeidirektor. Ersteren könne er leicht gewinnen, auf den zweiten sei aber nicht zu vertrauen.

Als Ahmet vom Gouverneur wegging, war er völlig klar im Kopf. Er stieg die Treppe hinunter und überlegte, wem von den jungen Lehrern man vertrauen könne. In der Grundstufe dem Türkischlehrer, dem Lehrer für Leibeserziehung und dem Lehrer für Physik und Chemie. Im Jugendkreis dem Stadtingenieur und seinen Freunden. Und auf dem Markt dem Kesselschmied Ferhat und seinen Freunden.

Es hatte aufgehört zu regnen. Ich wollte Yusuf und Osman aufsuchen, traf sie jedoch nicht an ihren Arbeitsplätzen an. Wo stecken sie nur, verdammt noch mal! Ich ging ins Café Kuyulu, wo mich die Lehrervertreter aufgeregt und verschämt begrüßten.
»Wir werden unsere Gehälter bekommen«, sagte ich, ohne zu fragen:
»Warum zum Teufel habt ihr mich mitten auf dem Weg allein gelassen?«
Ich eilte wieder auf die Straße. Osman und Yusuf waren wieder nicht da. Wo, verdammt noch mal, stecken die?

Yusuf war Mitglied des Strafgerichtes Bolu. Die anderen Mitglieder und auch der Staatsanwalt waren sehr alt und stinkfaul. Das Strafgericht war daher in Yusufs Hand. Ich bin Zeichenlehrer der Grundstufe der Oberschule von Bolu. Osman, der rotwangige Osman, war Buchhalter in der Landwirtschaftsbank. Von 1915 bis 1919 war er in Deutschland gewesen. Den Namen »Marx«, aber nur den Namen, und den Spruch »Arbeiter aller Länder, vereinigt euch« habe ich zum ersten Mal von ihm gehört. Auch das Wort »Die Geschichte ist der Klassenkampf«, hörte ich erstmals von Osman. Aber ich, einer, der unter Geschichte lediglich die Geschichte der Sultane gelernt hatte, verstand diesen Ausspruch von Marx als »Die Geschichte ist der Kampf zwischen Königen und Sultanen«. Und ich habe das die längste Zeit als richtig empfunden. Der König X führt mit dem Sultan Y Krieg, und das Volk wird dabei aufgerieben. Aber jetzt sollte die Geschichte anders werden. Die Sultane mußten fallen und ihre Kriege auch.

Das Strafgericht von Bolu bestand de facto aus zwei Personen: Yusuf und Osman. Der eigentliche Staatsanwalt war ich. Die Prozesse im Gerichtssaal wurden nur so pro forma geführt. Die Urteile aber wurden nachts, in meinem Zimmer im Haus des Maultiertreibers, gefällt. In diesem Zimmer über dem Stall erzählte ich im Schein einer Petroleumlampe Osman und Yusuf, unterbrochen von Wiehern und Kettenrasseln und im Stallmief, was mir der Gouverneur gesagt hatte. Wir hatten später auch zwei Unterredungen mit dem Gouverneur. Unsere Pläne waren ausgearbeitet. Nur – Ankara fiel nicht. Der Gouverneur ließ uns wieder rufen. »Für euch gibt es jetzt hier nichts mehr zu tun. Bringt mich nicht in Schwierigkeiten, verschwindet.«

Zu jener Zeit erhielt Yusuf ein Telegramm. Von wem, weiß ich nicht. »Ich werde nach Trabzon gerufen«, sagte er. »Das ist eine gute Gelegenheit. Kommt auch mit, von Trabzon aus können wir dann nach Rußland.« Wir nahmen Yusufs Angebot an. Er brach auf, Osman kehrte nach Istanbul zurück, und ich machte mich auf den Weg nach Trabzon.

In Trabzon konnte ich Yusuf unter der Adresse, die er mir gegeben hatte, nicht finden. Der Hausherr gab mir einen Tip: »Es gibt ein Café, in das er oft Tavlaspielen geht. Hafiz, ein ausgezeichneter Tavlaspieler, ist auch oft dort.«
Ich ging in das Café. Der Wirt aber sagte:
»Yusuf Efendi ist schon ein paar Tage nicht gekommen.«
Ich kehrte in das Hotel zurück, konnte aber nicht schlafen, ging hinunter, um noch einmal auf die Straße zu gehen. Dabei traf ich den Hotelbesitzer.
»Wohin, Bey?«
»Ich kann nicht schlafen.«

»Es ist aber schon spät, und alle Cafés haben zu.«
»Ich will auch nicht ins Café, sondern nur noch ein bißchen spazierengehen und frische Luft schnappen.«
»Du mußt wissen, was du tust. Es ist nur schon sehr spät ...«
»Könnte ich überfallen werden?«
»Nein, nur ...«
»Was nur?«
»Du bist erst heute nach Trabzon gekommen, bist hier fremd.«
»Na und?«
»Nichts, nur nach diesem Vorfall da passen sie auf Fremde ganz besonders auf.«
»Was für ein Vorfall?«
Der Hotelbesitzer antwortete nicht. Sicher bereute er schon, davon angefangen zu haben.
»Wenn du unbedingt willst, dann geh noch spazieren. Nur, du bist mir sympathisch, und mir täte es leid um dich. Aber tu, was du für richtig hältst ...«
Ich kehrte in mein Zimmer zurück, schob den Leinenvorhang des Fensters zur Seite und schaute hinaus. Die Dunkelheit anatolischer Städte nach dem Sonnenuntergang ...

Am nächsten Morgen stürmte ich schon sehr früh aus dem Hotel und ging in das Café von gestern. Ein Lehrjunge spritzte Wasser auf den Boden vor dem Café. Drinnen saßen nur ein paar Gäste. Der Cafewirt erkannte mich gleich:
»Kaum warst du gestern weg, ist Yusuf Efendi gekommen. Ich habe ihm gesagt, daß ein junger Mann mit so einem spitzen Kalpak nach ihm gefragt hat. Du hast mir deinen Namen ja nicht gesagt. Ich habe ihm gesagt, daß du aussiehst wie einer aus Istanbul und daß du lange Koteletten trägst.«

»Und was hat Yusuf geantwortet?«
»Zuerst hat er nicht gewußt, um wen es geht, dann hat er gesagt, er wisse schon.«
»Und weiter?«
»Sonst hat er nichts gesagt.«
»Was heißt, sonst hat er nichts gesagt? Hat er nicht gesagt, wenn er morgen kommt, soll er auf mich warten?«
»Nein, aber bleib hier, wenn du willst. Heute kommt Hafiz, der größte aller Tavlaspieler, und da wird auch sicher Yusuf Efendi auftauchen.«
Ich kannte mich überhaupt nicht aus. Aber außer zu warten hatte ich nichts zu tun.
»Gibt es von hier nach Batum Schiffsverkehr?«
Der Cafébesitzer schaute mich verwundert an.
»Ab und zu verkehren Schiffe.«
»Dann gibt es sicher auch Motorboote und Segelschiffe.«
»Sicher.«
Der Cafébesitzer ging weg und kam mit Tee, Simit und Käse zurück.
»Willst du nach Batum?«
»Eigentlich nach Kars, über Batum und Tiflis.«
Wir hatten so geplant: Von Trabzon aus konnte man damals auf zwei Wegen nach Kars gelangen. Einer führte über das Festland, der andere über das Meer via Batum und Tiflis. Wir wollten in Batum bleiben.
»Hast du einen Passierschein, um über Batum zu fahren?«
»Ja.«
Die Papiere hatte ich in Bolu von dem Gouverneur ausstellen lassen. »Amtliche Mission nach Kars – Batum – Tiflis.«
»Dann ist es gut. Der Landweg ist ohnehin sehr lang und beschwerlich. Hast du die Papiere hier erhalten?«
»Nein.«

»In Ankara?«
»In Bolu.«
»Papiere aus Bolu gelten hier nicht. Du mußt dir auch hier eine Genehmigung beschaffen.«
»Wird mir die auch erteilt?«
»Das weiß nur Gott.«

Der Cafébesitzer ging weg. Es fiel mir auf, daß die anderen Gäste die Ohren gespitzt hatten, als sie uns reden hörten, und daß sie jetzt miteinander flüsterten.
Ich bestellte noch einen Tee. Aber nicht der Lehrjunge, sondern der Chef selbst brachte ihn mir.
»Da soll es einen Vorfall gegeben haben ...«, sagte ich.
»Was für einen Vorfall?«
»Ich weiß nichts Genaues. Der Hotelbesitzer hat so etwas erwähnt ...«
»In welchem Hotel wohnst du?«
Aus irgendeinem instinktiven Bedürfnis, mich zu schützen, sagte ich nicht den Namen des Hotels, in dem ich wohnte, sondern nannte den Namen eines anderen Hotels, an dem ich auf dem Weg ins Café vorbeigekommen war.
»Das heißt, du weißt nicht, was hier vorgefallen ist?«
Er wußte garantiert davon ... An diesem Tag wartete ich bis zum Einbruch der Dunkelheit auf Yusuf. Er kam nicht. Am nächsten Morgen wanderte ich wieder ins Café.
»War er schon da?«
»Gerade, als ich die Rollbalken herunterlassen wollte, ist er gekommen.«
»Ja und?«
»Er soll am Morgen auf mich warten, hat er gesagt.«
Wenig später kam Yusuf ins Café. Wir umarmten uns, oder besser gesagt, ich umarmte ihn.

»Gehen wir!« sagte er.
»Hörst du, Yusuf, was du da aufführst ...«
»Sei still ... ich erklär dir alles.«
»Was ist los?«
»Sei still, hab ich dir doch gesagt!«

Wir gingen sehr schnell. Yusuf schaute immer wieder um sich, versuchte aber, es mich nicht merken zu lassen. Wir gingen schnell, wirklich sehr schnell.
Wir stiegen einen Abhang hinunter und bogen dann in eine sehr enge Gasse des Tecke-Viertels ein, wie ich später erfuhr. Jetzt ging Yusuf langsamer.
»Erzähl endlich, Yusuf.«
»Ich mußte aus meiner Wohnung ausziehen.«
»Das kann passieren, aber warum hast du deinen Vermietern nicht gesagt, wo ich dich finden kann?«
»Es mußte alles so sein.«
»Was heißt, es mußte sein? Wie, denkst du, hätte ich dich in der riesigen Stadt Trabzon finden sollen?«
»Du hast es ja so auch geschafft ... Hast du dem Cafébesitzer irgend etwas erzählt?«
»Was zum Beispiel?«
»Was weiß ich, etwas Unnötiges. Du weißt ja nicht, wie man sich zu verhalten hat.«
»Ich habe nur gefragt, ob es Schiffsverkehr nach Batum gibt.«
»Da hast du was Schönes angerichtet!«
»Was ist denn da schon dabei?«
»Mit den Papieren, die du in Bolu bekommen hast, kannst du nicht nach Batum. Was hast du dem Cafébesitzer noch alles erzählt?«
»Nichts.«

»Hat dich der Ayın-Pe vorgeladen?«
»Nein ... wie kommen wir jetzt nach Batum?«
Da fiel es mir plötzlich ein: Der Gouverneur von hier war ein Freund meines Großvaters. Zu ihm konnte ich wegen der Reisepapiere gehen. Yusuf dachte nach:
»Die Idee ist nicht schlecht.«
Es fiel mir nicht ein, Yusuf zu fragen, was er in Trabzon eigentlich machte.
»Laß dir nur Papiere für dich ausstellen. Wenn wir Papiere für uns beide verlangen, ist das verdächtig. In drei, vier Monaten komme ich schon irgendwie nach. Und lassen wir uns hier nicht noch einmal zusammen sehen!«
»Warum denn nicht?«
»Hast du irgend jemandem von den Gerichtsdingen in Bolu oder vom Gouverneur etwas erzählt?«
»Wem hätte ich etwas erzählen sollen?«
»Bei Leuten, die wie du nicht wissen, wie man sich verhalten muß, kann man nie wissen.«
»Wie kommst du darauf, ich hätte mich falsch verhalten? Vor irgend etwas hast du Angst, Yusuf. Bist du hier in etwas verwickelt? Außerdem, hör zu, hier hat es irgendeinen Vorfall gegeben.«
»Wer hat das gesagt?«
»Der Hotelbesitzer. Den Cafewirt habe ich auch danach gefragt.«
»Da hast du es wieder: Du weißt nicht, wie man sich zu verhalten hat!«
Er blickte wieder um sich.
»Was guckst du denn andauernd?«
»Ob uns jemand verfolgt.«
»Wieso sollte uns jemand verfolgen?«
»Glaubst du, der Ayın-Pe weiß nicht, was sich in Bolu alles

getan hat? Hör mir gut zu, Ahmet«, er sprach jetzt leiser. »Mustafa Suphi und seine Leute sind umgebracht worden.«
»Wer war das – Mustafa Suphi?«
»Das war der Anführer der türkischen Bolschewiken.«
Wir kamen auf einen mit Föhren bewachsenen Hügel. Yusuf sagte:
»Mustafa Kemal hat die Männer aus Rußland hergeholt. Suphi war in Rußland gefangengenommen worden und hatte sich später den Bolschewiken angeschlossen. Bei ihm waren auch Leute aus Istanbul, die an einer Konferenz in Baku teilgenommen hatten.«
»Und weiter?«
»Sie erhielten die Einladung Mustafa Kemals und kamen an die Grenze. Dort hat sie Kazım Karabekir Pascha erwartet.«
Wir setzten uns unter die Föhren. Das Wetter war prachtvoll. Vom Schwarzen Meer her wehte ein frischer Wind.
»In Erzurum sind die Religionsfanatiker und ein Haufen Gesindel dazu gebracht worden, einen Verein ›Zum Schutz der Heiligtümer‹ zu gründen. Schon am Stadttor hat sich dieser Verein zum ›Empfang‹ von Suphi und seinen Freunden zusammengerottet. Sie haben pfui geschrien und die Wagen Suphis mit Steinen beworfen. ›Die machen aus unseren Moscheen Ställe‹, haben sie geschrien, ›die reißen unseren Frauen den Schleier vom Gesicht‹, ›die zwingen uns, Hüte aufzusetzen!‹ Karabekir hat Suphi und seinen Genossen die Waffen abgenommen und sie dann nach Trabzon gebracht!«
Das Schwarze Meer erstreckt sich nach allen drei Richtungen ins Unendliche. Keine Rauchwolke von einem Schiff, kein Segel. »Hier wurden alle nachts in Değirmendere auf ein Motorboot verfrachtet. Das war am 28. Januar. Ein Schuft

namens Yahya, der sonst auf die Motorboote aufpaßt, ein echtes Schwein, ein Mann von Topal Osman, hat dann, kaum war das Boot mit Suphi und seinen Leuten ein Stück aufs Meer hinausgefahren, ein paar Männer in ein anderes Boot geladen. Dieses Boot hat dann vor der Küste von Sürmene Suphis Boot gerammt. Fünfzehn Personen sollen in Suphis Boot gewesen sein. Darunter seine Frau, eine Russin. Der Kampf soll zwei Stunden gedauert haben. Plötzlich bekommt Suphi ein Gewehr in die Hand. In dem Augenblick aber, in dem er schießen will, setzt ihm eines von diesen Schweinen aus Trabzon, ein Kerl namens Faik, eine Pistole an den Nacken und drückt ab. Die anderen wurden erstochen oder erwürgt. Man band ihnen Steine und Eisenstücke an die Füße und warf sie ins Meer. Die russische Frau – sie soll sehr schön sein – wurde nach Trabzon gebracht. Sie ist in Yahyas Haus eingesperrt. Und jetzt befürchtet Ankara, daß auf diesen Vorfall hin noch einiges hier passieren könnte.«
»Ist in Trabzon jemand von den Unseren?«
»Ich weiß nicht. Der Ayın-Pe ist hier sehr stark.«
Das Schwarze Meer ist immer noch ruhig, glänzt und glitzert.

Ahmet wartete in Batum nicht nur drei, sondern sechs Monate auf Yusuf. Yusuf aber kam nicht. Er kehrte 1924 nach Istanbul zurück und begann, Geschäfte zu machen. Er wurde erst reich, verlor dann aber alles und wurde Schmuggler. 1934 starb er in Istanbul auf der Yüksek Kaldırım am hellichten Tag, getroffen von der Kugel aus der Pistole eines Polizisten.

In Moskau sah ich zum ersten Mal ein Bild von Mustafa Suphi. Ich habe es ein paarmal mit Bleistift vergrößert. Er trug einen Zwicker und einen sehr dichten Schnurrbart. Mustafa Suphi gehört zu den Menschen auf der Welt, die ich am höchsten schätze oder, besser gesagt, am meisten liebe.

Ich gehe in Batum, im Park, spazieren. Ich habe Hunger. Ich besitze ein, zwei Millionen Rubel. Vorige Woche habe ich auch meinen Koffer verkauft. Ich hatte ihn für Leder gehalten, aber er war nur aus Kunststoff. Wenn ich mir nur bei dem Teeverkäufer neben dem Kino einen Tee leisten könnte. Nicht mit Sacharin, sondern mit echtem Zucker!
Ich höre das Meer rauschen. Heute bin ich sogar zu verdrossen, um mir die splitternackt daliegenden Frauen anzusehen …
Gestern nacht war ich am Strand. Der Himmel war bedeckt, und in der lauen Nacht glitzerte das Meer. Die Ermordung von Suphi und seinen Freunden ging mir nicht aus dem Kopf. Als das Schiff, das mich nach Batum brachte, an der Küste von Sürmene vorbeifuhr, hatte ich zum Ufer hinübergeschaut: Grüne Hügel, Sandstrände, weiße, kleine Häuser. Ein Ufer wie viele andere am Schwarzen Meer. Das Boot mit Suphi und seinen Genossen war nachts hierhergekommen, auch sie hatten nur die vereinzelt aufleuchtenden Lichter gesehen (oder auch nicht). Vielleicht hat es auch in dichten Flocken geschneit. War das Meer in jener Nacht ruhig oder stürmisch? Hat die Besatzung des Motorbootes gewußt, daß die Passagiere getötet werden sollten? Haben die Männer mit Suphi und seinen Freunden geredet? Haben sie so getan, als wäre nichts? Haben sie ihnen Zigaretten angeboten und die eigenen Zigaretten an ihren angezündet? Und was hat Suphi mit seinen Leuten gesprochen? Haben sie an

die Möglichkeit gedacht, getötet zu werden? Oder haben sie es geahnt? Und seit wann? Von dem Augenblick an, als man ihnen im Regierungsgebäude von Erzurum die Waffen abgenommen hatte? Oder haben sie erst Verdacht geschöpft, als ihre Wagen vor den Toren von Erzurum mit Steinen beworfen wurden? Und Kazım Karabekir Pascha, hat er sich innerlich gefreut, als er mit den Menschen redete, deren Tod er wie einen Feldzug vorbereitet hatte? Jetzt geht mir ein Licht auf: Der Pascha hat die armenischen Taschnaken ja nur mit Hilfe der Truppe besiegen können, die Suphi unter den in Rußland gefangenen Türken aufgestellt hatte! Diesen Sieg, mit dem er sich bis an sein Lebensende rühmen wird, verdankt er Suphi und seinen Freunden. Genau jenen Männern, die er jetzt nach Trabzon geschickt hat, um sie töten zu lassen! Sind Suphi und seine Genossen eigentlich eingesperrt worden, als sie nach Trabzon kamen? Ich weiß es nicht. Wenn sie eingesperrt worden sind, haben sie bestimmt etwas geahnt. Und wenn sie nicht eingesperrt waren? Als sie vor der Küste von Sürmene bemerkten, wie sich ihnen ein Boot nähert, was haben sie da gedacht? Daß dieses Boot nach Batum fährt, um Munition zu holen? Oder ist das Boot plötzlich und unerwartet hinter ihnen aufgetaucht? Aber sie mußten seinen Motor gehört haben. Vielleicht aber auch nicht, immerhin rauschten die Wellen, und das eigene Boot machte Lärm. Und wenn sie das Boot gehört haben, ist ihnen vielleicht durch den Kopf gegangen: »Befehl aus Ankara, sie bitten um Entschuldigung und holen uns zurück ...« Oder haben sie geahnt, daß da der Tod auf sie zukommt?
Sie gehörten zu den klügsten Männern, die mein Volk jemals hervorgebracht hat. Mehr noch: zu den tapfersten, türkischsten. Kaum jemand hat unsere Erde, die halbverhungerten Menschen – die sich, von Malaria ausgehöhlt, von Trahomen

blind gemacht, in Fetzen gekleidet, mit kleinen, ausgezehrten Ochsen auf dieser Erde abrackern, dieses Volk, das vier Jahre lang an der Front, verlaust und verdreckt, sein Blut vergossen hat und jetzt an neuen, anderen Fronten weiterkämpft – mehr geliebt als sie. Wer von uns hat an das Schöne, Gute, Hoffnungsvolle im Menschen mehr geglaubt als sie? Ich sehe Suphis Gesicht vor mir. Aber nur sein Gesicht, alles andere ist verschwommen. Von den anderen, die getötet werden sollten, sehe ich nur Brust, Hals und Rücken. Ihre Gesichter sind verschwommen. Und von den Mördern sehe ich Hände, Gewehre, Pistolen, Messer und Stricke. Ich sehe sogar, wie sich ihre Münder unter den Schnurrbärten verzerren. Ich sehe die Pistole dieses Schweins Faik aus Trabzon. Ich sehe auch Faiks Gesicht. Die Hakennase, das dunkle Gesicht und die Hand. Er drückt die Pistole in Suphis Nacken. Ich sehe, wie Suphi das Gewehr aus der Hand fällt. Suphi wird ins Wasser geworfen. Oder sie legen ihn vorher aufs Deck und binden ihm einen Stein an den Fuß. Erst werfen sie ihn ins Wasser und dann die anderen. Von diesen kenne ich nur einen mit Namen: Nejat, ein Lehrer aus Istanbul. Ob der Motor im Boot wohl stehengeblieben ist? Man kann sich nicht vorstellen, wie das ist, wenn bloße Hände, Hände, die das Töten nicht kennen, zwei Stunden lang mit Händen kämpfen, die das Töten sehr wohl kennen, und die Messer, Gewehre, Pistolen und Stricke halten. Ich erkenne das Gesicht von Nejat aus Istanbul nicht, ich sehe nur seinen Hals und den Stein, den sie darum gebunden haben. Als sie Nejat ins Wasser geworfen haben, kann er noch am Leben gewesen sein, schwer verwundet. Ich sehe, wie am Ufer manchmal ein Licht aufblitzt. Ich sehe, wie sich die Wellen öffnen und schließen. Fünfzehn Mal öffnen und schließen.

Ich bin im Park von Batum. Der Teich unter den Bäumen glänzt in der Sonne. Ich spüre eine Hand auf meiner Schulter. Als ich mich umdrehte, sah ich Raşit vor mir. Ich staunte. Er umarmte mich. Raşit, der in Ankara, in Othello Kamils Theater, den Jago gespielt hatte.
»Was hast du in Batum verloren?« fragte ich.
»Ich bin zu den Bolschewiken gekommen. Die Welt wird bolschewistisch werden.«
Er fragte mich weder, was ich hier mache, noch war er erstaunt, mich hier zu sehen. Er gab mir die Adresse seines Hotels. Ich sagte ihm nicht, daß ich im Hotel Frankreich wohnte, trotzdem stand er eine Woche später in meinem Zimmer. Er sagte, er arbeite für eine Zeitung. Ich machte ihn mit den Mitgliedern des Außenbüros der Kommunistischen Partei der Türkei bekannt. Einen Monat später kam er wieder. Diesmal erzählte er, er schreibe jetzt die Leitartikel der Zeitung. Die Stadt Batum ist die Hauptstadt von Adscharistan, der sowjetischen sozialistischen Republik.

Die Bewohner von Adscharistan sind in der Mehrzahl Mohammedaner und sprechen türkisch. Es gibt dort eine türkische Zeitung, und die Leitartikel schrieb Raşit. An dem Abend, als Raşit mich zum letzten Mal besuchte, geriet das Siegel des Außenbüros in Verlust. Das Siegel war in einer Schreibtischschublade aufbewahrt worden. Die Schublade war immer versperrt, aber man hatte das Schloß aufgebrochen. Ich war mit Raşit weggegangen. Als wir ungefähr drei, vier Stunden später wiederkamen, bemerkten wir, daß das Balkonfenster von außen aufgebrochen worden war. Wir machten der Tscheka Meldung. Am nächsten Tag wurde ich zur Vernehmung vorgeladen. An einem Holztisch saß einer

mit schwarzem Schnurrbart und einem Zwicker. Er sprach türkisch mit aserbedschanischem Akzent.
»Daß Sie das Siegel gestohlen haben, ist unwahrscheinlich, sie konnten es ja auch so benützen. Aber haben Sie einen bestimmten Verdacht?«
»Nein.«
»Ihr Großvater war Pascha und Ihr Vater hoher Beamter. Aber Engels besaß eine Fabrik, und auch der Vater von Mustafa Suphi war Pascha.«
»Sie sehen dem Genossen Mustafa Suphi ähnlich.«
»Da sehe ich wenigstens einem guten Menschen ähnlich«, sagte er lächelnd.
Ich hätte verstehen können, wenn er gesagt hätte, er sehe einem großen Revolutionär, einem tapfer gefallenen Genossen, einem löwenhaften Bolschewiken ähnlich. Aber ich wunderte mich damals über diesen »guten Menschen«.

Frühlingsregen in Moskau. Ich zeichne gerade das zehnte oder siebzehnte Katzenbild. SI-YA-U sagte: »Heute abend kommt Anuschka zum Tee.« »Hast du Geld, damit wir etwas einkaufen können?« fragte ich. Er hatte etwas Geld, aber es reichte nicht einmal für zwei Kuchen. Ich hatte keinen roten Heller. Schließlich lieh ich mir von der Frau des Portiers etwas Geld, und SI-YA-U ging einkaufen.
Daß Anuschka und ich uns lieben, berührt die seltsame Bindung SI-YA-Us zu dem Mädchen nicht im geringsten. Wäre ich an SI-YA-Us Stelle, würde ich alles unternehmen, um das Mädchen nicht wiederzusehen.

Raşit kam ins Zimmer. Er hatte eine riesige, vollgestopfte Aktenmappe unter dem Arm. Auf dem Kopf trug er eine

Mütze, wie sie russische Arbeiter tragen. Unter seiner Jacke trug er einen silberbestickten, schmalen kaukasischen Gürtel. »Ich bin zum Kongreß gekommen«, sagte er. »Zum Kulturkongreß der Arbeiter.« Er war Kulturkommissar von Adscharistan geworden. Anuschka kam. Ich machte sie kurz mit Raşit bekannt. Das neue Katzenbild gefiel ihr.

»Jetzt ist es aber genug. Du weißt, ich kann mich in meinem Zimmer vor lauter Katzenbildern schon gar nicht mehr umdrehen.«

Wir kochten Tee. Kurz nachdem Raşit gegangen war, ging ich mit Anuschka weg. Der Regen hatte inzwischen aufgehört. Anuschka hängte sich bei mir ein.

»Laß mich diese Nacht bei dir bleiben«, bat ich sie. Aber sie wollte nicht.

»Warum gestern ja und heute nicht?«

»Ich weiß nicht, das ist eben so.«

Unter dem Hoftor küßten wir uns. Beim Weggehen sagte sie:

»Den Kulturkommissar aus Adscharistan mag ich nicht.«

»Warum nicht?«

»Ich weiß nicht. So halt. Katzen mögen auch bestimmte Menschen und bestimmte wieder nicht.«

»Du bist aber keine Katze. Ein Mensch hat Verstand und Bewußtsein. Besonders ein Kommunist. Wäre ich ein Dichter, würde ich das Wort Herz nicht gebrauchen.«

»Liebst du mich mit dem Verstand?«

»Wäre ich ein Dichter, würde ich keine Liebesgedichte schreiben.«

Auf dem Heimweg ertappte sich Ahmet, wie er reimte:

»Höre im Lied, das die Flöte erzählt,
Wie sie der Schmerz der Trennung quält.«

Raşit wurde zwei Monate später verhaftet, weil er für die Engländer spioniert hatte. Er wurde festgenommen, als er gerade versuchte, in die türkische Botschaft zu flüchten. Ahmet fiel die Geschichte mit dem Siegel in Batum ein. Anuschka erzählte er nichts von Raşits Verhaftung. Raşit wurde nach Sibirien verbannt, aber es gelang ihm zu flüchten, und er kehrte 1929 nach Istanbul zurück. Dort veröffentlichte er in einer Zeitung Artikel ›Wie ich ein bolschewistischer Kulturkommissar wurde‹. Später arbeitete er beim Geheimdienst.

Der zwanzigste Strich

Ahmet wachte mit Kopfschmerzen auf. Ismail hatte beim Weggehen die Tür einen Spalt offengelassen. Sonst war Ahmet immer aus dem Bett gesprungen, hatte die Tür geschlossen und die Lampe aufgedreht. Diesmal aber rührte er sich nicht aus dem Bett. Durch den Türspalt sieht man die Helligkeit. Der Motor dröhnt in seinem Kopf: tak tak, tak tak. Es fängt also an. Ist dieser Kopfschmerz jener Kopfschmerz? Es ist der zwanzigste Tag. Er nahm das Buch von dem Stuhl. Es stand nichts darin, an welchem Tag die Kopfschmerzen beginnen. Er zündete ein Streichholz an und führte es so nahe an die Augen, daß er sich beinahe die Wimpern verbrannt hätte. In die Flamme kann er ohne Schwierigkeiten schauen. Aber es ist sicher noch zu früh. Am zwanzigsten Tag kann die Angst vor dem Feuer noch nicht beginnen. Er schaute in das Buch. Es steht nichts darüber in dem Buch, am wievielten Tag die Angst beginnt. Ahmet stand auf und schluckte ein Aspirin. Er hatte keinen Appetit. Appetitlosigkeit also. Er kochte Tee und trank ihn mit Genuß. Er freute sich. Aber sein Kopf schmerzte, als wolle er zerspringen. Noch ein Aspirin. Er schloß die Tür. Dann zündete er die Lampe an und hielt sie sich an die Nase. Alles normal. Er ordnete das Bett. Schaute auf die Striche an der Tür. Sie waren alle ungefähr gleich lang und gleich dick. Er wollte den zwanzigsten Strich machen, ließ es dann aber bleiben. Erst am Abend ... Warum so eilig? Er zeichnet das Bild einer Katze auf ein Stück Zeitungspapier. Dann zerreißt er es und wirft es weg. ›*Zu welchem Hafen fährt dieses hundertmastige Schiff?*‹ wiederholte er immer wieder.

Fangen wir also an mit dem Spiel. Wir wollten es zwar nicht mehr spielen, aber spielen wir es heute ein letztes Mal. Er setzte sich auf den Stuhl: Wie der ›Denker‹ von Rodin, nur nicht nackt. Er versuchte zu erfassen, was ihm durch den Kopf ging. Die Gedanken einfach, aufeinander, ineinander, nebeneinander, dick und dünn, kurz und lang, manchmal entsteht ein Gedanke aus dem anderen, manchmal schiebt sich etwas in das innere Gedränge, das weit und breit nichts damit zu tun hat, es drängt sich hinein und verästelt sich. Wenn man sich mit diesem Spiel zu sehr beschäftigt, kann man auch überschnappen. Eine der Spielregeln ist, etwas von den Dingen, die einem durch den Kopf sausen, zu erwischen und laut auszusprechen. Man ist nur imstande, ein Hundertstel davon laut auszusprechen. Die Träume, von denen man annimmt, daß sie Stunden gedauert hätten, dauern in Wirklichkeit oft nur einen Augenblick. Habe ich das irgendwo gelesen oder erfunden? Die Kopfschmerzen lassen nach. Heulen wie ein Hund. Man verliert das Bewußtsein. Nichts wird passieren. Man muß an etwas anderes denken. An was denke ich? Ich denke, daß ich der Reihe nach denke. Ich denke, was mir alles einfällt. Aber außer zu denken, was mir alles einfällt, denke ich an nichts. Das Papier in den Ritzen der Tür. Die Pistole. Wo versteckt Ismail die Pistole? Die Pistole im Nacken von Mustafa Suphi. Jetzt habe ich also Kopfschmerzen. Anuschkas linke Brust ... Das Muttermal darauf. Der Docht der Lampe. Warum habe ich Yusuf in Istanbul nicht gesucht? Was hätte es schon gebracht, wenn ich ihn gesucht hätte? Den rotwangigen Osman habe ich einmal in Istanbul, auf der Beyoğlu, getroffen. Er hat weggeschaut und ist weitergegangen. Schmerzt mein Kopf jetzt oder nicht? Vielleicht ist Raşit in Sibirien umgekommen. Er begann in dem Roman zu lesen, den Ismail gestern gebracht hatte. Er schaute auf die Uhr. Bis zum Essen sind noch zehn Minuten. Er ißt mittags immer um Viertel nach zwölf, auf die Minute genau.

Der einundzwanzigste Strich

»Meine Mutter ist gekommen, Ahmet ...«
»Wann? Wo ist sie? Wie schön.«
»In der Mittagspause sah ich sie plötzlich vor dem Tor stehen. Ich habe sie in ein Hotel gebracht. Ich bin nur hergekommen, um es dir zu sagen, damit du dir keine Sorgen machst. In zwei, drei Stunden komme ich wieder zurück. Ich habe ihr gesagt, daß ich in einem Heim schlafe. Meine liebe Mutter, ich möchte so gerne, daß du sie kennenlernst. Es geht natürlich nicht, aber wenn du sie sehen könntest! Meine Mutter ist genauso wie die Mütter, die in Geschichten und Romanen vorkommen. Ich erzähle dir später mehr über sie. Nach der Arbeit bin ich zu ihr ins Hotel gegangen und habe ihr gesagt, daß ich später wiederkomme.«
»Dann laß sie nicht warten.«
»Ich habe dir von meiner Mutter nie erzählt. Ich erzähle nie jemandem von meiner Mutter. Und wenn ich mich einmal in eine Frau verliebe, dann sage ich das auch niemandem.«
»Meinst du etwa mich damit?«
»Nein, mein Freund, jeder hat seine Eigenheiten.«
»Los, hör auf zu schwätzen und geh endlich.«
»Meine Mutter ist so, als wäre sie aus einem Roman. Sie hat alles geopfert, ist Wäsche waschen gegangen und hat die Wäsche von Soldaten gestopft, nur um mich in die Schule schikken zu können.«
Ahmet fragte nicht: ›Wer ist dein Vater? Was ist aus ihm geworden? Warum mußte deine Mutter für dich sorgen?‹
»Laß sie nicht warten.«
»Ich gehe ja schon. Wenn du sie nur sehen könntest, so klein und zart.«

Ahmet fragte auch nicht: ›Woher ist deine Mutter gekommen, was macht sie jetzt, bei wem lebt sie?‹
»Sie bleibt drei, vier Tage. Warte nicht auf mich mit dem Schlafengehen.«
»Los, geh schon.«
Ismail tat etwas sehr Ungewöhnliches: Er fiel Ahmet um den Hals. Sie umarmten sich. Dann ging er. Ahmet löschte die Lampe aus und ließ die Tür einen Spalt offen. Er sah die Sterne.
Plötzlich fiel Ahmet ein, daß er seit Monaten kein einziges Mal an seine Mutter gedacht hatte. Es machte ihn traurig. Meine Mutter ist für mich nicht Wäsche waschen gegangen. Sie hat nichts geopfert. Liebe ich meine Mutter nicht so sehr, wie Ismail seine liebt? Meine Mutter ist eine schöne Frau.

In der Familie meiner Mutter ist eine Frau schöner als die andere. Anuschka sagte:
»Du scheinst deinem Vater nachgeraten zu sein.«
»Ja ... Laß mich nachdenken, meine Mutter muß jetzt so um die vierzig sein.«
Wir sind auf dem Strasnoj-Platz und sonnen uns auf einer der Bänke vor dem Puschkin-Denkmal. Es ist Sonntag.
»Wie war der Name deiner Mutter?«
»Güzide.«
»Giuzide.«
»Nicht Giuzide, Güzide. Dieses ›ü‹ kannst du nicht aussprechen.«
»Und du kannst kein ›ts‹ sagen ...«
»Meine Mutter schreibt Gedichte in französischer Sprache.«
»Liebesgedichte?«
»Wo denkst du hin ... sie ist ja verheiratet ... eine erwachsene Frau.«

»Na und?«
»Was heißt na und? Soll sie vielleicht meinem Vater Liebesgedichte schreiben?«
»Wieso deinem Vater?«
»Wem denn sonst? ... Meine Mutter spielt auf dem Klavier Beethoven. Vater aber versteht nur türkische Musik. Einmal bin ich im Internat krank geworden. Ich wurde ins Krankenrevier gebracht. Meine Mutter ist gekommen. Sie hat den Schleier abgenommen, obwohl der Arzt und der Geschichtslehrer im Zimmer waren. Ich habe ihr sofort befohlen, ihr Gesicht wieder zu verschleiern, so krankhaft eifersüchtig war ich von Kindheit an auf sie.«
Petrosyan, der Parteisekretär der Studentenzelle, tauchte vor uns auf. Er war zerstreut. Knabberte Sonnenblumenkerne und spuckte die Schalen aus. Er bemerkte Ahmet und Anuschka:
»Grüß euch, Kinder. Was ich dir sagen wollte, Ahmet. Ich brauche Material über die Grundbesitzverhältnisse in der Türkei. Ich habe zwar schon einiges gefunden, aber wenn du ...«
»Ich habe nichts darüber.«
»Warst du nie auf dem Land in der Türkei?«
»Doch.«
»Hast du diese Frage in den Dörfern nicht studiert?«
»Nein ...«
»Gibt es keine Veröffentlichungen eurer Partei zu diesem Thema?«
»Ich glaube nicht.«
Petrosyan schaute Ahmet ganz traurig an.
»Erzähl mir trotzdem von den Dörfern, die du gesehen hast.«
Er gab Anuschka eine Handvoll Sonnenblumenkerne. Erst

blieb er stehen, als wollte er noch etwas sagen, dann ging er weg. Er sang ein armenisches Lied.

Anuschka sagte:

»In diesen Petrosyan könnte ich mich verlieben.«

»Das fehlte gerade noch ... Warum hast du dich nicht schon früher in ihn verliebt? Wieso könntest du dich in ihn verlieben? Findest du ihn hübsch? Männer, die Frauen gefallen, finden andere Männer nicht anziehend. Und Frauen, die Männern gefallen, finden andere Frauen nicht hübsch.«

»Ich könnte mich in Petrosyan verlieben, nicht weil er so hübsch ist, was er übrigens auch ist, sondern weil er weiß, daß er nur noch ein paar Monate zu leben hat, und tut, als müßte er nie sterben.«

»Und wenn er tot wäre, würdest du keinen anderen mehr anschauen.«

»Wahrscheinlich nicht ... oder vielleicht doch ...«

Sie standen auf.

Ahmet fragte:

»Wohin gehen wir, Anuschka?«

»Ich gehe nach Hause, Wäsche waschen.«

»Kann ich mitkommen?«

»Wenn du willst.«

»Gehen wir morgen abend zu Mejerhold?«

»Morgen abend gehe ich mit SI-YA-U ins Konzert.«

»Nehmt ihr mich auch mit?«

»Nein.«

»Warum nicht?«

»Weil ich mit SI-YA-U gehe, darum.«

Ahmet sagte nichts. Auf halbem Weg trennte er sich von Anuschka.

»Mir fällt gerade ein, daß ich auch noch etwas zu tun habe. Ich muß die Vorbereitungen für eine Abendveranstaltung treffen, die unsere Kunststudenten in irgend so einer Fabrik geben wollen.«

Als Ismail zurückkam, schlief Ahmet schon. Die Bettdecke lag auf dem Boden. Ismail deckte ihn wieder zu. Ziya hatte einmal gesagt: »Mensch, Ismail, deine Mutter ist keine Mutter, sondern eine Naturgewalt. Aber nicht eine wie das Meer, der Sturm oder das Feuer, nichts Großes, das man mit den Augen sehen kann, sondern winzig klein wie ein Atom.«

Ismails Mutter wird 1940 sterben. Da gab es einen Gefängniswärter, der ein verbissener Deutschenfreund war. Wenn er die Eisentür von außen verriegelte, sagte er jeden Abend: »Gott helfe euch!« Dann streckt er seinen Kopf zum Guckloch herein und ruft Ismail: »Siehst du, Chef, jetzt hat Hitler London in Brand gesteckt. Die Deutschen werden den Krieg gewinnen. Es wird Zeit, daß auch du einsiehst, daß die Deutschen gewinnen werden, Chef!« »Sie werden nicht gewinnen«, wird Ismail antworten. »Wie du meinst«, wird der Wächter sagen, und am nächsten Abend werden sie dasselbe sprechen ...
Und neben diesen Wächter aus Bursa wird Ismails Mutter hinfallen und sterben. Im Sprechzimmer, hinter dem Drahtgitter. Die winzige, eingeschrumpfte Frau wird noch sagen: »Ich habe dir gefüllte Weinblätter in Olivenöl gebracht, Ismail. Auf dem Weg von Manisa hierher sind sie zwar etwas zerdrückt worden, aber gib dem Herrn Wächter auch etwas davon, mein Sohn.« Das wird sie sagen, und einen Augenblick später wird sie neben dem Wächter zusammenbrechen.

Ismail horchte auf das Motorengeräusch. Es schien etwas nachzuhinken. »Da ist einer der Kolben kaputt«, dachte Ismail und legte sich nieder.

Der zweiundzwanzigste Strich

Ich habe Besuch. Einige meiner Gäste sitzen auf dem Boden, auf der Erde, einige auf dem Klappbett, auf dem Stuhl, und einer hat sich mit dem Rücken an die Wand neben dem Fliegenkästchen gelehnt. Einer steht links davon neben der Tür. Ich stehe mitten im Zimmer, aber auch neben der Tür und auch neben dem Fliegenkästchen, mit dem Rücken an die Wand gelehnt. Gleichzeitig sitze ich auf dem Boden, auf der Erde, auf den Klappbetten und den Stühlen und gehe umher. Die Petroleumlampe auf dem Tisch beleuchtet das Gesicht der einen von oben, der anderen von unten oder von der Seite. Anuschka geht ein und aus, ohne die Tür öffnen oder schließen zu müssen. Sie kommt und geht durch die Wände, steigt aus dem Loch, das wir gegraben haben, muß aber auch hier den Deckel nicht öffnen. Sie steigt aus dem Bauch der Petroleumlampe, kommt aus dem Docht und taucht manchmal auch in der Flamme auf. Dann steigt sie in das Innere der Hütte. Unter meinen Gästen befinden sich auch Menschen, die ich wie mein eigenes Leben liebe. Auch solche, die ich nicht mag, aber Feindschaft empfinde ich für niemanden. Ausgenommen die Männer, die Mustafa Suphi ermordeten, und die, die ihn ermorden ließen. Ausgenommen auch die Menschen der Ausbeuterklasse, aber nicht nur in der Türkei, sondern in der ganzen Welt. Ausgenommen natürlich auch die Faschisten, die Imperialisten, die Frau, die das Attentat auf Lenin verübt hat, Koltschak, Denikin, der blonde Offizier mit den großen Augen, der Anuschkas Vater erschossen hat, ausgenommen die rechtsgerichteten Sozialdemokraten.

Ausgenommen auch der griechische König Konstantin und

Averof und das griechische Heer, das Izmir in Brand gesteckt hat, und die Flotte der Entente, an deren silberfarbigen Stahlaufbauten wir auf der Flucht von Istanbul nach Anatolien vorbeigekommen sind. Ich glaube, das sind alle. Möglich aber, daß ich ein paar vergessen habe. Sonst, glaube ich, habe ich keine Feinde. Und daß alle, die ich da aufgezählt habe, auch gegen mich Feindschaft empfinden, versteht sich von selbst – zumindest die, die von meiner Existenz wissen. – Aber der Imperialismus zum Beispiel weiß zur Zeit nichts von meiner Existenz.

Aber es gibt auch Leute, die mir feindlich gesinnt gegenüberstehen, ohne dafür einen Grund zu haben. Warum? – So halt. Wie Anuschka immer gesagt hat: »So halt«. Manche Menschen sind mir feindlich gesinnt, ohne daß ich etwas gegen sie hätte. Komisches Gefühl, gegen jemanden nichts zu haben, von dem man genau weiß, daß er einem feindlich gesinnt ist. Oder sich zu zwingen: »Ich muß diesem Menschen auch feindlich gegenüberstehen«, um dann nach einiger Zeit zu vergessen, warum überhaupt. Eine merkwürdige Sache. Aber mit solchen Worten kann ich dieses Gefühl nicht beschreiben – doch bessere fallen mir nicht ein.

Ich habe Besuch: Alle Städte, die ich kenne, auch solche, die ich nur auf Bildern oder in Büchern gesehen habe. Die Kleinstädte, Bergstraßen, Wälder, Gassen, Nächte, Tage. Der Bach voller Forellen, der durch das Dorf Kirezli fließt, die Kalamış-Bucht in Istanbul, die Twerskoj-Straße in Moskau, das Café Aynalı in Bolu. Ich sehe mich in dem Spiegel vor mir. Wie damals, als ich zu Şükrü Bey nach Izmir kam und mich in dem Spiegel sah. Aber ich habe keinen Schnurrbart, und auf dem Kopf trage ich eine riesige, graue Pelzmütze.

Mein Backenbart reicht bis zu den Ohrläppchen, meine Augenbrauen sind zusammengekniffen – ich hätte die ganze Welt dafür gegeben, um zehn Jahre älter auszusehen. Ich sehe im Spiegel einen Schuft, der mich anschaut – aber wie der mich anschaut! Er trägt einen Turban aus weißem Baumwollstoff, einen Vollbart, und unter seinen Augen zeigen sich blaue Ringe. Ich drehe mich um. Er grinst hämisch. Ich werfe ihm das Teeglas an den Kopf, das vor mir gestanden hat. In Bolu hatten sie mich deswegen den »verrückten Hodscha« genannt. Mein Ansehen ist dadurch gestiegen, denke ich. Cevat hatte keinen Vollbart, keinen weißen Turban und Päderast war er auch keiner, aber irgendwie war er dem Kerl in Bolu ähnlich. Der rothaarige Raşit, der Kulturkommissar in Adscharistan, war Laienschauspieler. Cevat hingegen war ein Profi. Damit prahlte er immer. Wie der nach Rußland geraten ist, weiß ich nicht. Er arbeitete in der Tscheka, keine Ahnung, wie er dorthin gekommen ist. Er war mir feindlich gesinnt. – Warum? Auch keine Ahnung. Wir tranken mit den Genossen in einem Bierlokal in Arbat, und ich erzählte Petrosyan von den Dörfern in Anatolien. Cevat kam an unseren Tisch und setzte sich zu uns. Er war betrunken. Er hörte eine Zeitlang zu, was ich erzählte, dann sagte er: »Hör mal, du bist ein Agent von Mustafa Kemal. Wir haben eine Akte über dich. Dein Leben ist in meiner Hand. Es ist keinen roten Heller wert!« Ohne Zeit für eine Antwort zu lassen, sagte Petrosyan: »Verschwinde, du besoffener Hund!« Er sagte das aber nicht laut oder schreiend, sondern ganz leise. Dann packte er Cevat am Arm, warf ihn hinaus und kam wieder zurück. »Die Revolution«, sagte er, »wühlt das Meer so auf, daß auch der Schlamm vom tiefsten Grund aufgewirbelt wird und an die Meeresoberfläche kommt!« Drei Tage später begegnete ich Cevat vor dem Sanuar-Kino. Er drückte mir die Hand und klopfte mir auf die Schulter. »Ich werde ein Stück schreiben, damit ihr es spielt. Regie führe ich auch!«

Cevat war mir feindlich gesinnt. Ich ihm nicht, er war mir nur widerwärtig. Ich halte Feindschaftsgefühle für zu wichtig und zu ernst, als daß man sie an jeden verschwenden kann.
Nuri Cemal lernte ich in Batum kennen. Er trug einen grauen Bart und mochte so um die fünfzig sein. In der Türkei hatte er Bücher über das Genossenschaftswesen und über Grammatik geschrieben. Weil er sich zur Zeit Abdülhamids den Jungtürken angeschlossen hatte, war er nach Afrika, nach Fessan, verbannt worden. Er schreibt Kindergedichte, aber eines ist schlechter als das andere. Nachdem der Zar gestürzt worden war, kam er nach Baku, um dort Handel zu betreiben. Er hatte Suphi kennengelernt und war in die Partei eingetreten. Es heißt, er hat sich seinen Bart wachsen lassen, um eine Narbe am Kinn zu verdecken. Aber ob er tatsächlich so eine Narbe hat, weiß ich nicht. Er ist ein Weiberheld. Wie alle älteren Männer ist er verrückt nach jungen Frauen. Aber vielleicht sind auch nicht alle älteren Männer so. Er spricht französisch, russisch und griechisch. Theorien des Marxismus wie ›den Mehrwert‹ habe ich von ihm gelernt. Er wäscht sich, so wie ich, nicht gerne oder, besser gesagt, nicht besonders gerne. In unserem Zimmer in Batum hatten wir ein Bett und eine Sitzbank. Das Bett war aber nicht so eines, das eines Königs würdig gewesen wäre, es hatte kein Leinentuch und nur eine blanke Decke. Doch seine Breite und die Matratze waren königlich. Ich bestand darauf: »Sie schlafen im Bett, ich auf der Bank.« Aber er lehnte ab: »Wenn wir in die Heimat zurückkehren, Ahmet, werden wir mit

verschiedenen Härten konfrontiert. Wir werden vielleicht eingesperrt. Und wenn ich mich in meinem Alter an so eine weiche Matratze einmal gewöhnt habe, halte ich es dann auf der Pritsche überhaupt nicht aus.« Also rollte er seinen Mantel zusammen, legte ihn sich unter den Kopf und schlief auf der Bank. Seinen Tee trank er sogar ohne Sacharin. Wir kamen gemeinsam nach Moskau. Dort wurde er Lehrer an der Universität. Ich machte ihn mit Anuschka bekannt. Es dauerte nicht lange, da sagte das Mädchen:
»Dein Professor hat mir eine Liebeserklärung gemacht. Er redet sehr schön.«
»Könntest du einen älteren Mann lieben, Anuschka?«
»Was heißt älter?«
»Fünfunddreißig, vierzig.«
»Natürlich könnte ich. Auch einen noch älteren.«
»Meinst du das ernst?«
»Ja.«
»Das ist abnormal.«
»Warum? Wenn eine ältere Frau einen jüngeren Mann liebt, ist das abnormal – oder auch nicht. Liebe und die Begriffe normal und abnormal haben nichts miteinander zu tun.«
Nuri Cemal, unser Professor, kehrte 1928 in die Türkei zurück. Er arbeitete im Verband für Sprachwissenschaft. Wurde Abgeordneter beim Parlament und starb mit 82 Jahren.

An dem Abend, an dem Anuschka mit SI-YA-U ins Konzert gehen wollte, kam ich, eine Stunde bevor das Konzert begann, in ihr Zimmer. SI-YA-U war schon dort.
Anuschka sagte:
»Du hier? Du hattest doch zu tun?«
»Ich habe meine Arbeit schon erledigt.«
Wir redeten so von diesem und jenem. SI-YA-U trug klassi-

sche Gedichte vor, zuerst auf chinesisch, dann in russischer Übersetzung. Als es Zeit zum Aufbruch ins Konzert war, sagte Anuschka:

»Wir gehen jetzt.«

»Ich bleibe hier«, sagte ich.

»Gut«, sagte sie, »aber nur unter einer Bedingung: Daß du dich wäschst. Du machst dir in der Küche Wasser heiß, ohne die Nachbarn zu stören. Wenn alle schlafen, wäschst du dich in einer Ecke der Küche, ohne alles zu versauen. Nimm dir den Bademantel aus dem Schrank. Vorher aber gehst du zu dir nach Hause und holst dir frische Wäsche. Versprichst du es?«

»Ja.«

Sie gingen weg. Ich staune über SI-YA-U. Er weiß genau von meiner Beziehung zu Anuschka, verbirgt aber nicht, daß er das Mädchen wahnsinnig liebt. Wo bleibt da die Männlichkeit? Ich ging nach Hause, um mir frische Wäsche zu holen. Unterwegs auf dem Boulevard dachte ich ständig an SI-YA-U. Ebenso auf dem Rückweg. Als ich zurückkam, streckte ich mich auf dem Diwan in Anuschkas Zimmer aus. Ich dachte wieder an SI-YA-U und langsam auch an Anuschka, gemeinsam mit SI-YA-U. Die unmöglichsten Dinge fielen mir ein. Ich stellte in der Küche den Wassertopf auf den Gasherd. Dann kehrte ich ins Zimmer zurück, zog meine Kleider aus und streckte mich wieder auf dem Diwan aus. Anuschka legt immer ihre Hand auf mein Knie, wenn sie Musik hört. Ob sie das jetzt auch mit SI-YA-Us Knie macht? Was soll schon passieren? Was heißt, was soll schon passieren? Immerhin gehen sie nach dem Konzert nebeneinander durch die menschenleeren Straßen. Warum wollte sie nicht, daß ich mitkam? Was ist los? Verdammt noch mal, ich bin eingeschlafen. Ich wachte auf, weil ich von Kopf bis Fuß

mit heißem Wasser übergossen wurde. Neben dem Diwan Anuschka. Sie hielt den Wassertopf in der Hand.
»Mensch! Bist du verrückt.«
»Warum hast du dich nicht gewaschen? Du hattest es doch versprochen! Steh auf!«
Alles war naß. Ich auch. Ich war fürchterlich wütend.
»Was du da aufführst, ist eine Schweinerei.«
»Schrei nicht, du weckst die Nachbarn auf!«
»Zuerst flirtest du mit SI-YA-U, und dann ...«
»Was hast du da gesagt?«
»Das, was du gehört hast.«
»Hier ist deine frische Wäsche. Zieh sie an und geh!«
Eine ganze Woche lang redete ich keinen Ton mit Anuschka.

Ich hatte in unserem Zimmer eine Serie von Fotomontagen gemacht, die in Form eines Bandes, das einen halben Meter breit von der einen Tür rund um die Wand zur anderen Tür verlief. Anuschka und Kerim betrachteten mein Werk. SI-YA-U und ich standen hinter ihnen. Die Serie von Fotomontagen zeigte verschiedene Gesellschaftsordnungen. Rechts neben der Tür die ersten Ansichten des Kommunismus. Dazwischen Bilder von der Nomadenzeit, von der Sklaverei, von der Feudalherrschaft, dem Kommunismus und so fort. Links von der Tür eine neue Gesellschaftsordnung: Der Weltkommunismus.
Anuschka sagte:
»Ich denke oft daran, wie es wäre, wenn alle Menschen dieselbe Sprache sprächen ... und wenn diese Sprache nicht Russisch wäre ... übrigens, warum sollte sie gerade Russisch sein ... sie könnte ja auch Chinesisch sein ...«
»Schon möglich«, sagte SI-YA-U.
Anuschka lachte.

»Du nationalistischer Schuft, du! Vielleicht wäre es auch eine gemischte Sprache, vielleicht wäre es Englisch oder eine ganz andere Sprache. Aber wenn diese Sprache nicht Russisch wäre, wie könnten die Menschen dann Puschkin genießen?«

Kerim wandte seine gelblichen Augen mit den kohlschwarzen Brauen nicht von den Fotos ab und sagte:

»Ich habe Puschkin nicht gelesen. Ich weiß, es ist eine Schande, aber mein Russisch reicht dafür nicht aus. Und ins Türkische ist er nicht übersetzt worden. Daß Türkisch die einzige Sprache sein könnte, kann ich mir nicht vorstellen. Ich bin ziemlich sicher, daß ein paar große Sprachen bestehen bleiben werden. Aber auf die Sprache kommt es nicht so sehr an. Es darf vielmehr keinen einzigen Menschen mehr geben, der hungert. Keinen, der arbeitslos ist und der nicht schreiben und lesen kann. Keinen, der Chef, Arbeiter, Bauer, Polizist oder Gendarm ist. Keinen, der vor dir oder vor mir Angst haben muß. Jeder soll essen und trinken, lesen und schreiben und es sich nach Herzenslust gutgehen lassen können. Das alles wird ganz bestimmt möglich sein. Nur, es soll schnell geschehen. Natürlich werden wir das ganze Ausmaß der Wirkung nicht mehr erleben können, aber die Weltrevolution werden wir erleben, und das ist schon genug. Wir alle warten nur auf das Startzeichen des deutschen Proletariats. In Ankara gibt es einen, Meister Seyfi, der arbeitet in der Produktion von Kriegsgeräten. Er hat an die zehn Jahre in den Docks von Marseille gearbeitet. Der sagt: ›Ihr werdet schon sehen, was die französischen Arbeiter noch alles machen werden!‹ Und die Pariser Kommune gibt es ja schließlich auch noch ...«

Kerim war von der Organisation in Ankara auf die Universität geschickt worden. Er war in Moskau mein liebster

Freund. Zwei Dinge haßte er vor allem: Zigaretten und Lügen. Er ließ mich in seiner Nähe nicht rauchen. Anlügen darfst du nur deinen Feind. Einer, der lügt, und sei es nur, um einer Frau zu schmeicheln, ist kein Mann. Er lernte eine Freundin Anuschkas kennen. Zwischen ihnen war alles »Wonne und Waschtrog«, aber dem Mädchen gelang es nicht, ihn auch nur ein einziges Mal dazu zu bringen, ihr zu sagen: »Ich liebe dich sehr, Marusa.«
»Das bedeutet also, du liebst mich nicht, Kerim.«
»Unsinn.«
»Liebst du mich sehr?«
»Sehr nicht.«
»Warum nicht sehr?«
»Ich weiß nicht. Eben nicht sehr. Wenn ich dich sehr liebte, würde ich es dir sagen. Aber noch liebe ich dich nicht genug, um sehr sagen zu können.«
Die Temperaturen sanken auf 37 Grad unter Null. In einer Seitengasse der Twerskoj-Straße war ich zusammen mit Kerim in ein Dampfbad gegangen. In diesem Bad war es nicht üblich, sich ein Tuch um die Hüften zu binden, und so hielten wir eben die großen Wasserschüsseln vor uns hin, auch später beim Waschen versuchten wir krampfhaft, einander nicht anzusehen, einfach weil wir uns nicht daran gewöhnen konnten, splitternackt zu sein. Es war schon recht dunkel geworden, als wir wieder ins Freie traten, überall brannten Lichter.
Die Fenster der Straßenbahnen und die Auslagenscheiben der Läden waren voller Eis.
Schlitten glitten vorbei.
Wenn du ausspuckst, friert die Spucke, bevor sie auf dem Boden aufkommt. Es gibt ein anatolisches Sprichwort, das heißt: »da scheißen die Füchse Kupfer«, und genauso kalt

war es. Wer auf der Straße war, bewegte sich fast laufend fort. Die meisten Leute trugen dicke Filzstiefel. Vor uns rutschte eine Frau und stürzte, wir halfen ihr wieder auf die Beine.
In unseren Militärmänteln und den grauen Budjoni-Mützen, deren Seitenteile wir heruntergeschlagen und am Hals zugeknöpft hatten, froren wir. Die Kälte machte sogar den Lärm der Stadt glasklar. Ich zeigte Kerim ein Mädchen, das uns entgegenkam: »Schau, was die für hübsche rote Wangen hat!« Er antwortete: »Die Wangen sind von der Kälte so rot, und ihre Nase schaut aus wie eine Rübe!«
Die Stadt erlebt eine Winternacht, wie es viele gibt. Sie ahnt noch nicht, was in dieser Nacht noch alles passieren würde. Aber nicht nur Moskau ist ahnungslos, auch Paris, New York, Istanbul, Singapur, Peking und alle anderen Städte der Welt. Jede dieser Städte lebt wie immer: In manchen ist jetzt Tag, in manchen Morgengrauen oder Mittagshitze. Die Menschen erleben Sorge, Freude, Hoffnung, Traurigkeit. Es gibt Automobile, Pferdewagen, Rikschas und Fabriken, Kaufhäuser und Häuser, die aus Stein, Holz oder Papier gebaut sind. Menschen, die zur Arbeit gehen oder von der Arbeit kommen, Menschen, die arbeiten, und solche, die spazierengehen, die in Cafés sitzen oder einander in Parks küssen, die die Kinos füllen, die geboren werden oder sterben. Und bis auf ein paar Ausnahmen ahnten sie alle nicht, daß bald, sehr bald schon, genau gesagt in fünf Minuten, ein ungeheures Erdbeben losgehen würde.

Wir waren in der Nähe des Sanuar-Kinos. Da gingen plötzlich riesige Holztüren auf. War es neben uns, vor uns oder hinter uns – ich weiß es nicht. Lastwagen und Männer strömten aus einem Hof. Gleichzeitig hörte ich ein ungeheures Geschrei. Es mußten viele Menschen geschrien haben in diesem

Augenblick, aber mir kam es so vor, als wäre es der Schrei eines einzigen Menschen. In der erleuchteten, aufgeregten, endlos langen Straße hörte ich mitten in der Nacht, mitten in der Kälte, den Schrei eines einzigen Menschen: Lenin ist tot! Und was ist dann passiert? Ich habe alles einzeln gesehen – aber nicht in der richtigen Zeitfolge, sondern wild durcheinandergemischt. Auch das, was ich hörte, hörte ich so. Den Leuten, die aus dem Hof stürmten, wurden die Zeitungen aus den Händen gerissen.

Vor mir hält eine Straßenbahn, sie ist in einem einzigen Augenblick menschenleer. Jetzt halten alle Straßenbahnen an, auch sie werden auf einen Schlag leer. Ich höre überhaupt nichts mehr. Ein alter Mann weint. Er hat seinen Kalpak abgenommen und drückt ihn an seine Brust. Er ist kahl und er weint. Auch die Schlitten haben nun angehalten und stehen verlassen auf der Straße. Aus den Kinos strömen die Menschen, als wäre ein Brand ausgebrochen. Ebenso aus den Restaurants und den Wohnungen. Alles strömt auf die Straße. Die Twerskoj-Straße ist voll mit Menschen, die sich um die Zeitungsverkäufer scharen. Ein Straßenbahnführer hat sich auf das Trittbrett der Straßenbahn gesetzt und weint. Das Mädchen mit den roten Wangen, das wir zuvor gesehen hatten, weint. Kerim weint. Ich aber spüre überhaupt nichts. Alles, was ich sehe, spielt sich wie in einem riesigen Aquarium um mich herum ab. Da stürzt jemand zu Boden, da noch jemand. Ich sehe Menschen, die sich umarmen und an der Schulter des anderen weinen, aber den Ton dazu höre ich nicht. Jemand zupft mich am Ärmel. Es ist eine verhutzelte, kleine, sehr alte Frau. Sie trägt einen Mantel aus Schaffell und hat einen Schal um den Kopf gewickelt. Sie zupft mich am Ärmel und sagt mit ihrem zahnlosen Mund etwas zu mir.

Ich kann sie aber nicht verstehen. Ich beuge mich zu ihr hinunter. Eine sechs-, siebenjährige Mädchenstimme fragt mit der Angst eines sechs-, siebenjährigen Mädchens: »Ist Lenin gestorben?« Ich nicke. »Er ist also tot!« Ich glaube zuerst, sie wird sich nun bekreuzigen, aber das tut sie nicht. Sie läßt meinen Ärmel los. »Wie schlimm für uns!« Sie wiederholt noch einmal »wie schlimm für uns!«, »wie schlimm für uns!« Ihre Stimme wird stärker, wächst an. Sie schwillt, wie der Geist aus der Flasche, in alle Richtungen an. Dann plötzlich verschwindet sie, und erst jetzt höre ich die tatsächlichen Geräusche wieder. Ich habe schon einmal zehn oder auch mehr Menschen wehklagen gehört, das war an jenem Tag, an dem wir meinen Großvater begruben. Man kann sich auch noch vorstellen, wie es ist, wenn hundert Menschen auf einmal wehklagen. Aber wenn eine Stadt, eine ganze Stadt, wie aus einem Mund klagt, dann kannst du das nicht länger als fünf bis zehn Minuten anhören. Oder vielleicht hörst du es zwar, aber du schaltest einfach ab, um nicht überzuschnappen. Und was du dann von links, rechts, von vorne oder hinten hörst, ist nicht dieses gemeinsame Klagen, sondern nur noch vereinzeltes Weinen.

Als wir nach Hause kamen, hieß es: »Die Kommunisten werden Wache halten.« SI-YA-U und ich hielten es in unserem Zimmer nicht aus. Wir fühlten uns einsam und gingen in den Schlafsaal. Alle saßen auf ihren Betten, keiner sprach. Einer begann sich auszuziehen.

Wir sahen ihm nicht feindlich oder angewidert, sondern einfach erstaunt zu. So als wäre er gerade dabei, eine sehr schwierige Seiltanznummer vorzuführen. Er legte sich nieder und zog sich die Decke über den Kopf. Wir alle schauten ihm zu.

Gegen Morgen hielt ich mit dem Gewehr in der Hand vor

dem Tor zur Straße Wache. – Aber wie man mit einem Gewehr umgeht, weiß ich nicht. Lenin wurde in den »Kolonnyj Zal« gebracht. Die Züge, die nach Moskau kamen, waren völlig überfüllt. Aus allen Landesteilen reisten die Menschen an, um Lenin ein letztes Mal sehen zu können. Das Ende der Menschenschlange, die zum einen Tor des Kolonnyj Zal hinein, an Lenin vorbei und zum anderen Tor wieder hinauszog, reichte bis weit vor die Stadtgrenze. Tag und Nacht brannten auf den Straßen und Plätzen riesige Feuer. Und Tag und Nacht bewegte sich die Menschenmenge zum Kolonnyj Zal. Rettungswagen brachten Erfrierende oder Zusammengebrochene in Krankenhäuser. In der Nacht nach dem zweiten Tag kam Petroysan: »Zieh dich schnell an, Ahmet!« Wir stiegen auf einen offenen Lastwagen, oder besser gesagt, wir drängten uns darauf. Dann fuhren wir an der Menschenmenge vorbei, die sich an den riesigen Feuern wärmte, und hielten am Hintereingang des Kolonnyj Zal. Beim Hineingehen sagte mir Petrosyan: »Du wirst im Namen der Universität fünf Minuten lang neben Lenin Wache halten!«
Das Gebäude, das Kolonnyj Zal genannt wird, war zur Zarenzeit einmal das Offizierscasino. Jetzt ist es, glaube ich, das Gewerkschaftsgebäude. Ich ging die hintere Treppe hinauf. Irgendwo wird ein Trauermarsch gespielt. Ich trete in einen Raum. Marmor, Goldverzierungen, roter Samt. Ein dichtes Gedränge. Arbeiter, Offiziere der Roten Armee, Bauern mit und ohne Bart, Frauen und Männer aller Altersgruppen und aus allen Bevölkerungsschichten. Der Trauermarsch erklingt. Im Nebenraum müssen nicht nur eine, sondern mehrere Kapellen spielen. Niemand spricht in dem Raum. Wie lange ich wohl gewartet habe? Da kommt einer und sagt: »Los!«
Eine Tür öffnet sich, und der Trauermarsch schlägt wie eine

riesige Welle über mir zusammen. Es ist hier unvorstellbar hell. Kristallüster in dieser Größe habe ich sonst nur im Kreml gesehen. In diesem gleißenden Licht schiebt sich eine Lawine von Menschen langsam vorwärts. Der Mann, der mich am Arm festhält, bewegt sich mit mir nach vorn. Die erste Person, die ich sehe, ist Krupskaja. Sie steht, das graue Haar in der Mitte gescheitelt, in ihrem gerade fallenden Kleid, vor einem riesigen Berg Blumen. Ihre Arme hängen an den Seiten herab. Sie hat die Augen weit aufgerissen und starrt irgendwohin. Dort, wo sie hinschaut, sehe ich Lenin. Seine Stirn, seine gelbe, unglaublich breite Stirn. – »Wie die Erdkugel«, denke ich. – Lenin liegt auf dem Rücken und hat die Hände auf der Brust verschränkt. Ich sehe seinen Roten-Fahnen-Orden. Lenin liegt auf einem erhöhten Platz, im offenen Sarg, zwischen dem Rot der Fahnen und den Blumen. In Kopf- und Fußhöhe stehen je zwei Wachposten. Ich übernehme die Wache von einem Mann aus Zentralasien. Er sagt mir etwas, als er mir die Wache übergibt. Ich antworte ihm nicht. Das Gewehr in der Hand stehe ich unbeweglich neben Lenins Haupt. Ich sehe Krupskaja. Ich sehe Lenins Stirn. Der Menschenstrom fließt in vier Armen: zwei auf der einen Seite, zwei auf der anderen. Die meisten weinen nicht mehr, wenn sie auf gleicher Höhe mit Lenin sind. Wenn sie an ihm vorbei sind, gehen sie wie in Trance, bleiben dann plötzlich stehen, als wären sie irgendwo angestoßen, und gehen erst dann weiter, wenn sie von den Nachfolgenden gedrängt werden, und noch im Weitergehen, bis sie ans Ende des Saales kommen, schauen sie zurück, obwohl sie längst nichts mehr sehen können. Ich sehe Krupskaja. Ich sehe Lenins Stirn oder besser gesagt seinen Kopf von hinten. Auf der linken Seite kommen Matrosen herein. Ich dachte mir, es seien Matrosen aus Kronstadt. Aber das muß nicht stimmen.

Sie hatten ihre Mäntel ausgezogen. Ihre Uniformen waren auf der Brust offen. Draußen mußte es zu schneien begonnen haben, ihre Schultern waren nämlich voller Schnee, und die Haare auf ihrer Brust waren naß. Es waren große, starke Burschen. Sie gingen in geschlossener Reihe. Der Unteroffizier an ihrer Spitze blieb vor Lenin stehen und schrie auf: »Oh, Mutter, Mutter.« Dann fiel er zu Boden. Die Nachfolgenden mischten sich nicht ein. Die Matrosen hoben ihren Unteroffizier auf und gingen dann mit ihren feuchten, blauen Augen weiter. Mir kam es so vor, als würden sie für immer vom Meer Abschied nehmen. Ich bemerkte erst nach diesem Vorfall, daß Leute, die in der Menge ohnmächtig geworden waren, lautlos aufgehoben und weggetragen wurden. Ich sah Lenins Kopf von hinten, oder besser gesagt, seine breite Stirn. Ich höre den Trauermarsch. Die Menschen, die sich in vier Strömen hereinbewegten, interessierten mich nicht mehr. Ich schaue Lenin an, und – Anuschka, ich möchte weinen. Ob man auf Wache weinen darf oder nicht, ist mir egal, ich möchte weinen. Aber es gelingt mir einfach nicht.
Ich habe Anuschka nicht gefragt, was sie in dieser Nacht gemacht hat.

Ich habe Besuch. Meine Gäste sind aus der großen Ferne meiner Vergangenheit zu mir gekommen. Ahmet lächelte: »Mein Leben ist so winzig, wie soll es da große und kleine Entfernungen geben?« Er dachte: »Ich habe erst so kurz gelebt ...« Und Ismails Kugel ... die Pistole und die Kugel gehören zwar mir, abdrücken aber wird er ... Heute habe ich noch kein einziges Mal ans Sterben gedacht. Anuschka, mein Herz, was machst du jetzt? Wenn ich sage »jetzt«, dann meine ich jetzt, diese Sekunde. Plötzlich höre ich das Motorengeräusch. Tak

tak, tak tak. Ich hatte es vergessen. Wenn ein Mensch dasselbe Geräusch ständig hört, ist es nach einiger Zeit nicht so, daß er es nicht mehr hört, sondern er vergißt es einfach. Ich freute mich über das Geräusch, als hätte ich einen alten Bekannten getroffen, den ich lange nicht gesehen hatte. Ich hörte ihm lange zu, dann vergaß ich es wieder.
Kerims gelbliche Augen unter den dichten, schwarzen Brauen. Dann der ganze Kerim.
Wir sind in Istanbul, auf der Brücke. Der Himmel ist bedeckt. Gleich wird es regnen. Ich bin mit Kerim gemeinsam aus Moskau zurückgekommen. Wir verkaufen die erste Nummer unserer Zeitung. Eigentlich wollten wir sie an verschiedenen Stellen verkaufen. Ich auf der Brücke und Kerim in Kasımpaşa, vor den Werften. Als wir aber zur Brücke kamen, sagte ich zu ihm:
»Bleib noch ein paar Minuten bei mir!«
»Hast du Angst?«
»Wieso Angst? Ich fürchte nur, ich werde nicht schreien können.«
»Schämst du dich etwa?«
»So was Ähnliches, ich habe noch nie etwas verkauft.«
»Ich vielleicht? Glaubst du, mein Vater war Straßenhändler?«
»Sei mir nicht böse, ich weiß ja nicht, ob meine Stimme etwas taugt.«
»Du bist halt doch der Enkel eines Paschas.«
Kerim nahm eine Zeitung von dem Stoß unter seinem Arm, begann damit zu winken, und rief:
»Hammer und Sichel! Letzte Meldungen!«
Die Leute, die an mir vorübergingen, schauten sich nicht einmal um. Es begann zu nieseln.
»Eine neue Zeitung! Eine neue sozialistische Zeitung!«

Auch ich zog eine Zeitung aus dem Paket unter meinem Arm hervor. Kerim hielt die Zeitung den Leuten, die eilig vorbeihetzten, um nicht naß zu werden, unter die Nase.
»Hammer und Sichel! Eine neue sozialistische Zeitung!«
Niemand kümmerte sich darum. Und wer sich dafür interessierte, schaute Kerim an, dessen Kleidung in keiner Weise der eines Zeitungsverkäufers entsprach. Vielleicht war auch das ein Grund dafür, daß sie kein Interesse zeigten. »Nein, danke«, sagten sie und gingen weiter.
»Verdammt, kommt auf dieser Brücke kein einziger anständiger Mensch vorbei? – ›Zeitung!‹ – Verdammt, läßt sich auf dieser verfluchten Brücke keine Zeitung verkaufen? Aber du wirst sehen, in Kasımpaşa werden sie gehen wie die warmen Semmeln!«
Mein Blick fiel auf die Titelzeile der Zeitung in meiner Hand ›Arbeiter aller Länder vereinigt euch!‹ Und plötzlich, wie von einer Tarantel gebissen, brüllte ich los, so laut ich konnte, dabei verwirrte mich mein eigenes Geschrei: »Arbeiter aller Länder vereinigt euch ... Arbeiter aller Länder vereinigt euch ...!«
Ich brülle, als würde ich um Hilfe rufen.
»Vereinigt euch! Zeitung! Zeitung!«
»Gib her. Sehen wir mal, wie sich die Arbeiter aller Länder vereinigen!«
Vor Freude hätte ich den sauber gekleideten Herrn, der eine Zeitung von mir verlangte, fast umarmt. Ich gab ihm die Zeitung. »Hier, nimm das Geld, mein Sohn.« Ich bemerkte erst, daß er mir das Geld hingestreckt hatte, als er das sagte.
»Als ich jung war«, sagte er, »haben die Sozialisten in Paris ihre Zeitung auch so verkauft.«
Ich habe an jenem Tag auf der Brücke 45 Stück verkauft, Kerim in Kasımpaşa 225 Stück ...

Ich gehe langsam auf den Roten Platz zu. Vor und hinter uns Menschen, Fahnen, Spruchbänder, Bilder, Lieder. Unsere Gruppe singt den Marsch zum Ersten Mai. ›Erster Mai, erster Mai, unser Wunsch‹. Anuschka hat sich uns angeschlossen. Wir haben ihr den Marsch auf türkisch beigebracht. Ich halte Anuschka an der Hand. Kerim sagt: »Glaubst du, daß sie dir wegläuft?« »Ich weiß nicht, ich habe so das Gefühl, ich könnte sie verlieren, sie könnte sich in Luft auflösen, ein Vogel werden und davonfliegen.«
»Meinst du das ernst oder machst du Witze?«
»Ich meine es ernst.«
»Ich dachte immer, daß solche Sachen nur den Menschen in Romanen einfallen würden«, sagte Kerim bitterernst. Wir wurden langsamer, blieben schließlich stehen. Hinter uns waren die Kaukasier. Sie bildeten sofort einen Kreis, ein junger Mann trat in die Mitte, und dann tanzten sie den Scheich-Schamil-Tanz. Der hübscheste Bursche von der ganzen Universität tanzte in der Mitte. Er kam aus Dagestan. Anuschka ließ meine Hand los und ging hin, um dem Tanz zuzuschauen. Ich folgte ihr. Der Mann bewegte sich zuerst wie wir beim Beten. Scheich Schamil hatte nämlich gebetet, bevor er den Kampf mit dem russischen Heer des Zaren aufnahm. Dieses Gebet wird in ernster, schwerfälliger Art gezeigt. Dann ändert sich die Atmosphäre schlagartig. Scheich Schamil springt auf und beginnt, indem er sich rasch auf den Zehenspitzen dreht und seinen Dolch zieht, zu kämpfen. Der Junge ist wie ein blonder Blitz. Aber ich hatte diesen Tanz schon satt. Ich empfinde für Scheich Schamil Hochachtung, ja sogar eine Art von Liebe. Die Kaukasier aber, egal, ob sie nun Aserbeidschaner, Armenier, Georgier oder Dagestanier sind oder sonstwie heißen, ob sie beten oder nicht oder sich auf eine andere, mir unbekannte Art unterscheiden, las-

sen auch nicht die geringste Gelegenheit aus, hervorzuspringen und diesen Tanz aufzuführen.
Ein paar Männer und eine junge Frau tanzten jetzt auch mit. Die anderen klatschten in die Hände und gaben so das Tempo an. Ich fragte Anuschka: »Gefällt es dir?« »Ja, ich kann nicht genug davon bekommen.« »Von dem Dagestanier?« »Du bist ein schrecklicher Kerl. Aber kann schon sein. Was ist denn auch dabei?«

Endlich ging es weiter. In den Seitenstraßen warteten Gruppen, die sich den Marschierenden anschließen wollten. Kerim rief: »Unsere Bäcker!« In einer Nebenstraße standen tatsächlich die Lasen in ihren typischen Hosen und Kopfbedeckungen und den roten Fahnen, teils mit, teils ohne Halbmond und Stern. Sie hatten die Parolen zum Ersten Mai auf türkisch geschrieben. In Moskau waren schon während der Zarenzeit unzählige Bäckereien von Lasen entstanden. Daß sie eine Genossenschaft hatten, war aber neu. Die Chinesen hingegen hatten sich auf Wäschereien und Büglereien spezialisiert. Aber sowohl die Unseren als auch die Chinesen blieben unter sich. Sowohl die Leute aus der Türkei als auch die Chinesen besitzen ihre eigene Staatsangehörigkeit. Aber alle können hier bei den Wahlen mitmachen, sogar selbst in den Sowjet gewählt werden. Sie können Mitglied in den Gewerkschaften oder in der bolschewistischen Partei werden. Zum Beispiel, ich bin türkischer Staatsangehöriger, aber ich habe die Möglichkeit, zum Präsidenten des obersten Sowjets gewählt zu werden, wenn ich die Fähigkeiten dazu hätte. Was für eine schöne, was für eine herrliche Sache. Irgendwo auf dieser Erde gibt es ein riesiges Land, und dort fragt man dich nicht, welche Religion, welche Nationalität du hast, sondern sie fragen dich, ob du jemals einen anderen Menschen ausgebeutet hast, ob du Pfarrer oder Imam gewesen bist, ob du bei der Polizei oder Gendarmerie des Bürgertums gearbeitet hast. Wenn du diese Fragen mit einem »Nein« beantworten kannst, geht alles andere niemanden mehr was an, und sie erkennen dich so an, als wärest du in diesem großen Land geboren. Was für eine schöne, was für eine herrliche Sache, Anuschka! Du kommst in ein Land, dessen Sprache du nicht sprichst, dessen Sitten und Bräuche du nicht kennst, und fühlst dich doch nicht fremd. Das Fremdsein muß etwas Furchtbares sein. Ich habe es bis jetzt noch nie erlebt. Im Sommerhaus meines Großvaters hatten wir aber einen albanischen Gärtner, der schon viele Jahre in Istanbul gelebt hatte. Er sagte immer wieder: »Istanbul ist eine schöne Stadt, Gott sei ihren Bewohnern gnädig. Aber ich habe Angst, hier, in der Fremde, sterben zu müssen.«

Plötzlich brach Lärm aus, und die Reihen vor uns gerieten durcheinander. Dort waren die japanischen Studenten. Ein Geschrei auf japanisch war zu hören. Aber bevor wir, die wir ja nicht Japanisch sprachen, noch begreifen konnten, was los war, ordneten sich die Reihen wieder. Wir sahen, wie drei Milizbeamte etwas wegtrugen. Ein Mann der japanischen Geheimpolizei hatte die Studenten von einer Ecke aus fotografiert. Die meisten der Studenten waren aber heimlich nach Moskau gekommen. Sie hatten sich auf den Kerl gestürzt. Im Nu hatten sie seinen Fotoapparat in Stücke gerissen. Und ihn selbst auch, glaube ich. Oder vielleicht hatten sie ihm nur ein paar Knochen gebrochen und ihn so zurückgelassen. Wir fragten Petrosyan. Er antwortete: »Sie haben ihn eben verprügelt.« Dabei lachten seine Augen eigenartig. Wegen dieses Vorfalls waren wir ein wenig stehengeblieben. Jetzt begannen wir wieder, uns langsam in Richtung Roter

Platz zu bewegen. Frauen, Männer, Arbeiter und Beamte marschierten, ihre Kinder auf den Schultern, unter den Spruchbändern ihrer Viertel oder ihrer Fabriken an unserer Seite. Menschen, die 1917 aus dem Weißen Moskau des Zaren und der Händler an den Mauern des Kremls und in Krasnaja Presnja das Rote Moskau gebaut hatten. Ich halte Anuschka an der Hand.
Ahmet lächelte traurig. Immer wieder fiel ihm ein, daß er Anuschkas Hand bei jeder Gelegenheit fest gedrückt hatte.
Er bemerkte, daß die Zeit für das Mittagessen schon lang vorüber war. Es war gleich zwei Uhr. Heute wollte er etwas Warmes essen. Danach hatte er sich lange gesehnt. Bohnen mit viel Paprika! Ismail kam wieder spät nach Hause. Er warf die Zeitungen auf Ahmets Kleider, die auf einem Stuhl lagen. Er horchte auf den Motorlärm: »Sie haben den Kolben ausgewechselt!« Er begann sich auszuziehen. Ahmet murmelte im Schlaf.
Ismails erste Verhaftung erfolgte genau drei Jahre nach dieser Nacht. 1928. Er wurde in Izmir abgeurteilt und dann ins Gefängnis von Diyarbakır verlegt. Er saß zwei Jahre und wurde freigelassen. 1931 wurde er wieder verhaftet. Nach seiner Verurteilung wurde er diesmal ins Gefängnis von Bursa geschickt. Dort lernte er 1932 im Besuchsraum Neriman kennen. Er auf der einen Seite des Gitters, sie auf der anderen. Neriman war aus Istanbul gekommen, um ihren Bruder Osman, einen Bankbuchhalter, zu besuchen, der wegen Veruntreuung saß. Ismail sprach mit seiner Mutter, die neben dem jungen Mädchen saß. Das heißt, er sprach eigentlich nicht, sondern er schrie, damit ihn seine Mutter verstehen konnte. Auf beiden Seiten des Gitters waren so viele Menschen, und alle schrien so laut. Osman Bey zeigte mit

der Hand auf seine Schwester: »Ich möchte dich mit meiner Schwester bekannt machen!« Neriman lächelte mit ihren schwarzen Augen, in denen noch ein Rest Kindheit steckte. Ismail winkte ihr zu. Ismails Mutter sagte:
»Ich bin mit Neriman im gleichen Autobus aus Istanbul gekommen. Sie war mir im Autobus sehr behilflich. Gott danke ihr dafür!« schrie sie. Neriman lächelte, und Ismail brüllte:
»Danke vielmals, Fräulein Neriman!«
»Ich wohne mit Neriman im gleichen Hotel. Wir haben zusammen ein Zimmer.«
Ismail lächelte Neriman zu. Osman Bey brüllte:
»Ich versuche vom Direktor die Erlaubnis zu bekommen, daß wir nächstes Mal im Zimmer des Oberwächters sprechen können!«
Bis zum Ende der Sprechzeit warfen sich Ismail und Neriman immer wieder durch das Gitter verstohlene Blicke zu.
Osman Bey und Ismail schliefen in derselben Zelle. Gemeinsam aßen sie auch die Köstlichkeiten, die Ismails Mutter und Neriman gebracht hatten: Süßigkeit mit Nüssen, noch dazu von Hacı Bekir (die hatte Neriman gebracht), die Wurst, noch dazu von Apikoğlu (die hatte Neriman gebracht) und die gefüllten Auberginen, die Ismails Mutter gebracht hatte.
An jenem Abend, als sie gerade die gefüllten Auberginen verschlangen, begann Osman Bey plötzlich von Ahmet zu reden.
»Ahmet hielt sehr viel aufs Essen« – er konnte das leicht erfinden, weil er nichts davon wußte, daß Ismail Ahmet kannte – »In Bolu gab es damals kein einziges Restaurant. Nicht einmal eine Imbißstube. Und Ahmet maulte immer: ›Und in Istanbul sind die Köche von Bolu berühmt!‹
Ich werde nie vergessen, wie ich eines Abends, als wir gerade

wieder im oberen Stock des Hauses des Maultiertreibers eine Gerichtsverhandlung abgehalten und einen Grundbesitzer zu zehn Jahren verdonnert hatten, plötzlich gefüllte Weinblätter, die ich selbst und mit eigenen Händen zubereitet hatte, vor den anderen auspackte und auf den Tisch legte. Ahmet und Yusuf wären vor Staunen beinahe in Ohnmacht gefallen!«

Jedesmal, wenn Ismail die Geschichten aus Bolu, die er schon in Izmir von Ahmet gehört hatte, hier von Osman hörte, wurde er auf eine ihm unerklärliche Weise traurig.

Eine Woche später kamen sie im Zimmer des Oberwächters zur Gesprächsstunde zusammen. Dort standen ein Eisenbett mit einer dünnen Wolldecke, ein Schreibtisch, dessen dunkle, zerrissene Gummiauflage mit Tintenflecken übersät war, und drei Stühle. An der Wand hing ein Prügelholz.

Neriman und Ismails Mutter saßen auf den Stühlen, Osman Bey und Ismail auf dem Bett. Sie hatten eine Stunde Sprecherlaubnis. »Als ich in Deutschland war, habe ich in Berlin mit den Spartakus-Leuten ...«, erzählte Osman Bey. Er fragte Neriman, wie es in der Schule stehe – Neriman war Volksschullehrerin in Istanbul. Er lobte Ismail vor seiner Mutter: »Ich kenne diese Sozialisten schon lange. Ich habe auch einmal mit ihnen zu tun gehabt, sie sind schon in Ordnung. Sei nur guten Mutes, Tante, eines Tages ...«, so redete er dahin.

Neriman sprach sehr wenig. Sie hatte eine dunkle Stimme, die nicht zu ihren Augen paßte, in denen noch ein Rest Kindheit steckte, Ismails Mutter gefiel Osman Bey. Ismail und Neriman sprachen kein einziges Wort miteinander.

Neriman kam zwei Monate später wieder. Osman Bey nahm auch Ismail zur Gesprächszelle mit. Diesmal sprachen Ismail

und Neriman brüllend und schreiend miteinander. Neriman fragte Ismail, wie es seiner Mutter gehe, und Ismail fragte Neriman, wann die Schule wieder beginne. Osman Bey sagte, daß zum zehnten Jahrestag der Republik sicher eine Amnestie kommen würde.
»Dann kommt Ismail in Istanbul jeden Tag zu uns, und du hast noch einen Bruder, Neriman.«
Neriman fragte:
»Werden Sie nicht nach Manisa, zu Ihrer Mutter gehen, Herr Ismail?«
»Wenn ich rauskomme, werde ich sie besuchen fahren, aber leben werde ich ganz bestimmt in Istanbul.« Ismail träumte nachts von Neriman. Jeder Mann, der ins Gefängnis kommt, träumt von Frauen. Und noch dazu von Frauen, die er nie im Leben bekommen kann. Und oft auch von Frauen, die er unter normalen Umständen nicht einmal anschauen würde. Oder von denen weder Haar noch Gesicht erkennbar ist. Nicht alle lassen sich vom Teufel verführen und schlafen im Traum mit dir. Du wünschst dir so sehr, daß sie es tun, aber diese gottlosen Weiber machen es nicht. Neriman verbündete sich auch nicht mit dem Teufel. Sie hängte sich bei Ismail ein, und dann flogen sie mit riesigen Gymnastik-Schritten, aber ohne den Boden zu berühren, in der Zelle umher.

Ismail wurde 1933, bei der Amnestie, freigelassen und fuhr zu seiner Mutter nach Manisa. Als er nach Istanbul zurückkehrte, hatte er wegen der Parteiversammlungen, wegen seiner Arbeitssuche und wegen der politischen Schriften, die sie nachts auf die Wände klebten, kaum Zeit, sich am Kopf zu kratzen. Nur eines Sonntagnachmittags konnte er in das Haus von Osman Bey in Kadıköy gehen. Osman war nicht zu Hause. Ismail trank im Erdgeschoß des häßlichen Steinhauses, das in einer der Nebenstraßen hinter dem Süreyya-Kino stand, den Kaffee, den ihm Neriman gekocht hatte. Das Haus war ganz still. Die Straße war am Nachmittag menschenleer. Ein leichter, lauer Wind blies die Vorhänge vor den Fenstern auf. Neriman trug ein Kleid mit kurzen Ärmeln. Sie sprachen nicht. Ismail fiel ein, wie er mit Neriman durch die Zelle geflogen war. Er schaute die nackten Arme des Mädchens an. Braune, runde Arme, darauf ein goldener Flaum. ›Zum Teufel, faß diese Arme an!‹

»Sie sagen ja gar nichts, Ismail Bey!«

»Ich habe nichts zu erzählen. Erzählen Sie.«

»Wie geht es Ihrer Mutter?«

»Gut, danke der Nachfrage. Wie geht es Osman geschäftlich?«

»Sicher gut. Ich verstehe nicht viel davon. Und ich frage auch nicht. Frauen sollen sich nicht in die Geschäfte von Männern einmischen.«

»Was soll das heißen? Sie arbeiten ja auch wie ein Mann und verdienen Ihren Lebensunterhalt.«

»Schon, schon. Aber trotzdem: Eine Frau ist eine Frau, auch wenn sie die Familie erhält.«

Ismail begann von der Gleichberechtigung zwischen Mann und Frau zu reden. Er sprach davon, daß die Frau, nämlich die arbeitende Frau, von den Belastungen des Kapitals, aber auch von denen des Wäschewaschens und Kochens befreit werden müsse. Neriman hörte Ismail manchmal verwundert und manchmal beifällig, nie aber zustimmend zu und schaute ihn dabei mit ihren schwarzen Augen, in denen noch ein Rest Kindheit steckte, an.

Ungefähr einen Monat später wurde Ismail wieder verhaftet. Diesmal saß er etwa acht Monate lang in Sultanahmet, in den

Zellen des Untersuchungsgefängnisses. In einer der Steinzellen, die vom übrigen Teil des Gefängnisses abgeschnitten waren, die nur ein Fenster besaßen und eine Tür, die auf einen engen Gang führte. Das Stockwerk darunter war genauso. Die Kommunisten saßen aber alle im oberen Stockwerk. Es war Besuchstag. Ismail und Kerim sprachen von Ahmet. Kerim erzählte, wie sie 1925 auf der Brücke Zeitungen verkauft hatten. Ismail sagte:
»Genug davon. Erzähl mir lieber, wie das in Moskau war. Da soll es ein Mädchen gegeben haben, die dich nicht dazu bringen konnte, daß du ihr gesagt hättest ›ich liebe dich sehr‹. Stimmt das?« Kerim kratzte seine dichten Augenbrauen.
»Damals habe ich Lügen schrecklich gehaßt.« Er nahm einen tiefen Zug aus seiner Zigarette. »Und Zigaretten auch. An beides habe ich mich gewöhnt.«
Ismail sagte:
»Dann gib mir auch eine Zigarette.«
Kerim suchte in seinen Taschen. Er nahm drei Zigaretten heraus und streckte eine davon Ismail hin. Ismail brach die Zigarette in der Mitte auseinander und steckte eine Hälfte in eine lange Spitze.
»Das Bettelnmüssen um eine Zigarette«, hatte Ziya immer gesagt, »ist das Schlimmste, was einem passieren kann.«
»Er hat recht gehabt.«
Ismail begann zwischen den Zähnen den Marsch zum zehnten Jahrestag der Republik zu pfeifen. Dann nahm er die Spitze aus dem Mund.
»Weißt du, Bruder, was die Dichter als Text zu diesem Marsch geschrieben haben? ›In zehn Jahren haben wir 15 Millionen Soldaten geschaffen.‹ Dann sind sie aber draufgekommen, daß man das als 15 Millionäre mißverstehen könn-

te, und haben den Text auf 15 Millionen junge Menschen geändert.«
Kerim sagte:
»Die erste Fassung hat's doch wohl am besten getroffen.« Er wiederholte: »In zehn Jahren haben wir 15 Millionäre geschaffen, in jedem Alter.«
»Ahmet hat immer gesagt: ›Unsere Agas haben die Revolution schon längst aufgegeben‹, aber warte, da gibt es auch noch eine Prozentrechnung. Achtzig Prozent ...«
»Achtzig oder neunzig Prozent, was weiß ich. Suphi und seine Freunde haben sie wohl umgebracht, aber das Grundbesitz-Problem haben sie noch nicht gelöst. Und vor den Arbeiterorganisationen fürchten sie sich wie vor dem Feuer. Was bleibt ihnen also übrig? Sie müssen sich mit dem Imperialismus verbünden!«
»Klar werden sie das tun. Du wirst schon sehen!«
»Was ist dann dabei herausgekommen? Die neuen Buchstaben, der Hut, das Zivilgesetz und die Trennung von Staat und Religion.«
»Im Heer haben sie wieder angefangen, den Koran zu lesen.«
»Wie der Hodscha in der Moschee den Kalifen und den Sultan gelobt hat, war es schlecht. Jetzt lobt er die Volkspartei, und das paßt ihnen offenbar.«
Ein Gefangener aus dem unteren Geschoß brüllte so laut zum Zellenfenster hinauf, daß die Tauben im Gefängnishof erschreckt aufflogen:
»Ismail, Chef, Besuch für dich!«
Alle möglichen Leute fielen Ismail ein. Nur Neriman nicht.
»Neriman! Da staune ich aber!«
»Schöne Grüße von meinem Bruder. Er konnte leider nicht kommen, weil er geschäftlich nach Ankara mußte.« »Danke vielmals! Sie sind mir viel treuer als ich Ihnen. Ich habe Sie

nur ein einziges Mal besucht. Mein Gott, Sie können sich nicht vorstellen, wie sehr ich mich freue! Verdammt noch mal!« – Dabei fiel ihm ein, daß Ahmet immer ›verdammt noch mal‹ gesagt hatte. – »Seien Sie mir nicht böse, Neriman, meine Zunge hat sich nun einmal an dieses verfluchte ›verdammt noch mal‹ gewöhnt.«

Heute waren nicht so viele zum Besuchstag gekommen. Sie konnten, ohne schreien zu müssen und ohne hin und her gestoßen zu werden, miteinander reden. Ismail sagte plötzlich:

»Die Polizei schreibt die Namen der Besucher auf!«

»Soll sie ruhig, ich habe mit Politik nichts zu tun!«

Als Ismail an diesem Abend die Schachtel mit Lokum von Hacı Bekir, die Neriman gebracht hatte, der Kommune übergab – die Kommunisten hatten im Gefängnis eine Kommune gegründet: Essen und Getränke, Zigaretten, Geld und was sonst noch kam, wurde in die Mitte gestellt und gemeinsam verzehrt –, als Ismail also an diesem Abend die Schachtel Lokum von Hacı Bekir an die Kommune abgab, war er so stolz, als hätte er etwas hingestellt, das jeden vor Freude um den Verstand bringen mußte.

Am Tag nach seiner Entlassung aus dem Sultanahmet-Gefängnis fuhr Ismail nach Kadıköy. Neriman war nicht zu Hause. Er ging mit Osman, der jetzt als Makler arbeitet, in eine Konditorei in Altınyol. »Genierst du dich dafür, mit mir befreundet zu sein, Osman Bey?«

»Warum sollte ich mich dafür genieren?« Er dachte nach. »Im Jahr 25 oder 26, genau weiß ich das nicht mehr, bin ich in Tepebaşı auf der Straße Ahmet begegnet. Ich habe so getan, als würde ich ihn nicht kennen, und bin weitergegangen. Damals war ich Angestellter der Agrarbank. Jetzt bin ich selbständig, ein freier Mann.«

Ismail küßte Neriman das erste Mal in der Bucht von Kalamış. Das Meer sah aus wie ein großes glattes Tuch, und der Mond glänzte silbern. Ismail hatte am Steg von Moda ein Boot gemietet. Oben im Restaurant von Kalamış spielte eine Jazzband, und es wurde getanzt. Das Meer war voller Boote. Ismail hatte sich in die Ruder gehängt, und sie waren in Richtung Fenerbahçe hinausgefahren. Sie sahen den blinkenden Leuchtturm von Fenerbahçe. Das von den Prinzeninseln kommende Schiff fuhr hell beleuchtet an ihnen vorbei.
Zu welchem Hafen fährt dieses huntertmastige Schiff...
Isamil hatte die Ruder losgelassen und sich neben Neriman gesetzt.
»Soll ich dich einmal küssen?«
Neriman antwortete nicht.
»Du meinst, für so etwas sollte man nicht um Erlaubnis bitten, oder?« Er küßte Neriman. Das Boot schaukelte leicht von den Wellen der vorbeifahrenden Fähre. »Mensch! Die Welt ist so schön.« Neriman wiederholte mit großem Ernst und mit der ganzen Tiefe ihrer noch dunkler gewordenen Stimme:
»Mensch! Die Welt ist so schön.«

Fünf Monate später wurde Ismail wieder eingesperrt. Diesmal saß er zehn Monate in der Polizeidirektion. Neriman brachte Ismail zu essen. Aber eine Besuchserlaubnis gaben sie ihr nicht. »Bist du verwandt mit ihm?« fragten sie das Mädchen.
»Er ist mein Verlobter.«
Ismails Untersuchungshaft dauerte eineinhalb Jahre, und Neriman kam immer nach Sultanahmet, ins Untersuchungsgefängnis. Am ersten Tag des Prozesses und auch an dem Tag, als das Urteil verkündet wurde, war sie im Gerichtssaal.

Sie lächelte Ismail zu. Bei den dazwischenliegenden Verhandlungen war sie nicht anwesend, weil sie wie immer unter Ausschluß der Öffentlichkeit geführt wurden.

Ismail wurde freigelassen. Er sah Neriman jeden Sonntag. Sie küßten einander, umarmten einander, aber das war schon alles.
Ismail versuchte, Neriman für die Politik, für den Kommunismus zu interessieren, aber sie kümmerte sich nicht darum. Nur wenn er die Lebensgeschichten der Revolutionäre erzählte – soweit er sie von den aus Rußland zurückgekehrten Freunden erfahren hat oder soweit er sie aus den russischen Büchern mehr schlecht als recht gelesen hat (Ismail studierte im Gefängnis den Marxismus und Russisch) –, hörte sie ihm interessiert zu. Vor allem aber, wenn er von den Revolutionärinnen, besonders wenn er von der Krupskaja, erzählte.
»So eine treue Frau, so eine ergebene Frau, sie hat ihr ganzes Leben ihrem Mann geweiht.«
»Auf das kommt es ja nicht an, Mensch. Sie hat ihr ganzes Leben der Revolution geweiht!«
»Schon, schon, Ismail! Aber denk doch, wie sehr sie Lenin verbunden war. Sie war seine Frau, seine Mutter und sicher auch sein Freund. Die Liebe dieser Frau muß ungeheuer groß gewesen sein!«

Irgendwie gelang es Ismail nicht, einen ständigen Arbeitsplatz zu finden. Er hatte auch gar keine Zeit, sich um einen Arbeitsplatz zu kümmern, da er in ständiger Verfolgung leben mußte. Er verdiente sich das Allernötigste in Eisengießereien oder kleinen Mechanikerwerkstätten. Einmal gelang es ihm, in einer Fabrik Arbeit zu finden, aber dort ließ ihn die Polizei schon nach einer Woche wieder hinauswerfen.

»Möchtest du nicht auch auf diesem Frachter sein, Neriman?« Die beiden saßen auf einem Hügel über Emirgan im Schatten einer Pinie. Unter ihnen schlängelte sich der Bosporus ins offene Meer hinaus. Ein schwarzer Frachter mit einem Schornstein stampft in Richtung Anadolu Hisarı. Die halbe Schiffsschraube ragt aus dem Wasser und schlägt es zu weißem Schaum auf.
»Nein, möchte ich nicht. Was sollte ich auf diesem Schlepper? Wohin fährt er?«
»Ich weiß nicht, vielleicht nach Odessa. Möchtest du auch nicht nach Odessa?«
»Mit dir vielleicht schon. Aber der Platz, den ich am meisten auf der ganzen Welt liebe, ist hier unter diesem Baum.«
»Wenn jetzt ein schwarzer Geist, dessen Lippen so breit sind, daß die eine am Boden und die andere im Himmel ist, vor dich hintritt und dich fragt: ›Neriman, was ist dein sehnlichster Wunsch?‹ ...«
»Was ich mir wünschen würde? Warte, laß mich nachdenken. Ich habe gar nicht so viele Wünsche. Ein, zwei Dinge vielleicht. Erstens würde ich mir wünschen, daß Ismail nicht mehr eingesperrt wird. Nie, nie mehr ... Und als zweites würde ich mir ein Haus wünschen. Ein Haus, das in einem Garten und hier auf dem Hügel von Emirgan steht. Es müßte immer voll mit Menschen sein. Aber Reichtum würde ich mir nicht wünschen ... Und Gesundheit ... Du bist ja Gott sei Dank gesund wie ein Löwe, und mir fehlt auch nichts.«
»Du bist wie ein Fisch im Wasser, so gesund.«
»Das wäre alles.«
»Wie eine kleine Spießerin.«
»Du möchtest mir diese Spießereien wohl austreiben, Ismail, aber ich bin, wie ich bin.«
»Sei nicht bös.«

»Ich bin nicht bös.«
»Aber wenn Menschen außerhalb deiner Gartenmauern vor Hunger sterben und wenn Menschen weinen, weil sie wie Lasttiere arbeiten müssen, berührt dich das gar nicht?«
»Wie kommst du darauf, daß mich das nicht berühren könnte? Ich könnte den Geist ja bitten, daß er ihnen alle kleine Häuschen mit grünen Fensterläden schenkt, jedem, wo er es haben möchte. Und daß er niemanden hungern oder so arbeiten läßt, wie du es gesagt hast ...«
»Es gibt aber keinen schwarzen Geist. Wir, die internationale Arbeiterklasse, sind selber der Geist und werden eine freie Welt schaffen, wo es keine Klassen und Grenzen geben wird.«
»Du selbst hast mit dem Geist angefangen, und nun schimpfst du mit mir.«
»Ich schimpfe nicht mit dir. Aber wir müssen den Klassenkampf führen und deswegen werden wir auch ins Gefängnis gesteckt.«
»Es wäre besser, wenn du nicht so oft ins Gefängnis gesteckt wirst ...«
Ismail antwortete nicht und begann, seinen Lieblingsmarsch zu singen:

»Die Genossen sind im Kerker
Um sie herum die Steinmauer
Sie können nicht mit uns zusammen kämpfen.
Der rote Tag brach an, das Gewehr soll bereit sein
Für dein Ziel. Komm zum Kampf, Proletarier.

Für dein Ziel
komm zum Kampf,
Proletarier!«

Ismail zündete sich eine Zigarette an. Ahmet murmelte immer noch im Schlaf. Ismail versuchte genauer hinzuhören, um vielleicht etwas davon zu verstehen, was er da murmelte, aber es gelang ihm nicht.
Er nahm die Istanbuler Zeitung vom Vortag, las noch einmal die Nachricht auf Seite zwei, legte sie danach auf den Boden, blies die Lampe aus und schlief ein.

Im Winter 1938 wurde Ismail wieder eingesperrt. Diesmal verlegten sie ihn in eine Zelle des Militärgefängnisses in Ankara. ›Zelle‹ bedeutet hier lediglich einen Raum aus Stein. Es gibt ein vergittertes Fenster, aber ohne Glas, so daß es auf den nackten Zementboden hereinschneit. Ein Bett gibt es sowieso nicht, aber nicht einmal eine Decke haben sie Ismail gegeben. Beim Auf- und Abgehen dachte Ismail an die Zeit in der Hütte in der Nähe von Izmir: wie ihn damals die Dekke am Kinn gekratzt hatte und wie Ahmet es nicht schaffte, die Lampe auszublasen ... Ismail war in Ankara verurteilt und danach in ein Istanbuler Gefängnis verlegt worden, und erst dort konnte Neriman ihn besuchen.
»Hier werde ich sicher nicht lange bleiben. Sie werden mich bestimmt irgendwo anders hinschicken. Wir werden ja sehen, wohin.«
Neriman konnte ihre Tränen kaum zurückhalten. Dann sagte sie und bemühte sich, dabei zu lächeln: »Ich habe mit einem Anwalt gesprochen. Wir können auch heiraten, wenn du im Gefängnis bist. Mensch, heiraten wir doch! Wenn ich deine Frau bin, kann ich dich leichter besuchen. In welches Gefängnis du auch kommst, ich gehe mit dir. Sie werden mich als Lehrerin zwar nicht mehr beschäftigen, aber ich kann auch nähen, und damit kommen wir schon irgendwie aus.«

Einen Monat später wurde Ismail in aller Herrgottsfrühe unter der Aufsicht von zwei Unteroffizieren, einem Marineoffizier und drei Matrosen aus dem Gefängnis geführt. Man hatte ihm Handschellen angelegt, und niemand sagte, was nun geschehen sollte und wohin er gebracht würde. Sie führten Ismail aus dem Gefängnis, und in Karaköy, unter der Brücke, brachten sie ihn auf eine Militärbarkasse. Im Meer vor den Prinzeninseln wurde er auf das Kriegsschiff ›Erkin‹ verlegt. Ismail versuchte unterwegs, herauszufinden, was das alles bedeuten sollte. Der Bootsmann Ferhat kam ihm in den Sinn, aber eigentlich hatte er mit ihm nichts zu tun. Sie kannten sich nur flüchtig, waren nur ein paarmal an demselben Tisch in einem Lokal gesessen, aber das war auch schon alles. Auf dem Schiff wurde Ismail in den Matrosen-Abort gesperrt. Die Bullaugen des Aborts waren geschlossen, der Boden war überschwemmt mit Urin und Unrat. Ein Gestank ... und eine Hitze ... Ismail blieb eine Zeitlang stehen und pfiff vor sich hin. Er heftete seinen Blick auf das Bullauge der Tür. Dort sah er den Kopf eines Offiziers. Der Kopf verschwand. Ein anderer Offizierskopf tauchte auf. Ismail dachte: ›Diese Schweine warten wohl darauf, was ich jetzt tun werde.‹ Dann setzte er sich in den Urin, zündete sich eine Zigarette an und begann ein Lied zu singen. Aber in seinem Kopf kreiste immer dieselbe Frage: ›Warum haben sie mich hierher gebracht?‹

Gegen Abend holten sie Ismail aus dem Abort. Er mußte zwischen zwei bewaffneten Matrosen und einem Decksoffizier eine Reihe von Treppen hinuntersteigen, enge, gewundene Treppen. Dann öffneten die Matrosen eine Eisentür und stießen Ismail in einen dunklen Raum. Die Tür wurde wieder geschlossen. Ismail tastete die Wände mit den Händen ab. Er spürte Taurollen und so was Ähnliches wie Fässer. Der Kielraum! Er zog sein Hemd aus, dann die Hose. Zuletzt trug er noch die Unterhose. Trotzdem schwitzte er unaufhörlich. Er setzte sich auf eine der Taurollen. Seine Augen gewöhnten sich langsam an die Dunkelheit. Er schlief ein.

»Aufstehen! Anziehen!«

Eine Taschenlampe blendete ihn. Er drehte sich um. »Aufstehen! Anziehen!«

Die Taschenlampe beleuchtete die Seil- und Rollenhaufen, die Eisengeräte des Kielraumes. Ismail bemerkte, daß die Taschenlampe von einem Offizier in weißer Uniform, der neben der Tür stand, gehalten wurde. Hinter dem Offizier, in dem engen, eisenverkleideten Korridor, durch den die verschiedensten Rohre liefen, standen zwei mit Seitengewehren bewaffnete Matrosen, die man im gelben Licht des Korridors erkennen konnte. War es Tag oder Nacht? Die Lampen hatten auch gebrannt, als Ismail hierhergebracht worden war. Er zog sich an. »Vorwärts, marsch!«

Ismail voraus, die Matrosen und der Offizier hinter ihm, begannen sie, die enge, eiserne Treppe hinaufzusteigen. Das Schiff bebte unter dem Gedröhne der stampfenden Motoren. Ismail dachte:

»Wir scheinen losgefahren zu sein.«

»Links um!«

Sie waren auf eine enge Plattform gekommen, über deren Seiten dicke und dünne Rohre und elektrische Leitungen verliefen.

Ismail bog nach links ab und begann, eine Treppe hinaufzusteigen. ›Sie werden mich zum Verhör führen. Aber warum? Was wollen sie mich fragen? Was habe ich mit diesen Kerlen zu schaffen?‹

Sie traten hinauf aufs Deck, hinaus in die Kühle der Nacht.
»Geradeaus! Vorwärts! Nicht umdrehen!«
Ismail sah vor sich nichts als die Sternennacht. Das Deck war menschenleer. Das Dröhnen der Maschinen vermischte sich mit dem Rauschen des Meeres. In der Dunkelheit waren weiße Schaumkronen zu erkennen. Das Kriegsschiff fuhr langsam und schwerfällig durch das weite, sich uferlos ausdehnende, unschuldige Meer. Ismail ging plötzlich durch den Kopf: ›Daß ich hier bin, weiß kein Mensch. Als sie mich aus dem Gefängnis holten, mußten sie aber ein paar Papiere unterschreiben. Wohin aber fahren wir? Habe ich Angst? Noch nicht ...‹
»Vorwärts! Nicht umdrehen!«
Viel Platz zum Gehen ist aber nicht mehr da. Zwei Schritte noch, und die Reling ist zu Ende.
»Halt.«
Er blieb stehen, hörte, wie hinter ihm die Abzugshähne von Maschinengewehren entspannt wurden. Mustafa Suphi und seine Leute fielen ihm ein. ›Sie erschießen mich also von hinten und werfen mich ins Meer. Aber warum? Wenn mich die Burschen umbringen wollen, können sie das einfacher haben. Aber warum? Warum wollen sie ausgerechnet mich umbringen?‹ Das alles sauste ihm durch den Kopf. Natürlich nicht in dieser Reihenfolge, sondern wirr durcheinander. ›Ich muß mich umdrehen und mich auf sie stürzen!‹ Auch diesen Gedanken dachte er nicht in der Form. Es fiel ihm nur etwas in dieser Art ein. Er drehte sich um und sah in die Läufe von zwei Maschinengewehren, die auf ihn gerichtet waren. Er sah die weiße Uniform des Offiziers. In diesem Augenblick tauchte ein zweiter Offizier auf. Er flüsterte dem ersten Offizier etwas ins Ohr. Daraufhin gab der erste Offizier Ismail den Befehl.

»Umkehren! Los!«
Sie stiegen dieselben Treppen hinunter, die sie zuvor heraufgekommen waren. Ismail trat in die Dunkelheit des Kielraumes. Er zog sich aus. Legte sich auf die Taue. ›Das war reine Show. Aber warum haben sie mich hierhergebracht?‹ In dieser Nacht hatte Ismail einen Traum. Er steht mit Neriman auf dem Achterdeck einer Galeone. Sie ist in voller Fahrt. Die Segel sind so aufgebläht und gespannt, daß die Galeone beinahe geflogen wäre. Das Steuer, das allerdings kein Steuer, sondern ein riesiger Kasten ist, hat Barbarossa in der Hand. Barbarossa hat einen roten Bart. Neriman fragt ihn:
»Warum ist Ihr Bart so rot?«
Barbarossa antwortet:
»Kümmere dich lieber um den Bart deines Mannes, statt um meinen!«
Ismail hat einen grünen Bart, der ihm bis zum Bauch reicht. Er liegt mit Neriman irgendwo am Bosporus in hohem, grünem Gras. Sie liegen auf dem Rücken und schauen zu den dicken, weißen Wolken hinauf. Ismail streckt seine Hand aus und berührt wie zufällig Nerimans Brust.
»Was machst du da?« fragt Neriman.
»Bin ich nicht dein Mann?«
»Wir sind aber noch nicht verheiratet!«
»Warum nicht?«
»Mein Brautkleid ist noch nicht fertig, deshalb.«
»Und wann wird es fertig sein?«
»Morgen.«
Barbarossa sagt:
»Wenn der Wind so bleibt, fahren wir nach Odessa.«
Darauf Neriman:
»Ich will nicht nach Odessa.«
Ismail sagt:

»Ich mache dich mit der Krupskaja bekannt.«
»Ist sie nicht längst tot?«
»Warum sollte sie tot sein?«
Da fällt ihm auf, daß er nicht genau weiß, ob die Krupskaja nun noch lebt oder nicht.
Da sind Osman Bey und Ahmet. Yusuf ist auch dabei, aber sein Gesicht kann Ismail nicht sehen. Sie sind im ersten Stock im Haus des Maultiertreibers. Während unten die Maultiere mit ihren Halftern rasseln und ihre Halsbehänge schlenkern, wird oben Gericht gehalten. Ahmet sagt zu Ismail:
»Mach du heute für mich den Staatsanwalt!«
Ismail beantragt für den Offizier, der ihm die Taschenlampe ins Gesicht gehalten hat, eine Strafe von fünf Jahren.
»Du bist unbarmherzig«, sagt Neriman.
»Was heißt unbarmherzig«, schreit Ismail. Neriman weint. Ismail umarmt Neriman. Sie küssen sich. Der Offizier mit der Taschenlampe und der weißen Uniform schreit:
»Genug! Feuer!«
Die Kugeln dringen in Ismails Rücken ein und fallen von der Brust heraus auf den Boden. Sie schlagen laut aufs Deck. Ismail fährt hoch und wacht auf.

Auf dem Schiff wiederholten sie mit Ismail zwei Nächte lang das gleiche Schauspiel, danach wurde er vor ein militärisches Untersuchungsgericht gestellt. Bei einer Durchsuchung der Spinde von Matrosen und Decksoffizieren waren Bücher eines kommunistischen Dichters entdeckt worden. Bücher übrigens, die man offiziell kaufen konnte. Eines der Bücher hatten sie bei dem Decksoffizier Ferhat gefunden. Ferhat aber behauptete: »Das Buch gehört nicht mir, das hat mir jemand ohne mein Wissen in den Spind gelegt!«

Sie hatten ihn in die Enge getrieben. Und schließlich gestand er, einen Kommunisten namens Ismail zu kennen. Das alles erfuhr Ismail erst aus der Anklageschrift des Staatsanwaltes. Er konnte dem Untersuchungsrichter gar nichts dazu sagen, und dieser interessierte sich ohnehin nicht dafür. Er war ein dunkelhäutiger, kleingewachsener Mann, der sich gern mit Radiotechnik beschäftigte und dabei vor allem mit dem Reparieren von Radios. Weil er wußte, daß sich Ismail auf diesem Gebiet auskannte – aus dem Polizeibericht hatte er erfahren, daß Ismail vor seiner letzten Festnahme in einer Radioreparaturwerkstatt gearbeitet hatte –, unterhielt er sich mit ihm hauptsächlich über dieses Thema. Dieses gemeinsame Interesse für eine bestimmte Sache ließ zwischen ihnen so etwas wie Herzlichkeit aufkommen. Er ordnete an, daß Ismail aus dem Kielraum-Lager gebracht und in der Kajüte eines Decksoffiziers festgehalten werden solle. Einmal sagte Ismail zu ihm:
»Şerif Bey, was hat es zu bedeuten, daß ich die ersten Nächte immer um Mitternacht aufs Deck geführt worden bin? Ich hatte den Eindruck, ich sollte erschossen und ins Meer geworfen werden.« »Der Chef des Flotten-Generalstabs hat da in einem deutschen Buch irgend etwas gelesen über psychologische Kriegsführung. Aber du hast es ihnen ja ohnehin nicht abgenommen. Als ich kam und davon hörte, habe ich ihnen sofort gesagt, sie sollen damit aufhören. Wir brauchen so einen Druck nicht.« Die Verhandlung fand auf dem Schiff, im großen Saal, statt. An dem Tag, an dem die Urteile verlesen wurden, waren zwischen dem Gerichtssenat und den Angeklagten drei Reihen Sessel aufgestellt – wahrscheinlich, damit sich die Angeklagten nicht auf die Richter stürzen konnten. Ismail hatte Şerif Bey zuletzt eine Woche vor Beginn des Verfahrens gesehen. Sie hatten wieder über Ra-

dioreparaturen geredet. Dann sagte Şerif Bey und stocherte dabei mit einem Bleistift in seinen blendendweißen Zähnen herum:
»Ismail«, sagte er, »wir sind beide gerissene Kerle auf unseren Gebieten. Du weißt, ich habe dich unzählige Male gefragt, ob du mit Ferhat zusammengearbeitet hast. Daß du es nicht getan hast, weiß ich seit langem. Aber darum geht es nicht. Wir werden auf seiten der Deutschen in den Krieg eintreten. Wir werden den Engländern Mossul, den Russen Batum und den Franzosen Aleppo abnehmen. Hast du verstanden? Dazu brauchen wir Sauberkeit. Und deshalb fangen wir bei euch an und hören bei den Freunden der Engländer auf. Und du wirst sogar im Gefängnis vielleicht Ismet Pascha treffen!« Ismail traf Ismet Pascha nicht im Gefängis. Die Türkei trat auch nicht auf seiten der Deutschen in den Krieg ein. Der Generalbefehlshaber der Flotte aber wurde unter dem Druck der Engländer wegen seiner offensichtlichen Verbindung zu den Deutschen in Pension geschickt. Şerif Bey passierte nichts.
Ismail bekam auf seine alte Strafe noch eine neue. Fünf Decksoffiziere und drei Marinesoldaten wurden ebenfalls verurteilt. Ein Feldwebel namens Ali hatte das Buch in Ferhats Spind gelegt. Er war mit ihm wegen einer Frau verfeindet. Aber Ferhat freisprechen hätte bedeutet, auch Ismail freizusprechen. Und das wiederum hätte geheißen, daß das ›kommunistische Komplott in der Flotte‹ keinen ›Anführer‹ gehabt hätte.
Ismail wurde in ein Gefängnis tief in Anatolien verlegt. Ganz allein. Das Gefängnis, ein, wie es hieß, von den Genuesern stammender Bau, war von allen Seiten von hohen Mauern umgeben. In Mittelanatolien sagen sie von jedem alten Gebäude oder Denkmal, es stamme von den Genuesern.

Die Steine der Mauern waren in ihrer ganzen Riesenhaftigkeit ohne Mörtel aufeinandergeschichtet. Sie waren so breit, daß darauf zwei bewaffnete Gendarmen auf und ab gehen konnten. Im Erdgeschoß des Gefängnisses waren kleine Geschäfte, die von den Häftlingen selbst betrieben wurden. Es gab einen Schneider, einen Verzinner, zwei Tischler, drei Schuhflicker und einen Spiegelgießer. Im Obergeschoß, hinter einem Balkon, der sich ohne Geländer von der einen Seite zur anderen Seite des Gebäudes zog, lagen nebeneinander die Gemeinschaftszellen. Die Verwaltung, das Zimmer des Oberaufsehers, zwei Einzelzellen und der Kerker lagen ebenfalls im Erdgeschoß. Draußen im Hof standen ein Brunnen und ein winziger Baum. Was für ein Baum das war, wußte niemand. Ismail wurde in die dritte Gemeinschaftszelle gelegt. Einen Monat später kam Neriman ihn besuchen: »Ich hoffe hier eine Stelle als Lehrerin zu finden.« Die Hochzeit verschoben sie, bis Neriman versetzt war. »Taktik. Wenn das Ministerium erfährt, daß du meine Frau bist, versetzt es dich garantiert nicht!« Neriman ging wieder. Ismail dachte keinen Augenblick daran: ›Ich habe das Mädchen jetzt so viele Jahre an mich gebunden. Wer weiß, wie lang sie noch auf mich warten muß. Soll sie doch woanders ihr Glück suchen!‹ Im Gegenteil, noch bevor Neriman versetzt wurde, erkundigte er sich schon beim Gefängnisdirektor über die Formalitäten der Hochzeit. Als Neriman dann wiederkam und mit dem Aufgebot alles geregelt war, heirateten sie in Anwesenheit eines Anwalts auf dem Standesamt. Sie stiegen die dunkle, wacklige Holztreppe hinauf. Neriman trug ein graues Kostüm. Ismails Handschellen wurden erst vor dem Standesbeamten gelöst. Der Standesbeamte wünschte ihnen nach der Zeremonie mit müder Stimme, aber großer Freundlichkeit ›lange glückliche Jahre‹ und gratulierte ihnen. Einer

der Zeugen war der Oberaufseher, der andere war der Portier des Standesamtes.
Am nächsten Morgen, es war der Besuchstag, erlaubte ihnen der Direktor ausnahmsweise, in seinem Zimmer miteinander zu reden. Er rührte sich dabei allerdings nicht von seinem Tisch weg, tat zwar so, als beschäftigte er sich mit den Papieren, die er vor sich liegen hatte, in Wirklichkeit aber beobachtete er Ismail und Neriman. Die beiden saßen nebeneinander auf einem Sofa, dessen Federn durchgesessen und dessen Samt abgewetzt war. Sie sprachen nicht miteinander. Der Direktor sagte zwei-, dreimal:
»Reden Sie nur ungestört. Es gibt nichts, wofür man sich genieren müßte. Laßt euch durch mich nicht stören, ich bin so in meine Arbeit vertieft, daß man neben mir Kanonen abschießen könnte, ohne daß ich es hören würde. Redet nur, unterhaltet euch, ihr seid ja frisch verheiratet.«
Ismail sagte darauf jedesmal:
»Danke, Herr Direktor, wir reden schon!«
Und dann redeten sie erst nicht. Ismail versuchte einmal, Nerimans Hand anzufassen, das Mädchen aber zog die Hand sofort zurück und schaute Ismail tadelnd an.

Ahmet schrie wie am Spieß, und davon wurde Ismail wach. Er stand im Dunkeln auf und stieß Ahmet an die Schulter.
»Huch«, sagte Ahmet und wachte auf.
Ismail zündete die Lampe an.
»Du hast wieder im Schlaf geschrien!«
»Gib mir bitte ein Glas Wasser.«
Er trank das Glas in einem Zug aus, als hätte er seit Tagen keinen Tropfen mehr getrunken.
»Entschuldige!«

»Willst du eine Zigarette?«
»Nein ... ich glaube, ich habe Fieber.«
Ismail legte Ahmet die Hand auf die Stirn.
»Nein ...«
»Sind das die Zeitungen von heute?«
»Ja, aber die kannst du morgen lesen.«
Doch Ahmet nahm sich die Zeitungen.
»Ich muß mich jetzt mit etwas ablenken.«
Er schaute die Zeitungen von Izmir durch und warf sie dann auf den Boden. Daraufhin nahm er die von Istanbul und blieb auf der zweiten Seite hängen.
»Sie haben Kerim verhaftet!«
»Ja ...«
»Verdammt noch mal. Es steht nicht da, wie er verhaftet worden ist. Verdammt!«

Dreiundzwanzigster Strich

Als Ahmet am nächsten Morgen aufwachte, fiel ihm als erstes wieder Kerims Verhaftung ein. Er las die Meldung noch einmal. Danach stand er auf. Ismail hatte vor dem Weggehen die Lampe angezündet. Der Teufel soll dieses Motorengeräusch holen! Barfuß, nur in Hemd und Unterhose, ging er zum Fliegenkästchen hin. Bestimmt habe ich Fieber. Er steckte seine Hand unter die Achsel. Ich habe Fieber. Ahmet setzte sich, ohne die Kleider wegzunehmen, auf den Stuhl. Er fühlte sich zerschlagen, wollte sich Tee kochen, ließ es dann aber bleiben. Mir ist auch im Magen nicht recht wohl. Er lehnte sich an die unebenen Steine der Mauer. Es hat also angefangen. Er legte sich auf das Bett. Stand im Buch, daß das Fieber steigt, oder nicht? Vom Zerschlagensein stand etwas drin, auch von der Übelkeit. Und von den Kopfschmerzen stand etwas in dem Buch und auch von dem Gefühl, als seien alle Gelenke in einen Schraubstock eingespannt ... Ich habe Kopfschmerzen. Bis vor kurzem habe ich es noch gar nicht gespürt, aber mein Kopf schmerzt entsetzlich. Ich habe auch Fieber. Steht etwas vom Ansteigen des Fiebers im Buch? ... Das Buch liegt auf dem Tisch, unter den Zeitungen schaut es hervor. Ich werde nicht nachsehen. Was ändert es, wenn drinsteht, daß das Fieber steigt? Die Zerschlagenheit, die Übelkeit, die Kopfschmerzen – alles stimmt. Ich werde nicht nachschauen, auch wenn ich verrecke!

Soviel Selbstbeherrschung muß ich haben! So wie man nach einer langen, anstrengenden Reise erleichtert in lauwarmes Wasser fällt, tauchte er jetzt in Traurigkeit ein. Plötzlich richtete er sich auf und zog sich an – so als wollte er mit jemandem in den Kampf ziehen. Er kochte Tee. Trank ihn zuerst mit Überwindung, dann aber mit Genuß. Er schwitzte. Ein Fieberthermometer war wohl nicht hier... oder doch? Noch von Ziya? Schwankend machte er sich auf die Suche nach einem Fieberthermometer, konnte aber keines finden. Er tastete sich ab. Die Übelkeit war so gut wie weg. Das Buch hatte er völlig vergessen. Er legte sich wieder aufs Bett. Sein Kopf wuchs und wuchs – ohne daß er dabei schwerer wurde – und wollte nicht mehr in die vier Wände passen. Er fühlte sich, als habe er jetzt einen riesengroßen Kopf aus Schaum.

»Anuschka könnte sich in dich verlieben, Petrosyan!«
»Dagegen wäre nichts einzuwenden.«
»Und du?«
»Ich könnte mich auch in sie verlieben. Diese Gelegenheit haben wir aber verpaßt. Da ist uns so ein Türke dazwischengekommen.«
»Wenn ihr wollt, verschwinde ich wieder.«
»Das würde auch nichts nützen. Ihr Türken habt uns Armeniern noch nie etwas erspart. Ihr habt aus uns Hackfleisch gemacht.« »Zu denen, die aus euch Hackfleisch gemacht haben, gehöre ich nicht. Bei so was war ich nie dabei!«
»Du warst nicht dabei. Aber wenn du der Sache auf den Grund gehst, waren die türkischen Bauern auch nicht dabei, aber als man ihnen Messer in die Hand gedrückt hatte, haben sie damit Menschen umgebracht. Das ist eine Tatsache.«
»Wie auch immer. Das ist ein Schandfleck auf der Stirn meines Volkes.«
SI-YA-U sagte:
»Es gibt kein Volk, das nicht schwarze Flecken in seiner Geschichte hätte. Es ist das englische Volk, das uns in Shanghai niedermetzelt und das die Inder vor Hunger krepieren läßt.«

Anuschka sagte:
»Die Völker sollten endlich zur Vernunft kommen. Der Mann, der meinen Vater ermordet hat, war Russe wie mein Vater selbst, aber er war Offizier im Heer Koltschaks. Er wußte, warum er meinen Vater tötete. Aber die Kosaken? Können wir darüber hinwegsehen, daß die Kosaken, die ihre eigenen Bauern umbrachten, aus demselben Volk stammten wie sie?«
Ich antwortete:
»So etwas hat niemand behauptet.«
SI-YA-U sagte:
»Lies Lenins Artikel über den Nationalstolz, Anuschka.«
Anuschka antwortete:
»Mach dir keine Sorgen, das habe ich lange vor dir gelesen. Er schreibt darin doch, daß er sich schämt, wenn die russischen Bauern in Uniform gesteckt und zur Vernichtung anderer Völker ausgeschickt werden.«
Petrosyan sprach mit müder Stimme:
»Was reden wir lange herum, ihr sagt doch alle dasselbe.«
Anuschka sagte:
»So ganz auch wieder nicht.«
Petrosyan fragte plötzlich aus heiterem Himmel:
»Hast du je über den Tod nachgedacht, Anuschka?«
»Ich habe ihn sogar gesehen und nicht nur einmal.«
»Jeder hat ihn schon gesehen. Ich habe ihn sicher öfter gesehen als du, wenn er andere betraf ... den Tod im allgemeinen. Was ich dich fragen wollte, war, ob du über deinen eigenen Tod nachgedacht hast? Mit dem Kopf zwischen beiden Händen.«
Diese Frage Petrosyans schreckte uns alle. Hätten wir von jemandem anderen erfahren, daß er so etwas gefragt hat, wir hätten es nicht geglaubt.

SI-YA-U sagte:
»Ich habe nicht darüber nachgedacht. Ich weiß sicher, daß ich sterben muß ... Ich will nicht sagen, was kann man da machen, jeder muß sterben, und darüber nachzudenken ändert nichts an der Tatsache. Ich habe nur einfach nicht darüber nachgedacht.«
Anuschka sagte:
»Ich habe darüber nachgedacht. Als meine Mutter an Typhus starb, habe ich an ihrem Totenbett darüber nachgedacht. Außer uns beiden war niemand in dem Kellerloch. Nur noch der Tod. Er hätte auch mich erwischen und mitnehmen können. Ich habe es mir so vorgestellt. Er nimmt mich mit und führt mich weg, ohne mich zurückzubringen. Wohin wird er mich führen? Nirgendwohin. Ich bin seit meinem fünfzehnten Lebensjahr ohne Glauben. Also versuchte ich, mir dieses Nirgendwo vorzustellen.«
Petrosyan fragte, ohne sein Interesse zu verbergen:
»Konntest du dir dieses Nirgendwo tatsächlich vorstellen?«
»Nein ... und du ... sei mir nicht bös ... nämlich ... es ist ...«
»Was hast du gemacht, daß ich dir nicht bös sein soll? Ich denke an den Tod. Für mich gibt es nichts Natürlicheres als ihn. Ein Mensch, der nicht über das nachdenkt, was in naher Zukunft passieren wird, und das noch dazu alles von Grund auf verändert, muß dumm sein.«
Er schwieg. Dann sagte er:
»Bei der morgigen Abendversammlung wirst du mit mir mindestens fünfmal tanzen, Anuschka!«

Wir redeten noch eine Stunde lang über dies und jenes. Wir diskutierten über Mejerhold. Ich sagte dabei, daß aus dem Bolschoj ein Getreidespeicher gemacht werden müßte.

Anuschka bebte vor Zorn. Was drinnen ist, sei ohnehin reif fürs Theatermuseum, sagte ich. Anuschka war nahe daran, mir das Gesicht zu zerkratzen. Petrosyan beteiligte sich amüsiert an unserer Diskussion und ergriff einmal Partei für mich, dann wieder für Anuschka. Später stand er auf, um zu gehen. Wir begleiteten ihn bis zur Treppe. Wie immer schwang er sich auf das Geländer und rutschte, uns noch zuwinkend, vom vierten Stock hinunter. Anuschka schrie auf. Wir nahmen vier Stufen auf einmal und stürzten hinunter. Unten im Hof, neben der ersten Stufe, lag Petrosyan mit zerschlagenem Schädel.

Tage später, als wir, Anuschka, SI-YA-U und ich, eines Abends im Theater den »Wald« von Mejerhold gesehen hatten – ins Theater oder Kino konnten wir nie ohne SI-YA-U gehen –, sagte ich:

»Petrosyan hat Selbstmord begangen.«

Anuschka schrie auf, als hätte ich sie beleidigt:

»Nein!« Sie wiederholte es voll Abscheu, »nein, du lügst!«

Ich sagte nichts darauf. Sie hängte sich bei SI-YA-U ein, und beide gingen nun einige Schritte vor mir. So liefen wir eine Weile den Boulevard entlang in Richtung Timirjazew-Denkmal – damals eines meiner liebsten Denkmäler in Moskau. Anuschka ließ SI-YA-Us Arm los, kam zu mir und sagte mit weinerlicher Stimme:

»Wie konntest du so etwas sagen? Mir gegenüber bist du meistens sehr lieb, aber es gefällt dir wohl, auch die schönen Dinge, die in mir leben, zu zerstören!«

Ich verstand nicht, was Anuschka damit sagen wollte, und sagte nichts. Ich zog sie an mich und küßte sie. SI-YA-U stand weiter vorn. Er hielt den Kopf gesenkt, als wollte er auf dem Boden etwas suchen.

Ich bin nicht sicher, ob Petrosyan Selbstmord begangen hat.

Alles das habe ich, als mein Kopf ein riesiger Kopf aus Schaum war, keineswegs der Reihe nach gedacht. Es fuhr wild durcheinander in meinem Kopf. Warum mir nicht ganz etwas anderes eingefallen ist, weiß ich nicht.
Ahmet stand auf und schluckte drei Aspirin auf einmal. Er zog den 23. Strich hinter der Tür und warf sich wieder aufs Bett.
Als Ismail zurückkam, fand er Ahmet, der angekleidet und in Schweiß gebadet auf dem Bett lag, in tiefem, fast bewußtlosem Schlaf vor. Er fühlte ihm den Puls: Er mußte Fieber haben. Der Puls ging rasend schnell. Sein Blick fiel auf das Buch, das unter der Zeitung hervorschaute. Er schlug es auf, las nach und schloß es wieder. Ahmet fragte:
»Bist du es, Ismail?«
»Zieh dich aus, ich helfe dir dabei.«
»Ich bin nicht tollwütig, Ismail!«
»Aber sicher nicht.«
»Schau im Buch nach, ob Fieber dazugehört!«
»Wozu denn, Freund?«
»Schau nach, sag ich dir!«
Ismail konnte nicht zugeben, daß er längst nachgeschaut hatte. Er genierte sich dafür. Er schlug das Buch auf, tat so, als würde er lesen.
»Was steht drin?«
»Keine Rede von Fieber.«
»Sagst du die Wahrheit?«
»Warum sollte ich lügen?«
»Du bist ja nicht Kerim, du könntest ruhig lügen!«
Ahmet schlief ein.

Als sie am Tag nach der Hochzeit im Zimmer des Gefängnisdirektors auf dem Kanapee mit den durchgesessenen Federn und dem abgewetzten Samt saßen, hatte Ismail versucht, Nerimans Hand anzufassen, worauf ihn Neriman tadelnd angesehen hatte. Ismail hatte seine Hand sofort zurückgezogen. Neriman sagte: »Ich habe von meinem Bruder einen Brief erhalten. Er hat wieder seine Ischias-Schmerzen.«
Der Direktor darauf:
»Darunter leide ich auch. Was macht Ihr Bruder dagegen? Salizylat und Injektionen helfen mir nicht, auch nicht, daß ich mich bis zum Hals in heißen Schlamm eingrabe.«
»Mein Bruder nimmt Tabletten.«
»Tabletten sind lächerlich. Wie alt ist Ihr Bruder?«
»Dieses Leiden hat mit dem Alter nichts zu tun. Nur die Behandlung ist bei älteren Menschen schwieriger.«
Ismail dachte nach ... ›ältere Menschen ...‹
Plötzlich kam ihm zu Bewußtsein, daß er schon vierzig war. Und wie alt war Neriman? Sie mußte achtunzwanzig, neunundzwanzig sein. Er schaute aus den Augenwinkeln zu Neriman hin. Sie sieht wie zweiundzwanzig aus. Und ich bin vierzig. So ist ein ganzes Leben vergangen. – Das wäre ein guter Buchtitel. – So ist ein ganzes Leben vergangen. Ist es schlimm gewesen? Warum schlimm? Aber vergangen ist es eben. Der Direktor schaute auf seine Uhr. Neriman sagte: »Ich werde jetzt gehen.«
Sie drückte Ismail die Hand. Dann dem Direktor. Sie sagte zu Ismail:
»Was soll ich dir nächste Woche mitbringen?«
Ismail antwortete nicht. Er schaute auf Nerimans Füße. Zum ersten Mal bemerkte er, wie hübsch und klein sie waren. Ich bin vierzig geworden.
Einmal brachte Neriman zum Sprechtag ein kleines, kahlge-

schorenes Mädchen mit. Es war angezogen wie die Kinder aus Istanbul und schien fünf oder sechs Jahre alt zu sein. Zuerst wollte Ismail wissen, warum das Kind, das sich hinter dem Gitterdraht krampfhaft an Nerimans Hand klammerte und das so verschreckt um sich schaute, kahlgeschoren war.

»Warum ist denn das arme Kind kahlgeschoren?«

»Sie hatte Läuse. Mit Waschen und auch mit chemischen Mitteln war nichts zu machen. Ich mußte sie rasieren lassen. Außerdem wachsen die Haare dann voller nach.«

»Und du hast die selbst rasieren lassen?«

»Ich habe Emine in Pflege genommen. Jetzt haben wir eine Tochter.«

Ismail lachte:

»Emine ist also unsere Tochter. Hoffentlich wachsen ihr die Haare schnell nach. Und recht dünn ist sie auch.«

»In zwei Monaten ist sie dick und rund, und eine blaue Schleife im Haar wird meiner Emine auch gut stehen. Ich werde meine Emine ...«

»Du möchtest wohl gerne ein Kind haben, Neriman?«

»Ja, aber jetzt habe ich ja eines.«

»Das heißt, du möchtest gern Mutter sein?«

»Warum denn nicht ... Mutter sein ... wenn du wüßtest, wie oft ... aber jetzt bin ich ja Mutter. Und du Vater.«

»Neriman, lassen wir uns scheiden!«

»Wir haben ja erst vor drei Monaten geheiratet!«

»Lassen wir uns in sechs Monaten scheiden. Du bist jung, achtundzwanzig oder neunundzwanzig. Und ich bin vierzig. Wer weiß, wann ich wieder herauskomme. Ich habe dein ganzes Leben verdorben. Du könntest heiraten und tatsächlich Mutter werden.«

Neriman begann zuerst leise, dann immer heftiger und lau-

ter zu schluchzen. Emine weinte mit. Die Leute im Besuchsraum, Gefangene und Besucher, kümmerten sich nicht darum. Tränen waren hinter dem Gitterdraht, auf der Seite der Besucher, etwas Alltägliches. Ismail sagte:
»Hör um Gottes willen zu weinen auf. Ich habe es nicht ernst gemeint. Schau, Emine ist schon ganz verrotzt. Putz ihr die Nase!«
Neriman versuchte ihre Tränen hinunterzuschlucken und putzte Emine mit einem Taschentuch die Nase. An jenem Abend saß Ismail im Fenster der Gemeinschaftszelle und hielt sich an den Gitterstäben fest. Er schaute zu den Bergen gegenüber. Sie waren kahl. Drüben, über einem Gipfel, stand eine Wolke, so groß wie ein Taschentuch. Wie Nerimans Taschentuch, mit dem sie Emine die Nase geputzt hatte. Eine kleine, weiße Wolke stand unbeweglich in dem immer dunkler werdenden Blau. Neriman war achtundzwanzig oder neunundzwanzig, sie sah aber aus wie zweiundzwanzig, höchstens vierundzwanzig. Sie war gesund. Ich habe kein einziges Mal gehört, daß sie krank war. Aber was hatte das mit Krankheit zu tun ... Eine richtige Frau will Mutter werden. Sie will auch Mutter werden.
Eine richtige Frau braucht einen Mann ... Aber Mädchen, die noch nie einen Mann gehabt haben ... Denkst du vielleicht, Bruder ... Das glauben nur wir, die Männer. Warum habe ich mit Neriman noch nicht geschlafen? Warum haben wir nicht geheiratet, als ich noch nicht eingesperrt war? Muß man unbedingt heiraten, um miteinander schlafen zu können? Hätte sich Neriman mir sonst hingegeben? In jener Wohnung in Kadıköy wäre es fast dazu gekommen ... Und warum ist nichts daraus geworden? Weil ich so ein Esel bin. Ahmet hat Anuschka ja auch am Anfang nicht anrühren können ... Unsinn, kaum waren sechs Monate vergangen,

haben sie es schon miteinander getrieben! Schon, aber warum haben wir dann gerade jetzt geheiratet? Ich war es ja nicht, der unbedingt heiraten wollte. Ich habe sie auch nicht überredet dazu. Pfui, verdammt noch mal ... Ahmet hat nie pfui gesagt ... er hat immer verdammt noch mal ohne pfui gesagt ... Ich hätte Neriman ... Ich, du, ist das wirklich das Problem? Gibt dir irgendwer irgendeine Schuld?

Ismail fragte am nächsten Morgen, als er sich gerade rasieren ließ – das kam sonst eigentlich nur an Besuchstagen vor, heute aber verstieß er gegen die Regel –, den Friseur Ali, der wegen Mordes saß.

»Wie alt sehe ich aus?«

»Vierzig, fünfundvierzig.«

Ismail arbeitete in der Schneiderei von Ramiz – er hatte von Ramiz die Hälfte des Ladens gemietet und reparierte dort Mähmaschinen und Radios – bis zum Abend freudlos dahin.

Ismails Mutter kam manchmal aus Manisa und blieb ein, zwei Wochen bei ihrer Schwiegertochter. Ismail bat sie immer wieder: »Bleib doch für immer hier, Mutter!«

Seine Mutter lehnte ab.

»Alt und Jung gehören nicht zusammen. Ich liebe Neriman wie meine eigene Tochter, aber wenn wir zusammenleben, sind wir zerstritten, bevor ein halbes Jahr vergangen ist. Und eine eigene Wohnung kann ich mir hier nicht leisten.«

Die meisten Häftlinge waren Bauern. Pro Tag bekamen sie von der Gefängnisleitung 700 Gramm schwarzes Brot, Wasser und elektrisches Licht, das bis zum Morgen brannte. Kein Bett, keine Decken, keine Kleider. Entweder die Besucher bringen dir etwas mit, oder du mußt hier drinnen einen Ausweg finden. Es gab einen Aufseher aus Bursa. Ein begeisterter Anhänger der Deutschen. Jede Nacht, wenn er die

Gemeinschaftszelle von außen verriegelte und versperrte, sagte er und schaute dabei zum Gucklock herein:
»Gott helfe euch!« Dann ruft er Ismail zu: »Komm her, Chef! Jetzt hat Hitler London in Brand gesteckt. Die Deutschen werden den Krieg gewinnen. Gib deinen Sturschädel endlich auf und sag schon, daß die Deutschen den Krieg gewinnen werden!«
Ismail antwortete: »Sie werden nicht gewinnen!«
Darauf der Wächter: »Wie du meinst!«
Am nächsten Abend führen sie haargenau das gleiche Gespräch. Und gerade vor diesem Wächter brach Ismails Mutter zusammen und starb. Im Besuchsraum. Hinter dem Gitter. »Ich habe dir gefüllte Weinblätter mitgebracht, Ismail. Auf dem Weg von Manisa hierher sind sie etwas zerdrückt worden. Aber gib dem Herrn Wächter auch etwas davon!« sagte sie und brach vor dem Wächter zusammen.
Die Mutter war ohne Neriman gekommen, wiel sie mit Grippe zu Hause lag – das erste Mal übrigens, daß Neriman krank war. – Ismails Mutter wurde ins staatliche Krankenhaus gebracht. Die Ärzte sagten, es sei ein Herzanfall gewesen. Jetzt liegt sie seit sechs Monaten auf einem Friedhof gegenüber, der über die Genueser Mauern hin zu sehen ist.
Ismail saß wieder in dem Fenster der Gemeinschaftszelle und schaute zu dem Friedhof hinüber, der im Mondlicht wie eine Brandstelle leuchtete. An den Tod seiner Mutter konnte er sich nur schwer gewöhnen. Er konnte einfach nicht daran glauben.
Er hatte zwar mit eigenen Augen gesehen, wie sie zusammengebrochen war, und er hatte auch mit eigenen Augen von diesem Fenster aus gesehen, wie sie eines Tages gegen Mittag im nackten Licht der Sonne auf den Friedhof hinausgetragen wurde, aber sehen, wissen, sicher sein und daran glauben

sind eben verschiedene Dinge. Neriman sagte einen Monat nach ihrem Tod: »Jetzt bin ich auch deine Mutter geworden.«
Von dem Angriff Hitlers auf die Sowjets erfuhr Ismail im Geschäft, als er gerade das Radio des Oberstaatsanwaltes reparierte. Ein Radio der Marke Philips. Irgend etwas mußte ihm anzumerken sein, denn der Schneider Ramiz, der Teilhaber des Ladens, fragte ihn:
»Was ist mit dir? Was ist los?«
»Der Hund rennt offenen Auges in sein Verderben.«
»Wer?«
Bald wußte das ganze Gefängnis die Neuigkeit. »Das bringt sicher eine Amnestie, und wir kommen raus!« Ismail versuchte die Meldungen, die er in den Radios, welche er reparierte und absichtlich erst später zurückgab, hörte, mit seinem schwachen Russisch zu verstehen. Abgesehen von ein, zwei Zeitungen wie der ›Tan‹ ergriff die Presse geschlossen mit dem Rundfunk Partei für die Deutschen. Jetzt sagte der Wächter aus Bursa abends nicht mehr zu Ismail: »Die Deutschen werden den Krieg gewinnen, gib deinen Dickkopf auf und gib es endlich zu!« Ismail hatte den Wächter samt seiner ganzen Sippe und Verwandtschaft wüst beschimpft. Der Wächter hingegen faßte zwar nicht ins Auge, Ismail zu verprügeln, immerhin reparierte er ja auch das Radio des Gouverneurs, aber er zeigte jetzt offene Feindschaft. Wenn er an Besuchstagen Wache hatte, stellte er sich zum Beispiel zwischen die Gitter genau vor Neriman. Oder er untersuchte die Speisen, die sie mitbrachte, mit seinem Rohrstab so, daß sie nicht mehr zu essen waren. Das Zurückweichen der Roten Armee bedeutete für Ismail einen Schock. Er hatte geglaubt, es gäbe auf der Welt kein schlagkräftigeres Heer als die Rote Armee. Leute, die aus Moskau zurückge-

kehrt waren, hatten berichtet, daß während einer Parade auf dem Roten Platz Fallschirmspringer wie Regen vom Himmel gefallen seien. Warum regneten sie jetzt nicht auf das deutsche Heer herunter? Diese Frage stellte er sich immer wieder. Dann wieder beruhigte er sich selbst, indem er sich sagte, das Zurückweichen sei eine taktische Maßnahme. Die Meldungen, wonach Hunderttausende Soldaten der Roten Armee gefangengenommen worden seien, glaubte er nicht. Aber er begann auch manchmal daran zu denken, daß zumindest die Hälfte der Zahlen stimmen könnte, die die Deutschen gemeldet hatten. Bei diesem Gedanken aber litt er so sehr, daß er sich dazu zwang, nicht mehr darüber nachzudenken. Die Deutschen waren ziemlich nah an Moskau herangekommen. Abidin Daver schrieb in der Zeitung ›Cumhuriyet‹, es sei nur noch eine Frage von Tagen, bis Moskau fallen würde. Ismail ging auf dem geländerlosen Balkon vor dem Schlafsaal auf und ab. Hinter den Genueser Mauern sah man die schneebedeckten Berge und die verschneiten Dächer. Auch der Gefängnishof war zugeschneit. Ismail nahm eine Handvoll Schnee vom Balkon und begann ihn zu essen. Er versuchte, sich Moskau vorzustellen. Moskau, das er aus den Erzählungen Ahmets und der anderen kannte, das er auf verschiedenen Fotos gesehen hatte – Lenins Grabstätte kannte er so gut, daß er sie auswendig hätte zeichnen können –, Moskau, das verschneite, von den Faschisten umschlossene Moskau. Dort vergießt das Volk in Schlachten Blut, und ich liege hier auf der faulen Haut. Was ist das für eine Qual, Bruder!

Eines Tages kam Neriman ohne Emine zum Besuchstag.
»Ich bin aus der Schule entlassen worden.«
»Warum?«
»Befehl des Ministeriums.«

»Warum?«
»Mach dir keine Sorgen, ich arbeite eben als Schneiderin. Das ist ohnehin besser. Ich habe ja eine Nähmaschine. Vor einigen Tagen ist daran etwas kaputtgegangen, das mußt du reparieren.«
»Warum bist du entlassen worden?«
»Es war vor einem Monat, nein, vor eineinhalb Monaten. Ich habe dir nichts davon gesagt, aber der Geographielehrer, der wirklich nicht weiß, wie man sich benimmt, hat mich immer belästigt.«
»Was heißt, er hat dich belästigt? Wie meinst du das?«
»Nichts Besonderes, er machte so Anspielungen. Dabei ist er verheiratet. Ich bin ihm zigmal über den Mund gefahren, dem Glatzkopf.«
Ismail war es, als hätte ihn ein Messer in den Rücken getroffen.
»Ein Glatzkopf, aber er belästigt sie. Die Stadt ist auch voll mit Männern, die noch keine Glatze haben. Eine junge Frau, eine hübsche Frau, und noch dazu aus Istanbul. Und zu allem Überdruß ist ihr Mann im Gefängnis. Du brauchst nur die Hand auszustrecken und sie dir zu nehmen.«
Neriman erzählte:
»Im Lehrerzimmer wurde von dem Krieg gesprochen. Der Schulleiter ...«
»Stellt der dir auch nach?«
»Nein ... glaubst du, alle laufen mir nach?«
»Warum nicht? Du bist ja eine entzückende Frau!«
»Spinnst du? Wofür hältst du mich?«
»Schon gut, schon gut. Was war weiter mit dem Schulleiter?«
»›Es ist gut, daß die Deutschen die Russen zerlegen und in Stücke schneiden‹, sagte er. ›Diese Kommunisten haben ja

keine Ehre. Deine Frau ist meine Frau, und meine Frau ist deine Frau‹, sagte er. Darauf wandte sich der Geographielehrer an mich: ›Frau Neriman, Ihr Mann ist doch auch Kommunist‹, sagte er. ›Ist er auch dieser Überzeugung?‹ Ich habe mich vergessen und dem Kerl eine Ohrfeige verpaßt.«

»Das hast du gut gemacht. Sehr gut. Sehr gut. Ausgezeichnet! Aber warum hast du mir das bisher noch nicht erzählt?«

»Damit du dich nicht unnötig aufregst.«

»Und du bist wegen der Ohrfeige entlassen worden?«

»Nein. Ich soll angeblich kommunistische Propaganda betrieben haben. Der Schulleiter und der Geographielehrer haben gemeinsam einen Bericht an das Ministerium geschickt. ›Ihr Mann ist wegen kommunistischer Tätigkeiten vorbestraft und sitzt im Gefängnis‹, stand darin. Die anderen Lehrer haben sich mit mir solidarisch erklärt. ›Wir schreiben alle gemeinsam ein Gesuch und verlangen, daß du zu deinem Recht kommst‹, haben sie gesagt. Aber ich will um nichts in der Welt an die Schule zurück. Ich werde als Schneiderin arbeiten. Du wirst sehen, so verdiene ich viel mehr.«

In Ismails Schlafsaal waren 30 Häftlinge zusammen. Der Boden war aus Zement. An den Wänden des Raumes entlang verlief eine hohe, sehr breite Holzbank, die den Gefangenen als Schlafstelle diente. Die Mitte des Raumes war leer. Auf der Bank in der rechten Ecke hatte Süleyman Ağa seine Schlafstelle. Tagsüber wurden die Matratzen, Decken und Polster übereinandergeschichtet. Obenauf lag ein Gebetsteppich und darauf saß Süleyman Ağa im Schneidersitz, ließ die Perlen seiner Gebetsschnur durch die Finger gleiten und trank Kaffee oder Tee. Er war der Aga eines zwei Stunden

von der Stadt entfernten Dorfes. Er saß wegen Anstiftung zum Mord. Er hatte einen Hirten dazu angestiftet, den Aga eines anderen Dorfes zu erschießen. Der Hirte war aufgehängt worden, der Aga hatte 15 Jahre bekommen.
Auch der Schneider Ramiz war in demselben Schlafsaal, ebenso der Verzinner Şefik. Wer kein Geld hatte, schlief auf einem ganz dünnen, einfachen Lager. Die meisten räumten es auch tagsüber nicht weg und saßen darauf. Der Saaldiener – ein Gefangener, der von den anderen Häftlingen für die Putzarbeiten bezahlt wird – schlief auf einem ehemals weißen Schafsfell, das aber jetzt vor Schmutz ganz schwarz war. Süleyman Ağa hatte einen eigenen Diener: Den ›Glänzenden Ihsan‹. Er war ein armer junger Mann mit einem durchsichtigen Gesicht. Es hieß auch, daß ihn der Aga wie eine Frau gebrauchte.
Ismails Schlafplatz war neben dem des Schneiders Ramiz. Die Halbschuhe, Pantoffeln oder Holzschuhe wurden in dem freien Raum in der Mitte abgestellt. Die Häftlinge besaßen Gasöfchen, Kohlenofen und Primus-Kocher. – Am lautesten war Süleyman Ağas Primus-Kocher, und es heißt, der lauteste Kocher sei gleichzeitig der beste. – Im Winter nimmt man ein Kohlenbecken oder ein Kohleöfchen zwischen die Beine, und so kann man sich sehr gut aufwärmen. Der Gestank nach Rauch und Kohle, dieser Gestank war so intensiv, daß man fast ohnmächtig werden konnte.

Süleyman Ağa kontrollierte den Rauschgiftverkauf und das Glücksspiel im Gefängnis.
1942 kamen Häftlinge aus dem Gefängnis von Sinop. Es waren drei Heroin-Schmuggler aus Istanbul und zwei Mörder aus Izmir, deren Ruf in allen Gefängnissen bekannt war. Aus Istanbul kamen auch die ›Adams‹. Sie wurden Adams

genannt, weil sie arm und nackt wie Adam waren. Sie wurden in die linke Zelle gebracht, wo die ärmsten Bauern sitzen. Dort legten sie sich Zeitungspapier auf die Holzbank und schliefen darauf. Die anderen wurden in den zweiten Saal von rechts gelegt. Ein Artillerie-Leutnant, der beim Spionieren für die Deutschen erwischt worden war, kam ebenfalls. Er wurde in die Zelle von Süleyman Ağa gelegt. Der Heroin-Handel begann im Gefängnis zu florieren. Jetzt kontrollierten die Neuen aus Sinop den Handel. Es dauerte nicht lange, da brach zwischen ihnen und Süleyman Ağa Streit aus.

Die aus Sinop wollten sowohl den Rauschgifthandel als auch das Glücksspiel kontrollieren. Der Gefängnisdirektor stand auf der Seite der Leute aus Sinop, der Oberaufseher aber hielt zu Süleyman Ağa. Der Deutschen-Spion war zuerst auf der Seite Süleyman Ağas, wechselte dann aber zu den Leuten aus Sinop. Der Gendarmerie-Feldwebel machte gemeinsame Sache mit dem Leutnant. Die Leute aus Sinop kauften den Diener von Süleyman Ağa, den Glänzenden Ihsan, und eines Tages, als Süleyman Ağa gerade sein Mittagsgebet verrichtete, kamen alle drei in den Schlafsaal und töteten Süleyman Ağa, indem sie ihn von hinten erstachen. Ismail und Ramiz waren zu dieser Zeit in ihrem Geschäft, der Verzinner Şefik aber wärmte gerade vor dem Schlafsaal sein Essen auf. Er schrie hinunter:

»Süleyman Ağa ist erstochen worden! Hilfe!«

Die Leute aus Sinop warfen auch nach ihm ein Messer. Die Gendarmen bezogen auf der genuesischen Mauer Stellung. Der Feldwebel pfiff unentwegt mit seiner Pfeife und brüllte:

»Keine Bewegung, oder ich gebe Schießbefehl!«

Die Leute aus Sinop wurden einen Monat lang im Kerker eingesperrt. Dann machten sie es sich in Süleyman Ağas Zel-

le bequem. Eines Tages sagte der Schneider Ramiz im Geschäft zu Ismail:
»Der deutschfreundliche Leutnant gefällt mir nicht, der schimpft dauernd auf dich! Paß auf!«
»Was kann mir der Schuft schon tun? Ich habe weder mit Rauschgift noch mit Glücksspielen etwas zu tun!«
»Das ist deine Sache, aber paß auf!«

Zwei Monate später, an einem Sonntag, kam Ismail auf dem Rückweg vom Sprechzimmer durch einen Korridor. Dort standen die drei aus Sinop und warteten darauf, wegen der Sache mit Süleyman Ağa zum Prozeß vor Gericht gebracht zu werden. Ihre Hände waren schon in Handschellen gelegt. Plötzlich warf sich der Glänzende Ihsan zusammen mit den anderen beiden aus Sinop und dem Leutnant auf die drei, die mit dem Rücken zur Tür gestanden hatten, und stachen mit Messern auf sie ein. Ismail schrie:
»Hört auf!«
Der Wächter aus Bursa, der im Korridor Dienst hatte, fing zu pfeifen an. Einer der Männer in Handschellen, Murtaza aus Izmir, erwischte das Messer vom Glänzenden Ihsan und stach damit auf ihn ein. In diesem Augenblick warf sich der Leutnant, der das alles beobachtet hatte, auf Ismail. Ismail sprang zurück und ließ die schwere, verzinkte Eßschüssel, die ihm Neriman gerade gebracht hatte, auf den Kopf des Leutnants niedersausen. Eine Stunde später bat der Glänzende Ihsan, der im Krankenrevier seinen Kopf in Ismails Schoß gelegt hatte und der mit dem Tod rang:
»Gib mir ein Glas Wasser, Meister.«
Ismail legte den Kopf des Burschen sanft auf den weißen, zerrissenen Gummibelag des Untersuchungsbettes. Dann gab er ihm Wasser.

»Daß ich mein letztes Glas Wasser aus deinen Händen bekomme, ist wohl Schicksal. Ich hatte auch vor, dich zu töten. Jetzt bin ich froh, daß ich es nicht getan habe. Verzeih es mir.«

»Ja, bei Gott.«

Am Abend stellte sich heraus, um was es gegangen war. Der Schneider Ramiz fuhr sich über seinen braunen Schnurrbart und sagte zu Ismail:

»Habe ich es dir nicht gesagt? Die aus Sinop sind sich gegenseitig in die Wolle geraten. Wegen der Aufteilung des Gewinns. Sie haben sich in zwei Gruppen aufgesplittert. Die eine hat jetzt die andere umgebracht.«

Ismail fragte nicht: ›Und was wird jetzt geschehen?‹ Er wußte genau, daß die Mörder nach einem Monat Einzelhaft wieder hinaufkommen und ihren Geschäften weiter nachgehen würden. »Wieso wollte der Glänzende Ihsan auch mich umbringen?«

»Der Leutnant hat zu den anderen gesagt, ›wenn ihr den Kommunisten auch umbringt, bekommt ihr geringere Strafen! Ich habe mit dem Feldwebel geredet‹, soll er gesagt haben. ›Die Kommunisten sind die Staatsfeinde Nummer eins.‹ Mit dieser Aufgabe ist der Glänzende Ihsan betraut worden, aber als Ihsan sich zuerst auf Murtaza stürzte und er dann selbst niedergestochen wurde, ging der Leutnant auf dich los ...«

Später kam es anders, als Ismail gedacht hatte. Der Leutnant und die anderen wurden schnell abgeurteilt und ins Gefängnis von Çankırı gebracht. Es hieß, der neue Oberstaatsanwalt habe etwas übrig für Reformen ...

»Ich geniere mich, zu essen, was du mir bringst, Liebste!«

»Wieso genierst du dich?«

»Die anderen hier drinnen leiden schrecklich an Hunger.«

»Draußen gibt es auch nicht besonders viel. Aber was sollen wir machen? Emine hat dir diese Tarhanasuppe selbst gekocht.«
Emine trug in ihrem schwarzen, gekräuselten Haar eine blaue Schleife.
»Iß, Vater. Ich habe dir auch viel roten Paprika und Hackfleisch hineingetan.«
Im Gefängnis herrschte Hunger. Aus der Zelle, in der die Adams lagen, wurden jede Woche ein, zwei Tote hinausgetragen. Sie schwellen zuerst an wie Trommeln und sterben dann. Auch die Besucher aus den Dörfern bringen nur winzige Bündel mit.
Ismail war vor den Laden getreten. Die Sonne schien heute hell. Er atmete tief und schaute auf die gegenüberliegende Seite. Die Adams und ein paar Bauern in Lumpen lagen auf allen vieren neben den genueser Mauern. Sie aßen das Gras. Aber nicht, indem sie es mit den Händen ausrissen, sondern indem sie es wie Tiere mit dem Mund rupften. Ohne einander zu berühren, ganz still grasten sie wie traurige Tiere.

Der vierundzwanzigste Strich

Ahmet öffnete die Augen. Ismail hockte neben dem Fliegenkästchen und hantierte an etwas herum. Die Petroleumlampe brannte.
»Ismail, ist es immer noch Nacht? Bist du von der Arbeit zurück?«
»Ich bin nicht zur Arbeit gegangen. Schlaf, es ist noch früh.«
»Was machst du dort?«
»Ich koche Suppe. Tarhanasuppe. Das tut dir gut am Morgen.«
Ahmet sagte:
»Danke«. Daß er keinen Appetit hatte, sagte er nicht. Er traute sich nicht.
»Wie geht es dir?«
Er wagte nicht zu sagen, daß es ihm schlechtging.
»Ganz gut.«
»Laß schauen, ob du noch Fieber hast!«
»Nein ... ganz wenig.«
Ismail faßte Ahmets Stirn an.
›Du glühst ja förmlich‹, sagte er nicht. Er traute sich nicht.
»Es ist schon weniger. Ganz weg ist es noch nicht, aber es ist schon weniger. Ich werde dir später Medikamente holen.«
»Gut.«
›Was soll das schon helfen‹, sagte er nicht. Er traute sich nicht.
Sie aßen die Suppe, die Ismail gekocht hatte. Ahmet versuchte zu verbergen, wie ihn davor ekelte.
»Ich habe die Suppe gern mit viel Pfeffer. Habe ich zuviel erwischt?«

»Nur ein bißchen zuviel.«
»Soll ich dir ein Aspirin geben?«
»Ja, zwei Stück.«
»Wenn du zuviel nimmst, ist das schlecht fürs Herz.«
Ahmet traute sich nicht zu sagen: ›Was geht mich mein Herz noch an.‹ Er schluckte zwei Aspirin auf einmal. Wie ich zittere. Wenn ich mich nicht zusammennehme, klappern meine Zähne. Ahmet zog sich die Decke über den Rücken und setzte sich im Bett auf.
»Ich werde dir etwas erzählen, Ismail, was ich noch nie jemandem erzählt habe, was ich niemandem erzählen konnte.«
»Legst du dich nicht besser hin und ruhst dich aus?«
»Nein, nein. Du redest nie von deiner Mutter oder von Frauen, die du liebst, aber bekanntlich bin ich ein Schwätzer.«
»Das ist eine Frage des Temperaments. Wenn du schon reden willst, dann streng dich dabei wenigstens nicht an!«
»Die Chinesen. Die Chinesen auf der Moskauer Universität.«
»Ich verstehe.«
»Eine Gruppe der Chinesen kehrte in ihre Heimat zurück. Unter ihnen war auch SI-YA-U. Die Gruppe, die vor ihnen zurückkehrte, wurde verhaftet, gleich nachdem sie über die Grenze gekommen war. Jedem einzelnen war mit dem Schwert der Kopf abgehackt worden. Jedem einzelnen, verstehst du?«
»Ich verstehe.«
»Unter ihnen waren auch drei Mädchen. In der Gruppe vorher, verstehst du?«
»Warum soll ich das nicht verstehen, Freund? Natürlich verstehe ich.«
»Ich habe gemeint, konnte ich es dir richtig erklären?«

»Ja, sehr gut.«
»Wir wußten, daß alle Mitglieder der vorherigen Gruppe geköpft worden waren. Es wurde eine Protestdemonstration organisiert. Ich will damit sagen, auch SI-YA-U wußte von alldem.«
»Klar, wenn ihr alle es gewußt habt.«
»SI-YA-U wußte es also. An jenem Abend gab es im Klub eine Abschiedsversammlung. Reden wurden gehalten. Am nächsten Morgen sollten sie abreisen. Nach der Versammlung sagte Anuschka zu mir: ›Ich werde heute nacht mit SI-YA-U spazierengehen.‹ Als dann SI-YA-U nach Hause kam, ging er nicht mehr ins Bett und hat nur noch seine Sachen gepackt. Wir haben uns umarmt, und dann ist er gefahren.«
»Ist er womöglich auch geköpft worden?«
»Ich weiß nicht, ich bin ja auch kurz danach mit Kerim in die Türkei zurückgekehrt ... Gib mir eine Zigarette!«
Eigentlich will ich alles andere als rauchen. Mein Mund ist wie vergiftet.
»Ruhe dich ein bißchen aus, du bist sicher müde.«
»Nein, ich will es dir weiter erzählen.«
Warum will ich unbedingt erzählen? Ich weiß es nicht. Vielleicht, weil ich nachts ununterbrochen von Anuschka geträumt habe.

»Abends bin ich zu Anuschka gegangen. Ich hatte sie tagsüber im Verwaltungsbüro gesucht, sie war aber nicht da. Ich betrat ihr Zimmer. Sie lag auf dem Diwan.
›Bist du krank?‹
›Nur ein bißchen zerschlagen.‹
Ich ging auf den Diwan zu.
›Soll ich dir Tee kochen?‹
›Nein, ich mag nicht.‹

›Du bist scheinbar sehr traurig. Sie erwischen ihn schon nicht ... wenn sie jeden festnehmen würden, der dorthin fährt ...‹
›Hör auf, von diesem Thema zu reden!‹
›Warum bist du so abweisend?‹
›Ich bin nicht abweisend.‹
›Wie du meinst.‹
Plötzlich fragte ich. – Es geht mir immer so. Ich nehme mir nicht die Zeit, genau zu überlegen, ob ich etwas sagen soll oder nicht, da reitet mich der Teufel, und ich sage etwas wie aus heiterem Himmel. – Oder ich frage.
›Warst du mit SI-YA-U auf dem Boulevard spazieren?‹
Sie schaute mich mit ihren blauen Augen, die augenblicklich schwarz geworden waren, bös an:
›Wir waren bei Marusa.‹
›Marusa ist doch in Rostov!‹
›Ich habe den Schlüssel der Wohnung.‹
›Wo? Zeig her!‹
Ihre dichten, weichen Augenbrauen zogen sich zusammen.
›Bin ich dir Rechenschaft schuldig?‹
›Nein ... warum solltest du mir Rechenschaft schuldig sein? Was habt ihr dort gemacht?‹
›Wir haben dort geschlafen.‹
Mir war, als stäche mir jemand Nadeln in die Augen.
›Was heißt, wir haben dort geschlafen?‹
›Wir haben dort geschlafen heißt, wir haben dort geschlafen. Wie wir beide miteinander schlafen.‹
›Du lügst.‹
›Warum sollte ich lügen?‹
›Warum hast du das getan?‹
Anuschka lachte seltsam, verächtlich, unwillig:
›Gibt es eine dümmere Frage als die?‹

Ich setzte meine Mütze auf und stürzte hinaus, hetzte durch Straßen und Boulevards, ging in Kinos, aber nicht nur in eines oder in zwei, sondern in vier, fünf. Ich konnte es aber in keinem der Kinos bis zum Ende des Filmes aushalten.«

»Ganz schön harter Brocken, Bruder!«
»Nicht einfach.«
»Und was war dann?«
»Dann, eines Abends, ging die Tür auf, und sie stand da. – Nachdem SI-YA-U weg war, zog Kerim bei mir ein. – ›Grüßt euch, Kinder‹, hat sie gesagt, so als wäre überhaupt nichts geschehen. Ich war völlig durcheinander. Kerim wußte von alldem nichts. Ihm war nur aufgefallen, daß ich seit einiger Zeit sehr nervös war.
›He, Anuschka‹, sagte er, ›was ist mit unserem Ahmet los?‹
›Weiß ich nicht. Warum fragst du ihn nicht selber?‹
›Ich frage ihn ja, aber er sagt es mir nicht.‹
›Vielleicht will er die Wahrheit nicht sagen. Nicht jeder hängt so an der Wahrheit wie du.‹ Sie streichelte meine Haare. ›Ich werde die Ferien mit Ahmet in dem Landhaus meiner Tante verbringen. In zwei Wochen beginnt mein Urlaub. Und die Universität hat auch Ferien, nicht wahr, Ahmet?‹
›He, warum hast du mir davon noch nichts erzählt? Ich komme euch dann an einem Sonntag besuchen!‹
›Klar, Kerimuschka, bis dahin ist Marusa auch wieder aus Rostov zurück, und ihr besucht uns gemeinsam. Ja, was ich noch sagen wollte. Ich bin hier, um dich abzuholen, Ahmet. Ich habe zwei Karten für das Kleine Theater.‹
Als wir die Twerskoy-Straße hinuntergingen, blieb ich plötzlich stehen:

›Ich will überhaupt nicht ins Theater. Und wie kommst du auf die Idee mit dem Landhaus?‹
›Ich habe mit meiner Tante geredet. Sie überläßt uns ein Zimmer.‹
›Vielen Dank. Ich fahre lieber in eines der Landhäuser der Universität!‹
›Los, komm!‹
Sie hängte sich bei mir ein. Wir kamen an dem großen Jelisejef-Kaufhaus vorbei. Dann sind wir, ohne zu reden, die Straße weiter hinuntergegangen.
›Machst du immer noch wegen dieser Geschichte so ein Gesicht?‹
›Ich komme aus der Türkei.‹
›Ist es so ein großes Verbrechen, wenn ich mit SI-YA-U, einem Mann, der vielleicht in den Tod geht, der mich so von ganzem Herzen und so unglücklich liebt, eine Nacht verbringe und ihn in dieser einen Nacht glücklich mache?‹
›In dieser Frage gibt es zwischen uns keine Verständigungsmöglichkeit, Anuschka. Laß meinen Arm los.‹
›Bist du so sicher, daß ich mit SI-YA-U geschlafen habe?‹
Ich war verwirrt. Blieb stehen.
›Es mag auch eine türkische Angewohnheit sein, im Gehen immer wieder stehenzubleiben. Aber geh jetzt weiter. Ich bitte dich.‹
›Hast du nun mit ihm geschlafen oder nicht?‹
›Nimm es, wie du willst. Es hat aber nichts damit zu tun, daß ich dich liebe.‹
›Wie das?‹
›Ich habe nicht mit ihm geschlafen.‹
›Du lügst.‹
›Dann habe ich eben mit ihm geschlafen.‹

›Mach mich nicht verrückt.‹
›Also habe ich nicht mit ihm geschlafen.‹«

»Hat sie nun oder hat sie nicht, Bruder?«
»Ich weiß es nicht, Ismail. Ich weiß es immer noch nicht.«
»Und Marusa, oder wie sie heißt, bist du nicht in ihre Wohnung gegangen, um sie zu fragen?«
»Marusa hat in einem Holzhaus mit zwei Zimmern gewohnt, außerdem war sie ja in Rostov.«
»Vielleicht hat sie auch wirklich nicht mit ihm geschlafen, sondern das nur gesagt, weil du sie geärgert hast. Wenn ich mir so überlege, was du über sie erzählst, muß sie ein sehr dickköpfiges Mädchen mit einem starken Willen sein. Vielleicht hat sie wirklich nicht mit ihm geschlafen.«
»Kann sein ... kann aber auch nicht sein. Vielleicht hat sie ...«
Ahmet holte tief Luft.
»Das ist so wie mit meiner Tollwut. Der Hund war vielleicht tollwütig, vielleicht aber auch nicht. Ich hätte vielleicht nach Istanbul fahren sollen, vielleicht aber auch nicht. Vielleicht werde ich tollwütig, vielleicht auch ...«
»Hör endlich auf mit dieser Tollwutgeschichte. Du siehst nicht so aus, als würdest du tollwütig werden.«
»Heute ist der 24. Tag. Mach den 24. Strich, Ismail!«
»Ach, laß es doch sein.«
»Mach ihn schon!«
Ismail zog den 24. weißen Strich.
»Versuch zu schlafen. Ich gehe weg, um Medikamente zu holen. Sicher gibt es auch noch etwas anderes als Aspirin, um das Fieber zu senken!«
Ismail ging weg.

Ismail wurde 1943 aus dem Gefängnis entlassen. Am Tag vor seiner Entlassung sagte Neriman zu ihm:
»Ich werde dich morgen nicht abholen kommen. Du kommst einfach nach Hause, so, als würdest du von der Arbeit kommen. Und ich erwarte dich zu Hause mit Emine. Vergiß die Adresse nicht. Schreib sie dir auf!«
Die Entlassungsformalitäten dauerten lange. Erst gegen Mittag konnte Ismail seine Siebensachen und sein Werkzeug zusammenpacken und, nachdem er sich von seinen Freunden verabschiedet hatte, das Gefängnis verlassen. Er machte sich auf den Heimweg. Hier sah es genauso aus wie in allen anatolischen Städten, die er kannte. Da er nachts ins Gefängnis gebracht worden war, hatte er damals die Umgebung nicht sehen können. Auf dem Platz, wo das Regierungsgebäude stand, bog er nach links ab. Er ging durch den Stadtgarten und kam an einer Atatürk-Büste, die auf einem zementierten Sockel stand, vorbei. In den Zement hatten sie übrigens auch eine Uhr, einen ganz gewöhnlichen Wecker, eingelassen. Aber sie ging natürlich nicht. Er kam in die Seitengäßchen, in denen es nach getrocknetem Kuhmist und gekochtem Weizen roch. Vor den Türen der Häuser standen Steinmörser. Er überlegte, daß er morgen zum Friedhof gehen würde. Er bog in das nächste Seitengäßchen ein. Die Gärten waren hier mit hohen Holzzäunen umgeben. Das ist unser Haus. Ein Holzhaus mit zwei Stockwerken, nur der untere Teil war verputzt. Das obere Stockwerk stand noch im Rohbau, man sieht die dunklen Pfeiler, die das Dach tragen. Noch bevor er an die Tür klopfen konnte, wurde sie geöffnet. Emine flog ihm in die Arme.
»Warte, mein Kind, meine Koffer!«
»Seit dem frühen Morgen wartet sie am Fenster auf dich!«
Ismail trat ein, zog seine Halbschuhe aus und die Hausschuhe an.

»Willkommen, mein geliebter Mann!«
»Guten Abend, Liebste.«
»War es heute sehr anstrengend in der Fabrik?«
»Nein, nein, wie immer.«
Die Wohnung bestand aus zwei Zimmern. Die Küche und die Toilette waren im Garten. Eines der Zimmer war als Wohnzimmer eingerichtet. An den Wänden standen gepolsterte Sitzbänke, und darauf lagen Kissen. In der Mitte lag ein Teppich, der wie eine Sonne aussah, und dann gab es noch einen kleinen Schreibtisch und einen Stuhl.
»Zum Essen setzen wir uns auf den Boden vor das Tablett.«
»Ja, gut.«
An der Wand hing eine Fotografie von Ismail, die von einem Paßfoto vergrößert worden war. Er trug darauf eine Mütze.
»Ich wollte auch ein Foto von Emine vergrößern lassen, aber der Fotograf wartet immer noch auf Papier aus Istanbul.«
»Laß auch das Foto, das ich von dir habe, vergrößern, und dann lassen wir uns auch einmal alle zusammen fotografieren!«
»Wirklich, Papa?«
»Ja, meine Tochter.«
Sie gingen ins Schlafzimmer. Auch hier gab es Polsterbänke, und es stand ein Messingbett, mit Knäufen an allen vier Ekken, darin. Über der Bettdecke lag ein schneeweißer, bestickter Überwurf. In einer Ecke stand ein Spiegeltischchen. Und am Kopfende des Bettes auch eine Kommode. Beides, das Spiegeltischchen und die Kommode, hatte Ismail im Gefängnis von Meister Zeki machen lassen.
»Ich schlafe in diesem Bett bei meiner Mutti, Papa!«
»Wenn du erlaubst, werde ich heute nacht hier schlafen!«

Neriman wurde rot.
»Ich richte für Emine im Wohnzimmer ein Bett.«
»Ich schlafe nicht in dem anderen Zimmer!«
»Emine, meine Tochter, hör mir gut zu: Starrköpfige Kinder, die nicht hören wollen, mag ich nicht!«

Als sie im Wohnzimmer vor dem auf Hochglanz polierten Messingtablett aus den verzinnten Schalen aßen, sagte Ismail: »Hättest du gerne einen Bruder, Emine? Einen, der kleiner ist als du und der zu dir ›Schwester‹ sagt?«
»Kommt er gleich, Papa?«
»Gleich geht es ohnehin nicht, aber vielleicht wird er eines Tages kommen.«
»Ich möchte schon. Er soll nur kommen. Zuerst schneiden wir ihm die Haare ab, damit er die Läuse los wird, und dann nähe ich ihm Kleider.«
Ismail sah Neriman an, die ihm gegenübersaß. Ihre Wangen glühten. Erst jetzt bemerkte er ihr Kleid.
»Mensch, ist das Kleid schön! Steh doch mal auf!«
Neriman stand auf und blieb vor Ismail stehen.
»Gefällt es dir wirklich?«
»Na, klar, es ist ja wunderbar. Hast du es selber genäht?«
»Wer denn sonst. Ich nähe sogar für die Frau des Gouverneurs.«

Nach dem Essen schaltete Ismail das Radio an. Es war ein Batterieradio, das Neriman aus Istanbul mitgebracht hatte.
»Mal hören, was Moskau zu sagen hat.«
Er hörte die Nachrichten.
»Die Unseren sind im Vormarsch. Halte sie auf, wer kann. Wie geht das Gedicht?

Das ist dein Heer, das ist mein Heer,
das ist unser Heer, das Arbeiterheer ...«

»Mein Gott, Mensch, die Welt ist schön!«
Neriman wiederholte mit ihrer vollen Stimme:
»Mensch, die Welt ist schön!«
Ismail fiel plötzlich auf, daß er Neriman noch gar nicht geküßt hatte. Er ging zu ihr und versuchte sie zu umarmen.
»Warte, doch nicht vor Emine!«
»Wann geht denn unsere Tochter schlafen? Soviel ich weiß, müssen Kinder früh ins Bett!«
»Ich bin nicht müde, Papa!«
»Was haben wir vorhin ausgemacht?«
Neriman brachte Emine ins Bett. Sie küßte sie auf beide Wangen. Als sie dann ins Schlafzimmer ging, flüsterte sie zu Ismail: »Setz dich ein bißchen zu ihr!«
Ismail setzte sich neben Emine auf die Bank.
»Mach die Augen zu.«
Emine schloß die Augen.
»Wenn du brav schläfst, kaufe ich dir morgen ein Windrädchen!«
Emine machte die Augen auf:
»Was ist das, ein Windrädchen, Papa?«
»Vergiß das Windrädchen, ich kaufe dir eine Puppe.«
Emine drückte die Augen fest zu.
Ismail zog seine Jacke aus und legte sie ordentlich auf den blütenweißen Bezug der Sitzbank. Auf Zehenspitzen schlich er zum Tisch und blies die Petroleumlampe aus. Emine schlief tief und fest.
Ismail öffnete die Tür zum Schlafzimmer ganz leise. Ein Öllämpchen brannte, und Neriman war schon im Bett. Sie hatte die Decke bis zum Hals hochgezogen. In ihren riesigen,

dunklen Augen lagen Angst und Neugierde. Ismail überlegte: ›Soll ich das Lämpchen auslöschen oder nicht?‹ Er löschte es aus. Danach zog er sich aus.
Neriman gab sich ihm ganz sanft.

Izmir,
Ende des vierundzwanzigsten Striches

Als Ismail in die Hütte zurückkehrte, lag Ahmet da und starrte an die Decke.
»Wie geht es dir?«
»Ganz gut.«
»Ich habe dir Pyramidon mitgebracht. Coffein und Urotropin sollen auch helfen.«
»Für wen hast du die Medikamente verlangt?«
»Für mich selbst. Man braucht dafür kein Rezept. Los, schluck das. Eines von dem ... eines von dem hier ... und eines von dem da.«
Ahmet schluckte die Pillen.
»Weißt du was? Dein Onkel, Şükrü Bey, ist geflüchtet.«
»Das gibt's ja nicht!«
»Wirklich! Ich habe es gerade erfahren. Vor zwei Tagen ist er nach Europa geflüchtet.«
»Wie denn?«
»Das weiß kein Mensch. Es heißt, er hätte mit den Engländern zusammengearbeitet. Schließlich hatte er ja mit ihnen Geschäftsbeziehungen.«
»Ein Opportunist, wie er im Buche steht.«
»Seine Frau, das müßte deine Tante sein, seine Frau ...«
»Das ist meine Tante.«
»Sie hat der Polizei die Tür nicht aufgemacht. Sie soll darauf bestanden haben, den Durchsuchungsbefehl zu sehen. Aber die Polizei hatte keinen, trotzdem wollten sie die Durchsuchung erzwingen. Da hat deine Tante gedroht: ›Ich werde vom Fenster aus auf euch schießen.‹ – Gefällt mir, deine Tante!«

»Alle Frauen in meiner Verwandtschaft sind so. Als meine Mutter mit mir schwanger war, sind einmal Geheimpolizisten von Sultan Hamid in dem Sommerhaus in Üsküdar aufgetaucht. Mein Großvater hatte nämlich Beziehungen zu Namık Kemal. Er war zwar jünger als diese Reformisten, aber er liebte Namık Kemal und besonders Ziya Pascha sehr. Zu Hause hatten wir diverse Schriften und Gedichte von ihm. Meine Mutter stopfte eilig alles, was sie erwischen konnte, unter die Matratze und legte sich dann ins Bett. Als die Polizisten das Zimmer betraten, begann sis zu brüllen: ›Hinaus, ihr unverschämten Lümmel! Wie könnt ihr es wagen, das Schlafzimmer einer mohammedanischen Frau zu betreten! Wenn ihr nicht sofort verschwindet, bringe ich euch um!‹ Sie zog die Pistole meines Vaters aus der Kommode. Die Pistole existiert immer noch. Ein rostiges, sechsschüssiges Ding. Ich fragte einmal: ›Vater, wozu hast du diese Pistole?‹ ›Um Dieben Angst zu machen!‹ Er kann mit Waffen aber ebensowenig umgehen wie ich. Und weißt du, warum er sich vor Dieben fürchtet? Weil er einmal in einer französischen Illustrierten ein Bild gesehen hat, auf dem Diebe dargestellt waren, die in einer Pariser Wohnung eingedrungen waren und dort ein Ehepaar ermordet hatten. Es ist kein Vergnügen, so ein Bild zu sehen. Aber wie tapfer meine Mutter auch ist, so feig ist mein Vater ...«
Ahmet ahnt nicht, daß sein Vater mittlerweile in Istanbul auf die Polizeidirektion gebracht und dem Verhör, ›Wo ist dein Sohn‹, unterzogen worden ist. Auch nicht, daß er geprügelt und übel zugerichtet worden ist. Er ahnt auch nicht, daß er nicht gesagt hatte, daß sein Sohn in Izmir ist, obwohl er das genau wußte ...
»Mein Vater hat wegen mir seine Stelle verloren, noch während ich in Moskau war. Dabei hätte er Botschafter werden

können. Jetzt ist er Hoteldirektor neben irgendeinem Idioten.«

»Haben dir die Medikamente gutgetan?«

»Helfen die so schnell? Aber sie werden mir sicher guttun. Danke, Ismail.«

Die Medikamente werden überhaupt nichts bewirken! Als ob Pyramidon gegen Tollwut helfen würde! Bin ich denn wirklich sicher, daß ich tollwütig werde? Daß all die Schmerzen und das Fieber Anzeichen von Tollwut sind? Bin ich hundertprozentig sicher? War Petrosyan hundertprozentig sicher, daß er Krebs hatte? Er war nicht sicher. Er wußte es, aber er war nicht sicher. Hundertprozentig glaubte er nicht daran ... Und als er daran glaubte ... Bin ich hundertprozentig sicher, daß Petrosyan Selbstmord begangen hat? Sobald ich hundertprozentig sicher bin, daß ich tollwütig werde, sobald ich wirklich daran glaube, schlucke ich zwanzig Schlaftabletten auf einmal ...

»Ismail, meine Schlaftabletten sind ausgegangen!«

»Ich bringe dir welche, aber gewöhne dich nicht daran!«

Warum ist mir das bisher noch nicht eingefallen? Immerhin besser, als die ganze Tortur mitzumachen. Gut, aber wann? Morgen nacht? Ich warte noch eine Weile, bis ich hundertprozentig sicher bin. Es ist so, wie wenn man sich vor dem Ertrinken an ein winziges Holzstück klammert.

»Die alten wirken nicht mehr. Nimm die stärksten, die du bekommen kannst, Ismail!«

Der siebente Strich in Anuschkas Landhaus

»Was ist das, Ahmet?«
Anuschka hatte den siebenten Strich entdeckt, den ich hinter die Glastür, die auf die Terrasse führt, gezeichnet hatte. »Unser siebenter Tag, Anuschka. Wir haben noch 13 Tage.«
»Und dann?«
»Was dann kommt, ist doch klar. Dein Urlaub wird zu Ende sein und meine Ferien auch. Wir fahren nach Moskau zurück.«

Ich lüge. Es geht nicht darum, daß wir nach Moskau zurückfahren. Es ist gelogen, wenn ich so tue, als wäre in Moskau dann alles beim alten. Spätestens eine Woche oder zehn Tage nach unserer Rückkehr muß ich mit Kerim nach Istanbul aufbrechen. Aber wir werden nicht wie die Chinesen, wie SI-YA-U, eine Abschiedsversammlung machen. Die Umstände sind anders. Sobald wir wieder in der Heimat sind, wird man davon erfahren. Die Polizei wird es am nächsten Tag wissen, denn Kerim und ich werden beginnen, in der Zeitschrift Aydinlık zu arbeiten. Es kommt nur darauf an, gesund und wohlbehalten nach Istanbul zu gelangen. Nur die Leute im Komintern wissen, daß wir wegfahren werden, und das sind nur ein oder zwei Personen. Und der Vertreter unserer Partei, der weiß es natürlich auch. Es ist lächerlich, daß ich Anuschka vormache, wir würden mindestens noch ein, zwei Jahre zusammenbleiben. Es ist lächerlich, ja mehr noch, es ist völlig falsch, aber was soll ich machen?
»Warum mußt du unbedingt zusammenrechnen, wieviel schöne Tage wir noch gemeinsam hier verbringen werden, Ahmet? Wenn ich im Theater ein schönes Stück sehe, rechne

ich auch nicht nach, wie lange es noch dauern wird. Ich schaue zu, als würde es nie zu Ende gehen.«

»Findest du das Stück, das wir gemeinsam sehen, sehr schön? Oder besser gesagt, das Stück, das wir gemeinsam spielen?«

»Sehr. Nur das Wort spielen gefällt mir dabei nicht. Wie es bei dir ist, weiß ich nicht, aber ich spiele nicht.«

»Aber Zuschauer bist du auch nicht!«

»Nein, aber wir sehen dem Spiel hier weder zu, noch spielen wir es – wir erleben es.«

Anuschka schaute lächelnd zu den sonnigen, weißen Birken und den hohen Föhren, die durch die offene Terrassentür zu sehen waren. Dann verschwand das Lächeln, als würde der Lippenstift – sie verwendete keinen Lippenstift, aber in einem Vergleich darf man ruhig Bilder benutzen – mit einem Tuch von ihren Lippen gewischt. »Ich kann mir nicht vorstellen, wie ich ohne dich leben soll, Ahmet. Du wirst in einem Jahr oder in zwei Jahren weggehen und nie mehr zurückkehren.«

»Warum nicht? Du wirst sehen, ich komme wieder.«

»Du kommst nicht wieder. Du wirst für mich wie ein Toter sein. Ich kann mir nicht vorstellen, ohne dich zu leben.«

»Du hast gesagt, du denkst während eines Stückes nicht an das Ende.«

»Offenbar denke ich manchmal doch daran.«

Ich umarmte sie und küßte sie auf den Mund. Anuschkas Landhaus – oder besser, das ihrer Tante – war von Moskau mit dem Zug 45 Minuten entfernt. Im Wald ... Im Wald gab es eine Menge anderer Landhäuser. Unseres lag 15 Minuten vom Bahnhof entfernt. Wenn es regnete, und bisher hatte

es einmal geregnet, war es ein echtes Kunststück, über die Waldwege zu uns zu gelangen. Es war alles tief verschlammt. Das Landhaus war wie die ebenerdigen russischen Bauernhütten aus runden Fichtenstämmen gebaut. Es hatte drei Zimmer. Eines davon hatte Marija Andrejewna uns gegeben. Anuschkas Tante. Ihr Mann war 1915 an der kaukasischen Front gefallen.
Petja brachte uns immer Milch aus einem Dorf, das etwa eine Stunde entfernt von uns lag. Petja war ein allerliebster Junge, mit wolligem Haar, freier Brust, einem Hemd ohne Gürtel und barfuß. Er mußte so um die 14 Jahre alt sein.
Wir nahmen unsere Handtücher und machten uns auf den Weg zum See. Anuschka bückte sich immer wieder und sammelte zwischen den Gräsern winzige, kleine Beeren – wie sie auf türkisch heißen, weiß ich nicht, und ihren russischen Namen habe ich vergessen. – Sie sammelte sie in ihrer Hand und sagte: »Mund auf!«
Ich mache den Mund auf, und sie legt mir die Beeren hinein.
Sie schmecken scheußlich, aber ich freue mich darüber, daß Anuschka sie mir gibt, und sage nichts.
Das Seeufer ist voll mit Menschen.
»Die Nepmanen sind heute aber früh da«, sagte Anuschka.
Eine Menge dicker Frauen in Unterhemden und ein Haufen nackter, lärmender Kinder saßen in Gruppen da. Einige saßen unter aufgespannten Schirmen, unter ganz gewöhnlichen Regenschirmen. Einige lagen da und sonnten sich, und andere schwammen im See. Die Nepmanen mieteten im Wald Landhäuser. Abends putzten sie sich fein heraus und gingen zum Bahnhof. Dort promenierten sie dann auf dem Holzbahnsteig auf und ab.

Wir fanden ein ruhiges Plätzchen und zogen uns aus. Anuschkas Körper und auch ihre stämmigen Beine blendeten, trotz des blauen Badeanzuges, meine Augen. Wir gehen nebeneinander. Ich sehe ihren Kopf, auf dem sie ein weißes Tuch trägt, und manchmal ihre in der Sonne glänzenden Arme, wenn sie im Wasser planscht.
Wir legen uns am Ufer hin. Ich halte Anuschkas Hand in der meinen.
»Wie schön du bist, Anuschka!«
»Das ist heute das vierzehnte Mal!«
»Bis zum Abend werde ich es noch zwanzigmal sagen, bis wir ins Bett gehen.«
»Wenn du unanständige Anspielungen machst, liebe ich dich nicht.«
Ich schaue die Leute an, die am Ufer liegen. Die Tochter des Geistlichen fällt mir auf. Ein sehr verführerisches Wesen. Alle Burschen aus den Landhäusern und aus den Dörfern der Umgebung sind hinter ihr her. Der Strand von Batum fällt mir ein. Und das Frauenseebad in Üsküdar. Es war ein Platz, der etwas vom Ufer entfernt lag und mit hohen Holzzäunen umgeben war. Man konnte die Frauen drinnen kreischen hören. Mir fällt ein, wie Tante Cemile immer erzählte: ›Früher habe ich dich zwischen meinen Beinen gehalten und im Sommerhaus gewaschen.‹
Ich erzählte es Anuschka.
»Du neigst dazu, ganz normale Ereignisse als unanständig zu betrachten. Schäm dich.«

Ich trage über meiner Unterhose so etwas Ähnliches wie eine Fußballhose. Aber nicht nur im Wald trage ich sie, sondern auch, wenn wir runter zum Bahnhof gehen. Die meisten anderen jungen Männer, vor allem die aus der Stadt, sind so

wie ich angezogen. Wir kehrten ins Landhaus zurück. Die dunklen Haare von Marija Andrejewna begannen ganz leicht grau zu werden. Ihre Augen und Beine glichen denen von Anuschka.
»Kinder, ein Brief ist für euch da«, sagte sie.
Der Brief war von Kerim und Marusa. Der Inhalt: Nächsten Sonntag sind wir bei euch. Anuschka freute sich. Ich mich auch.
Anuschka legte sich unter die unglaublich hohe Kiefer vor dem Landhaus. Sie schlug ihre Bücher auf und begann zu studieren. Sie wollte Ingenieur werden. Ich nahm meine Palette und begann, ein Porträt von Marija Andrejewna zu malen.

Der erste Strich in der Polizeidirektion

Eines Nachts hatten sie Ismail von zu Hause abgeholt und auf die Polizeidirektion gebracht. Neriman war im zweiten Monat schwanger.

Die Polizeidirektion von Istanbul war im Sansaryan-Haus in einer ruhigen Seitenstraße zwischen Eminönü und Sirkeci. Es gab hier auch noch andere Geschäftshäuser, aber keine Läden mit Schaufenstern. Das Sansaryan-Haus hatte früher einmal einem reichen Armenier gehört. In der Mitte dieses Hauses lag ein Steinhof. Über die Treppen, die an beiden Seiten des Hofes lagen, gelangte man in die einzelnen Stockwerke.

Politische Abteilung! Das Kommunismus-Dezernat war in der oberen Etage untergebracht. Wenn du am obersten Treppenabsatz ankommst, stehst du vor einer Tür mit einem Doppelmond darauf. – Eintritt verboten! –

Es war Winter. Einer jener strengen Winter, die es in Istanbul manchmal gibt.

Der Hof war voll mit Autos und Lastwagen. Sie stiegen in den vierten Stock hinauf, öffneten die Tür mit dem Doppelmond und traten ein. Im Korridor vor dem Zimmer des Dezernats-Vorstandes sah Ismail viele Verhaftete, die, die Köpfe nach vorn gebeugt, nebeneinander auf den Stühlen saßen. Ein Polizist ging vor ihnen auf und ab. Beim Vorbeigehen sah Ismail die Häftlinge aus den Augenwinkeln an. Einige von ihnen kannte er. Daran gemessen, daß die Leute sogar im Korridor sitzen mußten, hatten sie dieses Mal offenbar viele verhaftet. Sie betraten das Zimmer des Dezernats-Vorstandes. Kunststoffüberzogene Sessel, ein breiter Schreibtisch. Der Vorstand, ein dunkelhäutiger, untersetzter Mann,

saß an seinem Tisch. Vier oder fünf Polizisten in Zivil standen in dem Raum. Einer davon ist der Kommisar. Ismail kennt den sehr großen, sehr dünnen und dunkelhäutigen Kommissar mit der Brille schon von früher und auch zwei von den Detektiven. Detektive zu erkennen ist kein Kunststück. Sie tragen alle graue oder braungestreifte Anzüge, die sie vom Staat bekommen, und außerdem haben sie alle dunkelgraue Filzhüte auf.
Der Dezernats-Vorstand sagte:
»Ziya hat dir eine Schreibmaschine und Wachspapier gegeben!«
»Ich kenne niemanden, der Ziya heißt. Mir hat niemand so etwas gegeben. Das habe ich schon auf dem Polizeirevier gesagt. Ihr wart ohnehin in meiner Wohnung – wenn ich so etwas hätte, hättet ihr es gefunden.«
»Du hast alles Kerim gegeben.«
»Ich kenne niemanden, der Kerim heißt.«

Der Dezernats-Vorstand stellte mit anderen Sätzen immer wieder die gleichen Fragen. Ismail gab immer die gleichen Antworten.
Der Dezernats-Vorstand sagte:
»Bringt die Schlagstöcke!«
Einer der Beamten in Zivil ging hinaus. Der Dezernats-Vorstand sagte Dinge wie: ›Du bist nicht zum ersten Mal hier, du weißt, was dir alles passieren kann!‹
»Wir haben Aussagen. Wo ist Ziya? Wo ist Kerim? Erspar dir und uns die Unannehmlichkeiten.«

Ismail schaute auf die Steinkohle, die in dem Eisenofen glühte. Sein Gehirn arbeitet wie ein wildgewordener Motor. Bedenkt man, daß Leute sogar auf dem Korridor sitzen,

muß es sich um eine großangelegte Verhaftung handeln. Wer wohl ausgepackt hat? Ziya und Kerim können sie nicht gefaßt haben.
Wer, außer mir, könnte noch wissen, wo die beiden sind? Der Zivilpolizist kam mit den Prügelstöcken zurück. Es waren unterschiedlich dicke Stöcke.

»Leg dich nieder!«
Ismail stürzte sich mit ganzer Kraft auf den Kommissar, der neben ihm stand. Das war seit langem sein System. Er weiß genau, daß er innerhalb von Sekunden zu Boden geworfen wird, aber erstens läßt es sich mit seiner Ehre nicht vereinbaren, daß er sich so ganz ohne Widerstand brav auf den Boden legt, und zweitens gibt es ihm ein Gefühl von Stärke, den Anfang gemacht zu haben ... auch wenn er genau weiß, daß er danach um so mehr Schläge bekommt.
Ob der Dezernats-Vorstand danach auch aufgestanden ist, hat Ismail nicht gesehen, aber augenblicklich stürzen sich alle im Zimmer Anwesenden auf ihn. Unter Schlägen, Fußtritten und Flüchen werfen sie ihn zu Boden. Kaum liegt Ismail auf dem Boden, beginnt er, wie ein Fisch, der sich aus dem Netz zu befreien versucht, um sich zu schlagen. Wenn er seinen Kopf nach rechts oder links dreht, sieht er die Glut im Ofen. Einmal sieht er sie, dann ist sie wieder weg. Schnell und geschickt stecken sie seine Füße in das Bastonadenholz. Zwei Männer sitzen auf seiner Brust. Schnell und geschickt ziehen sie ihm die Schuhe aus. Der Prügelstock liegt in der Hand des Vorstandes.
»Wirst du es sagen?«
»Ich habe nichts zu sagen.«
Der Vorstand beginnt, den Prügel auf Ismails Fußsohlen niedersausen zu lassen. Auch die anderen begannen jetzt zu

schlagen. Ismail spürt keinen Schmerz. Er spürt nur Wut. Er schreit nicht. Er flucht nicht. Wer hat nur gesagt, daß ich das alles von Ziya bekommen und daß ich es Kerim gegeben habe! Die Lampe an der Decke blendet ihn. Damit das Blut nicht auf den Boden fließt, haben sie ihm die Socken nicht ausgezogen. Ismail weiß: Das Blut wird sich unter seinen Nägeln ansammeln, und dann werden die Nägel abfallen. Sie nehmen das Bastonadenholz ab. Ein Kübel steht da. Sie packen ihn unter den Armen, er windet und wehrt sich, aber sie versetzen ihm Fußtritte und stecken seine Füße in den Kübel, der mit eiskaltem Wasser gefüllt ist. Auch beim Gehen hatten sie ihn nicht losgelassen. Mit zunehmender Dauer der Schläge werden die Fußsohlen unempfindlich, sie spüren keinen Schmerz mehr. Erst wenn die Füße in kaltes Wasser gesteckt werden und man danach wieder geht, gerät das Blut in Zirkulation, und die Füße werden wieder empfindlich. Sie legten Ismail noch einmal auf den Boden. Steckten seine Füße noch einmal auf das Bastonadenholz und ließen noch einmal die Schläge auf ihn niederprasseln. Ismail kann die Schläge des Kommissars von denen der anderen unterscheiden. Er schlägt so, daß ihm jeder Schlag eine Wunde reißt. Der Vorstand hört auf zu schlagen. Ismail beginnt zu schreien. Der Schmerz ist jetzt unerträglich. Der Vorstand wischt sich den Schweiß von der Stirn und befiehlt aufzuhören.
»Wirst du es endlich sagen?«
»Ich habe nichts zu sagen!«
Wieder hagelt es Schläge. Einen nach dem anderen. Ismail bemerkt, daß er brüllt wie am Spieß. Wieviel Zeit ist vergangen, seit er in diesen Raum gekommen ist? Er weiß es nicht. Vielleicht zwei Stunden, vielleicht drei. Die elektrische Lampe verblaßt bereits. Draußen dämmert es.
»Weg mit ihm!«

Zwei Männer packen Ismail unter den Armen. Er kann nicht auftreten. Sie schleifen ihn aus dem Zimmer hinaus. Er bemerkt, daß draußen ein Wintermorgen angebrochen ist. Sie kamen den Korridor entlang. Die dort Sitzenden hoben den Kopf und schauten ihn offen an. Einige zeigten so etwas wie ein Lächeln, in dem etwas von Angst, von Traurigkeit, Neugierde und Freundschaft lag.
Ismail wurde so, indem ihn die zwei Männer unter den Armen stützten, die Treppen hinuntergebracht. Seine Schuhe baumelten in seinen Händen. Die Beine schleifte er hinter sich her, als wären sie unterhalb der Knie abgebrochen. Alles war vom elektrischen Licht und vom Wintermorgen erleuchtet. Im untersten Stockwerk, neben der Gemeinschaftszelle, öffneten sie eine Tür und stießen Ismail hinein. Es war eine Steinzelle, der Boden aus Zement, die Wände verputzt, aber sehr schmutzig. Sie ließen Ismails Arme los. Er stürzte sofort auf den Zementboden. Sie richteten ihn wieder auf, zogen ihn schnell und geschickt bis auf die Unterhose aus. So sitzt er, an die Wand gelehnt, in seiner langen Unterhose, die Schuhe in der Hand haltend, auf dem nackten Zementboden. An der Decke brennt eine schwache Glühbirne. Seine Fußsohlen schmerzen, als wären sie abgebrannt. Die Zivilpolizisten nahmen Ismails Kleider mit, zogen die Tür hinter sich zu, versperrten sie und verschwanden.

Diese Kälte! O Gott, diese Kälte! Seine Zähne begannen zu klappern. Er schlug die Arme überkreuzt an seine Seiten – so wie es die Fischer machen. Seine nackte Brust und der Bauch waren von einer Gänsehaut überzogen. Mein Lieber, die sind ja noch schlimmer als die Soldaten! Im Kielraum war es wenigstens heiß gewesen. Plötzlich spürte er, daß er in der Zelle nicht allein war. Er schaute um sich. Auf einer Orangenkiste

hockte ein Mann. Er hatte den Kragen seines Mantels aufgestellt, dazwischen schaute ein schwarzer Vollbart hervor. Mit seinen runden Augen schaute er Ismail an. Die Hände hatte er in den Manteltaschen vergraben.
Ismail dachte: ›Das ist keiner von uns.‹
»Guten Tag.«
»Grüß Gott.«
»Hals- und Beinbruch.«
»Danke!«
»Bist du schon lange hier?«
»Seit einer Woche.«
»Warum haben sie dich eingesperrt?«
»Verleumdung.«
»Das ist klar, aber warum, Bruder?«
»Wir sollen angeblich Korane in arabischer Schrift gedruckt und verkauft haben.«
Der Kerl fragte nicht: ›Und warum bist du hier?‹ Er rieb sich die Augen. Ismail versuchte aufzustehen. Als ob das möglich wäre! Aufzutreten war wie auf glühendes Eisen steigen. Das Blut, das sich in seinen Socken gesammelt hatte, war eingetrocknet.
»Kalt ist es hier, Bruder!«
Der Mann mit dem Vollbart machte seine Augen langsam auf, schaute Ismail an und schloß die Augen dann wieder.
Ismail kniete sich unter größten Mühen, Qualen und Schmerzen auf den Boden, aber schon nach kurzer Zeit froren seine Knie. Er setzte sich wieder auf den Hintern. Dann plötzlich hatte er die Königsidee und freute sich unglaublich darüber: Er nahm seine Schuhe und setzte sich darauf.

Die Zelle hatte kein Fenster.
Ismail dachte an die Striche, die Ahmet 1925 in der Hütte

hinter die Tür gezeichnet hatte. Er ritzte mit dem Fingernagel einen Strich in den Putz der Wand ein. Der erste Strich. Wer sonst wohl noch hochgegangen war? Wie ist es möglich, daß ich von so einer Verhaftungsaktion nichts wußte? Ob sie alle in einer einzigen Nacht verhaftet haben? Die Tür ging auf. Ein Polizist, er trug Brot und eine Tüte in der Hand.
»Vater!«
Der Mann auf der Kiste öffnete die Augen. Er stand auf, ging zu dem Polizisten und nahm das Brot und die Tüte. Dann setzte er sich wieder auf die Kiste, und die Tür wurde geschlossen. Der Mann öffnete die Tüte: Schwarze Oliven.
»Mein Sohn.«
»Wer?«
»Der das Brot und die Oliven gebracht hat.«
»Wenn du schon einen Sohn hast, der Polizist ist, wird er dich wohl hier bald herausholen.«
Der Mann sagte mit vollem Mund:
»Was kann er schon machen? Es geht um eine Verleumdung. Und wenn du einmal wegen so einer Verleumdung sitzt, dann bist du schon verloren, auch wenn sieben Nationen sieben Wochen lang sich den Kopf zerbrechen würden, um dich zu retten.«
Der Bärtige war mit dem Brot und den Oliven fertig, stand auf, ging zu dem Kübel in der Ecke und pinkelte hinein. Dann setzte er sich wieder auf seinen alten Platz.
So gegen Mittag wurde die Tür wieder geöffnet. Der Sohn des Bärtigen brachte seinem Vater dieses Mal Hackklößchen in Fladenbrot und eine Flasche Wasser. Der Kerl aß. Trank das Wasser. Rülpste. Dann fragte er Ismail:
»Hast du niemanden? Wenn dir niemand etwas bringt, verreckst du hier!«
»Ich werde vorher ohnehin erfrieren!«

So gegen Abend ging die Tür wieder auf. Der Sohn brachte seinem Vater diesmal getrocknetes Fleisch und Brot. Ismail bekam langsam Hunger. Neriman hatte sicher etwas für ihn gebracht. Er klopfte kräftig an die Tür. Nach einer Weile wurde sie geöffnet. Ein Polizist mit Stoppelbart, der so krumme Beine hatte, daß man sich wunderte, wie er darauf stehen konnte, hatte die Tür aufgemacht:
»Was ist, warum schlägst du solchen Lärm?«
Noch bevor Ismail etwas sagen konnte, warf der Mann auf der Kiste ein:
»Ich war es nicht ... der Kerl da ...«
»Was willst du?«
»Hat mir niemand etwas zu essen gebracht?«
»Ich frage nach.«
Die Tür wurde wieder geschlossen.
»Schlag nicht so laut an die Tür. Wenn dir etwas zu essen gebracht worden ist, werden sie es dir schon geben!«
Ismail schaute den Kerl, der mit einem Stück Holz – wo immer er es gefunden haben mochte – in den Zähnen herumstocherte, lange an.
Die Tür ging auf. Der Kommissar mit der Brille und ein anderer warfen Ismails Kleider herein.
»Hat mir niemand etwas zu essen gebracht?«
»Deine Frau hat etwas gebracht. Wir haben es aber zurückgeschickt.«
»Warum?«
»Es schadet dir nicht, wenn du ein paar Tage nichts ißt.«
Sie schlossen die Tür und verschwanden. Ismail zog sich mit großer Mühe an. Kaum war er angezogen und hatte sich ein wenig aufgewärmt, begann er am ganzen Leib zu zittern. Als wäre er in einen Stromkreis geraten. Diese Nacht verbrachte er auf seinen Schuhen, den Kopf in den Kragen der Jacke ver-

graben. Den Mantel hatten sie ihm nicht gebracht. Einmal wachte er mit unerträglichem Durst auf. Der Bärtige schnarchte auf seinem Platz auf der Kiste. Ismail schleppte sich zu ihm. Er nahm einen Schluck aus der Flasche neben ihm. Dann noch einen – und schließlich trank er die ganze Flasche leer.

Am nächsten Morgen weckte ihn das Geschrei des Bärtigen.
»Du hast mein Wasser ausgetrunken!«
»Ich hatte unerträglichen Durst!«
»Sie haben dir Essen und Trinken verboten. Ich werde das melden!«
Wenig später ging die Tür auf, und der Sohn des Kerls brachte wieder Brot und Oliven.
»Ibrahim, dieser Mann hat gestern nacht mein Wasser ausgetrunken!«
»Macht nichts, Vater, ich bringe dir frisches!«
»Aber er darf nichts essen und trinken!«
»Auf das bißchen Wasser kommt es nicht an!«
»Wie du meinst. Eine Verleumdung hat uns schon hierher gebracht, und das hier sollst du nicht auch noch ausbaden müssen!«
Der Sohn gab keine Antwort. Ein blonder, junger Mann mit blitzsauberer Uniform und Mütze. Er nahm die Flasche, ging damit weg und brachte sie aufgefüllt zurück.

Ismail ritzte den zweiten Strich in den Verputz der Wand. Gegen Mittag brachte der Sohn dem Bärtigen wieder Hackklößchen und Fladenbrot. Kurz danach ging die Tür auf. Der Kommissar mit der Brille sagte zu dem Mann auf der Kiste und schaute Ismail dabei nicht an:

»Gib diesem Mann nichts zu essen, Hodscha, sonst fastest du auch!«
»Ich gebe ihm ohnehin nichts!«

Isamil verfügte über eine reiche Erfahrung über das Leben in Zellen. Er weiß, wie man sich zwischen vier Wänden auch monatelang die Zeit vertreiben kann. Eine Möglichkeit, mit dem Bärtigen zu reden, besteht nicht. Er zählte zu den leblosen Gegenständen in der Zelle. Er begann, sich den Kerl näher anzuschauen. Er saß immer so auf der Kiste. Wann wird er endlich einmal aufstehen und herumgehen? Seine Nägel sind sehr lang und haben dicke Trauerränder. Seine Finger sind gelb wie Kerzenwachs. Er hat eine Hakennase. Ich zähle bis tausend, und der Kerl wird aufstehen. Er zählte bis tausend. Aber der Kerl saß immer noch so da. Ich zähle bis dreitausend, und er wird seine Augen schließen. Der Kerl schloß die Augen schon bei zweitausendzweihundertvierundsechzig. Wie stark ist diese Glühbirne? Wenn es hoch kommt, ist es eine 25-Watt Birne, wie bei uns auf der Toilette. Sind das, was sich da auf der Decke bewegt, Wanzen? Ich werde bis zehntausend zählen, und der Kerl wird die Augen aufmachen. Er zählte, aber der Kerl machte die Augen nicht auf. Wie groß ist Emine? Einen Meter? Nein. Ich muß sie abmessen. Ob sie das Essen einfach zurückgegeben haben? Sie nehmen es sicher an, aber sie geben es nicht weiter. Sie haben es angenommen und mit Genuß gegessen! Diese Schweine! Die Schweinehunde! Man darf nicht an die Kälte denken, damit man sie nicht spürt. Die Tür ging auf. Der Polizist brachte seinem Vater das Abendessen. Sesam-Helwa und Brot. Der Kerl aß schmatzend. Die fetten Brösel des Sesam-Helwa bleiben in seinem schwarzen Bart hängen. Er klopfte an die Tür. Sie wurde geöffnet.

»Ich muß mal hinaus.«
Ismail sagte: »Ich auch.«
Zuerst führten sie den Bärtigen hinaus und brachten ihn wieder zurück. Dann sagten sie zu Ismail:
»Nimm auch den Kübel mit.«

Ismail stand unter Mühen und Krämpfen auf, um den Kübel zu holen. Er konnte immer noch nicht auftreten. Ein Polizist faßte ihn unter dem Arm. Auf dem Abort hielt Ismail seinen Mund unter den Wasserhahn und trank und trank. Als er zurückkam, ging der mit dem Vollbart gerade auf und ab. Ismail zählte seine Schritte. Fünfhundertzweiundfünfzig. Der Kerl setzte sich wieder auf die Kiste. Er vergrub seinen Vollbart in seinem Mantel und schlief. Ismail weiß: An so einem Ort darf man nicht zu oft an die Menschen denken, die man liebt. Man darf nicht an draußen denken. Man muß an böse Menschen denken, an Dinge, die einen ärgern. Heute abend werden sie mich zum Verhör rufen und wieder prügeln. Er wartete stundenlang mit Herzklopfen darauf, daß die Tür geöffnet würde. Aber sie wurde nicht geöffnet. Er ist vom Hunger wie ausgehöhlt. Mensch, ich habe unvorstellbaren Hunger …

Auch am nächsten Tag wurde dem auf der Kiste morgens, mittags und abends Essen und Trinken gebracht. Ismail bemühte sich, dem Kerl beim Essen nicht zuzuschauen. Die Schmerzen in seinen Fußsohlen ließen langsam nach. Die Kälte hat entweder abgenommen, oder er hat sich an sie gewöhnt. Er zog den dritten Strich.
Am nächsten Tag aß der Bärtige gerade Hackklößchen – wie das nur duftete, und das Fladenbrot war garantiert heiß – da sagte er:

»Schmeckt hervorragend. Mein Sohn holt es sicher aus dem Restaurant in Babıali.«
Ismail mußte sich sehr zurückhalten, um nicht wild loszufluchen. An diesem Abend wurde er auch nicht zum Verhör gerufen. Auch nicht am nächsten Abend.
Ismail zog den fünften Strich.
Der Kerl aß weiterhin neben ihm sein Hackfleisch, sein Sesam-Helwa, die Oliven, das getrocknete Fleisch und das Fladenbrot und schmatzte fürchterlich dabei. Er stocherte in seinen Zähnen herum, spuckte aus, rülpste und sagte: »Gott, ich danke dir!« Und er ißt, soviel er nur in sich hineinstopfen kann.
Ismail zog den sechsten Strich.

Er liegt auf dem nackten Zementboden. Er denkt an die Adams, die an der genueser Mauer gegrast haben. Frisches, grünes Gras. Er schaut den Kerl an, der getrocknetes Fleisch ißt. Man müßte über ihn herfallen und ihm das Fleisch entreißen. Ismail ist schlecht. Er fühlt sich, als würden Messer sein Innerstes zerschneiden. Man gewöhnt sich an den Hunger. Wie unser Esel. Der gewöhnte sich gerade an den Hunger, ›da stellte er die Hufe auf‹. Er versucht, an die Geschichten von Nasreddin Hodscha zu denken. Aber es fällt ihm keine einzige ein. Er zeichnet den siebenten Strich. Zwischen allem, was er in diesen sieben Tagen gehört, gesehen, gespürt, gerochen und gedacht hatte, tauchen immer wieder drei wichtige Fragen auf: Wer hat ausgesagt, daß mir Ziya das Wachspapier und die Maschine gegeben hat?
Wer hat ausgesagt, daß ich beides an Kerim weitergegeben habe?
Wann geht die Tür auf, und ich werde zur Bastonade geführt?

Die Tür ging auch an diesem Abend nicht auf.
Als der Vollbärtige am nächsten Tag gerade die Hackklößchen aus Babıali schluckte, stülpte ihm Ismail den Urin-Kübel über den Kopf. Der Mann wußte gar nicht, wie ihm geschah. Er lief zur Tür, trommelte dagegen und begann zu brüllen. Männer kamen, legten Ismail von hinten Handschellen an und brachten ihn diese Nacht hinauf. Im vierten Stock, in einem mit Kalk und Ziegelhaufen gefüllten Zimmer, schlugen sie ihn, bis er bewußtlos war. Dann schleiften sie ihn in eine Zelle im politischen Trakt und sperrten ihn alleine ein. Ismail sah wieder – wie am ersten Tag – Männer auf den Stühlen im Korridor sitzen. Die meisten waren aber nicht die vom ersten Mal. Auf einem Hocker saß der Zahnarzt Agop. Seine weißen Haare glänzten im Licht der elektrischen Lampe.

Der fünfundzwanzigste Strich in Izmir

Als Ismail die Hüttentür öffnete und eintrat, zeichnete Ahmet gerade den 25. Strich hinter die Tür. Er hatte aber das Geräusch des Schlüssels im Schloß gehört und war zurückgefahren.
»Hallo. Du bist ja auf. Was macht das Fieber?«
»Es scheint zu sinken.«
»Ich habe ein Thermometer mitgebracht. Daß wir daran nicht schon früher gedacht haben, Bruder! Hier hast du es.«
Ahmet preßte sich das Fieberthermometer unter die Achsel: 38,5.
»Du siehst, das Fieber sinkt schon. Du hast dich nur erkältet, das ist alles!«
Ismail ist davon nicht überzeugt. Ahmet auch nicht. Aber Ahmet nimmt diese Möglichkeit gerne an.
»Mir kommt es so vor, als hätte ich eine Grippe. Gibt es eigentlich eine Grippewelle in der Umgegend?«
»Klar, und wie sogar!«
(Wie er lügt.)
»In unserer Fabrik hat die Hälfte der Arbeiter Grippe.«
(Er lügt.)
»Wie ist dein Appetit?«
»In Ordnung, Ismail.«
(Er lügt.)
»Ich könnte ein ganzes Lamm auf einen Sitz essen. Ein gebratenes Lamm.«
(Er lügt.)
»Lamm habe ich nicht bekommen, aber ich habe dir ein gebratenes Huhn mitgebracht.«

»Fein. Ausgezeichnet.«
Ahmet aß von dem Huhn. Jeder Bissen wurde in seinem Mund immer größer.
»So zerschlagen fühlst du dich wohl auch nicht mehr, oder?«
»Nicht mehr ganz so schlimm.«
»Typische Erkältung. Das zieht sich lange hin.«
»Grippe!«
»Ich habe dir ja gesagt, die Hälfte der Arbeiter in der Fabrik ...«
»Nachts schreie ich jetzt auch nicht mehr, oder?«
»In letzter Zeit nicht.«
»Gut.«
»Sicher.«
»Du hast den anderen gesagt, daß ich nach Istanbul gefahren bin, nicht wahr, Ismail?«
»Das haben wir ja ausgemacht ... Es war zwar nicht nötig, aber dir kann man das ja nicht klarmachen, Bruder.«
»Gut. Sie sollen nur glauben, ich sei in Istanbul ... Wenn etwas passiert ...«
»Es passiert nichts. Das ist gekommen und verschwindet wieder. Los, in die Betten!«
Ismail blies mit dem Mund den Zapfenstreich.
»Wir haben einmal neben einer Kaserne gewohnt. Ich kann nicht nur den Zapfenstreich, ich kann alle Signale. Das Essenssignal und das Angriffssignal und ...«
»Da fällt mir noch etwas ein, Ismail ... Wenn du eines Tages nach Moskau kommst, dann mußt du Anuschka besuchen!«
»Vielleicht kommst du vor mir hin und besuchst sie selbst!«
›Ich werde mit 20 Schlaftabletten woanders hinkommen‹, dachte ich. Was hatte ich doch für Mitleid mit mir! Ungeheures Mitleid!

»Wenn du nach Moskau kommst, in fünf oder zehn Jahren, dann ist Anuschka sicher verheiratet und hat Kinder. Sie ist Ingenieur in irgendeiner Fabrik oder vielleicht sogar erster Ingenieur. Ich stelle mir das Mädchen in fünf oder zehn Jahren vor. Bestimmt wird sie wie ihre Tante aussehen, mit grauem Haar und rundlich, und sie wird beginnen, Erdbeermarmelade zu mögen, und ihre Beine werden noch etwas dicker sein. Ich schreibe dir die Adresse des Landhauses auf. Bewahre sie gut auf!«
»Gut, gut. Der Zapfenstreich ist geblasen!«
Sie legten sich nieder. Der Motor klopfte tak tak, tak tak.

Der zehnte Strich
in Anuschkas Landhaus

Wir sitzen auf der Glasveranda und frühstücken: Marija Andrejewna und ich. Erdbeermarmelade, Milch, die Petja gebracht hat, und Roggenbrot. Anuschka ist noch nicht aus unserem Zimmer gekommen.
Völlig unerwartet fragt mich Marija Andrejewna, ganz leise, als fürchtete sie, Anuschka könnte uns hören:
»Werden Sie Anuschka heiraten? Ich meine offiziell auf dem Standesamt?«
Was konnte ich schon antworten?
»Natürlich«, sagte ich.
»Gut, gut ... Und sie geht dann mit Ihnen in die Türkei, denn einmal werden Sie ja in Ihre Heimat zurückfahren.«
»Natürlich ...«
»Und wenn Sie nicht gemeinsam fahren können, kommt sie Ihnen nach ... Es ist gut, vor dem Gesetz verheiratet zu sein.«
»Sicher.«
Anuschka kam. Sie setzte sich. Marija Andrejewna wechselte das Thema:
»Ich gehe auf den Markt, um dort Erdbeeren gegen Grieß einzutauschen, wenn es welchen gibt.«
Marija Andrejewna hat ein Erdbeerfeld. Rund 20 Quadratmeter. Dieses Jahr war die Ernte gut.

Auf der Straße gehen die Nepmanen-Familien vorbei. Mit Anuschka gehe ich in Moskau manchmal durch ein paar bestimmte Straßen, um zu sehen, wie viele Nepmanenläden neu aufgemacht und wie viele geschlossen worden sind. An-

stelle der geschlossenen Nepmanen-Geschäfte werden staatliche Büchereien aufgemacht.
Marija Andrejewna sagt:
»Ich gehe Erdbeeren pflücken.«
Anuschka beißt mit ihren perlweißen Zähnen in das Roggenbrot mit Marmelade. Ich frage ganz beiläufig:
»Kannst du schießen?«
»Ja.«
Ich staunte.
»Ich nicht.«
»Schon möglich.«
»Nimmst du es mir übel, daß ich nicht schießen kann?«
»Nein.«
»Wo und wie hast du schießen gelernt? Und wann war das?«
»Als mein Vater vor meinen Augen erschossen wurde, habe ich mir gedacht, ich müßte auch schießen können.«
»Und dann?«
»Als meine Mutter in Sibirien an Typhus starb, bin ich zu den Partisanen gegangen.«
»Das hast du mir noch nie erzählt.«
»Da gibt es auch nicht viel zu erzählen. Ich blieb sechs, sieben Monate dabei.«
»Wie war das, erzähl doch!«
»Ein anderes Mal ... Auf zum See jetzt ... Waschen ... Marsch, marsch!«
Ich stand auf. Mein Blick fiel auf die Prawda. Es war die von gestern, dem 12. Juni 1924. Ich nahm sie und las, daß in China YU-PEY-FU die Arbeiterführer hinrichten läßt. Der Vorsitzende der Eisenbahnarbeiter ist zum Tode verurteilt worden.
»Was ist los?«

»Terror in China.«
Anuschka riß mir die Zeitung aus der Hand.
»Wo?«
»Hier.«
Sie liest. Sagt kein Wort, legt die Zeitung auf den Tisch zurück.
»Laß uns gehen.«
Wir gehen zum See. Die Mücken sind unerträglich. Beim Gehen schlage ich mir auf den Nacken und auf die Brust. Anuschka kümmert sich nicht darum.
»Stechen sie dich nicht?«
»Wie du siehst, bin ich nicht so süß wie du.«

Immer wieder fällt mir ein, was Marija Andrejewna gesagt hat. Mit Anuschka in die Türkei zu gehen ist unmöglich. Aber wenn sie nachkommt. Das ist ebenso unmöglich. Wir gehen nebeneinander. Wir drei gehen nebeneinander:
Ich, Anuschka und der Abschied.
Höre im Lied, das die Flöte erzählt,
Wie sie der Schmerz der Trennung quält.

»Was murmelst du da, Ahmet?«
»Da gibt es einen großen Dichter, einen Mystiker, einen wirklich großen ... das war eine Strophe von ihm.«
Ich übersetzte sie Anuschka auf russisch. Auch ihre mystische Bedeutung erklärte ich ihr: »Die Flöte wird aus Schilfrohr gemacht, sie wird deswegen vom Schilf abgeschnitten. Wenn sie geblasen wird, klagt sie daher traurig über die Trennung. Der Mensch ist ein Teil des Universums, also Gottes. Er wird von Gott getrennt und beklagt die Trennung.«
»Sag mir das auf türkisch.«

»Eigentlich ist es ja persisch und wurde nur ins Türkische übersetzt. Ich sage dir beides.«
Ich sagte ihr vor.
»Beides klingt sehr gut. Ich höre dir oft zu, wenn du mit Kerimuschka redest. Türkisch gefällt mir. Es klingt gut.«
»Wieso nennst du ihn Kerimuschka, während du zu mir noch kein einziges Mal Ahmeduschka gesagt hast?«
»Wirklich, das ist seltsam. Warum wohl? So für mich nenne ich dich oft Ahmeduschka, aber aussprechen kann ich das nicht. Wer weiß, woran das liegt?«

Wir wuschen uns. Legten uns wieder nebeneinander ans Ufer. Unsere Schultern berührten sich. Ich halte Anuschkas Hand in meiner Hand.
»Hast du Heimweh nach der Türkei, nach Istanbul?«
Sie sagte das, als redete sie gar nicht mit mir, dabei zog sie ihre Hand aus der meinen.
»Warum hast du deine Hand weggezogen?«
»Ich weiß nicht ... vielleicht, damit es dir leichter fällt, mir meine Frage zu beantworten ...«
Ich erwischte Anuschkas Hand, ohne daß ich meinen Kopf umdrehen mußte. Sie fragte wieder, als redete sie gar nicht mit mir:
»Warum antwortest du nicht?«
»Was sollte da nicht zu beantworten sein? An manchen Tagen denke ich überhaupt nicht an die Heimat. Und dann steigt mir wieder der Geruch der Heimat in die Nase. Und damit lebe ich wochenlang, das sind Tage voller Sehnsucht, voller Schmerz, so daß ich am liebsten weinen möchte.«
»Ich verstehe.«
»Nimm deine Hand nicht weg.«
»Was ist das für ein Geruch? Was ist das für eine Liebe?«

»Das ist nicht der Geruch nach Meer und Pinien, nach Erde und Landschaft. Aber sicher habe ich auch Sehnsucht nach bestimmten Landschaften. Aber es ist eben der Geruch der Heimat, die Liebe der Heimat, die Verbundenheit mit Menschen. Wenn ich Menschen meine, dann sind es ...«
»Sicher nicht die Bourgeois, ich verstehe ...«
Unsere Schultern berührten sich.
»Wenn du könntest, würdest du dann morgen, in einer Woche oder in einem Monat nach Istanbul zurückfahren?«
»Warum nach Istanbul?«
»Wohin denn sonst?«
»Ja, sicher zuerst nach Istanbul.«
»Möchtest du zurückkehren? Sofort, heute, jetzt? Möchtest du in diesem Augenblick dort sein? Warum hast du meine Hand losgelassen? ... Laß, faß meine Hand nicht an. Möchtest du, Ahmeduschka? Ahmeduschka ... Ich verstehe ... Du hast recht ... Komm, mir ist plötzlich kalt!«
Wir zogen uns an, ohne zu sprechen. Ich denke nach: Jetzt in diesem Augenblick? Ja und nein.
Auf dem Weg sagte ich zu Anuschka:
»Schauen wir bei Bagritskij vorbei!«

Bagritskij ist einer der russischen Dichter, die ich am meisten verehre. Ein vollkommener Mensch, unverfälscht wie unverwässerter Wein.

Er begrüßte uns an der Gartentür. Er lachte mit seinem zahnlosen Mund – vielleicht kam mir sein Mund auch nur zahnlos vor, und er hatte in Wirklichkeit Zähne:
»Willkommen, Osman Pascha!«
Aus irgendeinem Grund nannte er mich nach dem Plewne-Kommandanten Gazi Osman Pascha immer Osman Pascha.

»Anuschka, was für eine Pracht. Du bist wie ein Kornfeld im Sonnenschein!«

Unter den vielen Dingen, die ich an Bagritskij liebte, standen seine revolutionäre Romantik und seine Männlichkeit an erster Stelle. Eine Männlichkeit, die es verstand, Bäume, Gräser, Lokomotiven und den Frühling zu Frauen zu machen und zu streicheln. Ich glaube, ein Eunuch kann nie das sein, was man unter einem Dichter oder Maler versteht.

Wir traten ein. Seine Datscha war winzig klein. Halbdunkel und feucht. In Aquarien schwimmen japanische Fische, in Käfigen zwitschern Vögel. Es hat aber den Anschein, als würden die Fische frei im Raum schwimmen und die Vögel frei in dem Halbdunkel herumfliegen. In der Umgebung von Bagritskij bewegt sich die Freiheit unbeschwert. Seine Frau kochte Tee. Sie war eine kleine, winzige Frau. Bagritskij las seine neuen Gedichte mit seiner tiefen, warmen Stimme vor. Wie sehr ich diesen Mann liebte! Ich könnte tagelang bei seinen Fischen und Vögeln und seinen brüderlichen Augen sitzen. In diesem halbdunklen Zimmer war die Luft des Meeres von Odessa, des Schwarzen Meeres.

Wir kehrten zurück, ein Stück meines Herzens aber blieb bei Edvard Bagritskij.

Marija Andrejewna hatte die Erdbeeren nicht gegen Grieß, sondern gegen Kartoffeln eingetauscht.

Es ist Mitternacht. Ich liege Seite an Seite mit Anuschka. Die Fenster sind offen, aber die Tüllvorhänge sind zu. Wegen der Mücken. Wir können nicht einmal die Lampe anzünden. Anuschka liegt splitternackt auf dem Rücken. Sie atmet wie ein Kind, leise schnaubend. Ich halte ihre Hand in der meinen. Ich drehe mich nicht um, um ihre Nacktheit im Mondlicht zu betrachten. Eine nicht abzuschüttelnde Schwere wächst im Dunklen in meiner Brust. Mein Herz schlägt aufgeregt. Ich halte Anuschkas Hand ganz fest. Ich schaue zu dem Mondlicht, das den Tüllvorhang leuchten läßt. Die Schwere in meiner Brust erfaßt auch meine Arme und Beine. Hat Anuschka nun mit SI-YA-U geschlafen oder nicht? Ich weiß es nicht. Und ich werde es nie wissen. Ich stelle mir Marusas Zimmer – den Diwan in diesem Zimmer kenne ich – und die Liebesbewegungen, die sie auf diesem Diwan gemacht haben, gar nicht erst vor. Oder doch, aber ich schiebe dieses Bild weg. Ich muß daran denken, wie nah sie sich damals waren. Meiner Meinung nach kommen sich ein Mann und eine Frau nur so vollkommen und bedingungslos nah. Daß Anuschka irgendeinem anderen als mir so nah ist, macht mich ganz verrückt. Aber wenn ich weg bin, wird Anuschka auf jeden Fall einen anderen Mann finden. Sie wird ihn heiraten. Auf dem Standesamt. Richtig. Aber erst, wenn ich weg bin. Wenn ich für Anuschka tot bin. Nein, das ist nicht das Problem. Es ist viel schwieriger. Ich ließ die Hand des Mädchens los und stand auf. Zog mich an. Und ging hinaus, in den vom Mondlicht erleuchteten Wald.

Ende des fünfundzwanzigsten Striches in Izmir

»Ismail!«
Ismail wachte auf.
Ahmet wiederholte lauter:
»Ismail!«
»Was ist? Ist irgendwas? Hast du gerufen?«
»Es ist nichts ... Entschuldige.«
»Sag, was ist!«
»Du hast vergessen, mir die Schlaftabletten zu bringen!«
»Ich habe sie nicht bekommen. Man braucht ein Rezept. Morgen lasse ich mir von einem bekannten Arzt ein Rezept geben. Versuch jetzt zu schlafen. Los, zähl bis fünfhundert!«
»Entschuldige!«
»Los, schlaf jetzt!«
Es war wirklich eine Eselei, Ismail aufzuwecken. Ich hätte ihm einen Zettel schreiben können, ›vergiß die Schlaftabletten nicht‹. Den hätte ich ihm auf seine Kleider legen können.
Ich drehte mich nach rechts, dann nach links. Ich legte mich auf den Rücken. Streckte meine Arme zu beiden Seiten, so wie Tote im Grab liegen. In der Grube werde ich auch so liegen, auf dem Rücken, die Arme an den Seiten, wie Tote im Grab. Gott verdammt. Gab es in Moskau ein Krematorium? Ist es besser, verbrannt zu werden? Sollen sie doch nach meinem Tod machen, was sie wollen! Aber Engels wollte, daß seine Leiche verbrannt und die Asche über dem Ozean ausgestreut wurde. Und so ist es auch geschehen. Einer der gescheitesten Alten auf der Welt und die jugendlichste Romantik ... Engels ... ich muß schlafen ... es hilft nichts, ich muß

schlafen ... schlafen ... Bevor ich aufwachte, weil Ismail mich rüttelte, hörte ich mich schreien ... schreien, als würde ich erwürgt. Mir kam es vor, als hätte ich stundenlang geschrieen. Ich wußte nicht, wo ich war. Einmal glaubte ich, in Moskau, in Anuschkas Zimmer, zu sein, dann aus irgendeinem Grund in dem Sommerhaus in Istanbul, dann in der Grube, unter einem über mir geschlossenen Deckel.

»Wach auf, Bruder!«

Ismail schüttelte mich mit einer Hand an der Schulter. Er hatte die Petroleumlampe angezündet. Ismail hielt etwas in der anderen Hand. Eine Sekunde lang sah ich, was er in der Hand hielt, dann aber zog er sie hinter den Rücken und verbarg vor mir, was er in ihr hielt.

»Hab keine Angst, Ismail!«

Er starrte mich – so kam es mir zumindest vor – mit aufgerissenen Augen an.

»Ich habe keine Angst. Wovor sollte ich Angst haben? Komm endlich zu dir! Möchtest du Wasser?«

»Nein, danke.«

»Wie geht es dir?«

»Gut. Laß die Lampe brennen.«

Ismail kehrte in sein Bett zurück.

»Versuch zu schlafen.«

»Gut. Du auch.«

Aber wir konnten beide bis zum Morgen nicht einschlafen. Wir sprachen nicht. Heimlich und verstohlen, wie der Jäger das Wild, schauten wir uns an.

Die Striche auf der Polizeidirektion Istanbul

Die Zelle, in die sie Ismail gestoßen hatten, war stockfinster. Diese Schufte hielten etwas auf Dunkelheit. Die Soldaten hatten ihn auch in einen finsteren Raum gesteckt. Ismail erkennt nur, ob es Tag oder Nacht ist, wenn er über den Gang zur Toilette geführt wird. Er kratzt mit den Nägeln Striche in die Wand, aber er kann sie weder sehen noch zählen. Sie holen ihn nicht zum Verhör. Das Warten, daß sie ihn jede Minute holen und wieder verprügeln werden, spannt seine Nerven bis zum Zerreißen. Die Hunde wollen mich mürbe machen. Jetzt geben sie ihm das Essen, das Neriman ihm bringt. Anfangs konnte er in der Dunkelheit seinen Mund und seine Nase nur schwer finden, später gewöhnte er sich aber daran. Ismail weiß, daß sie ihn hier ohne Verhör drei, fünf oder sogar neun Monate festhalten können. Ziya hatte erzählt, daß er 1928, nach der Verhaftung, ein ganzes Jahr lang festgehalten worden war. Und zwar nach den Foltern, in einer Zelle. Ismail haben sie demnach nicht sehr heftig gefoltert. Ziya hatte erzählt, daß sie ihn bis auf die Unterhose ausgezogen und dann, während seine Hände hinter dem Rücken gefesselt waren, mit Zigarettenglut an der Brust, dem Bauch und den Beinen verbrannt hätten. Er zeigte die Brandmale, sein Körper war übersät davon. Sie hatten ihm auch zwei Fingernägel, den des rechten kleinen Fingers und den des Mittelfingers der linken Hand, abgezogen. Wenn Ismail über den Korridor geführt wurde, sah er auf den Sesseln immer neue Häftlinge. Nur der Zahnarzt Agop ist immer noch auf demselben Platz. Er ist wie betäubt, als hätte er Rauschgift genommen. Einmal, als Ismail an ihm vorbeiging, fiel Agop von der Bank. Sie hoben ihn sofort wieder auf. ›Aber, aber, Herr Agop, bleiben Sie doch gemütlich sitzen!‹ verspotteten sie ihn und setzten ihn wieder hin. Ismail begriff, daß die Folter, die sie bei Agop anwendeten, die der Schlaflosigkeit war. Manche ließen sie wochenlang nicht schlafen, indem sie sie zwangen, stehen zu bleiben. Vor ihnen standen Polizisten und paßten auf. Wenn einer einschlief, stießen sie ihn an und weckten ihn auf. Du fällst um wie ein Sack, aber sie heben dich auf und stellen dich wieder hin. Agop aber ließen sie wegen seines hohen Alters auf der Bank sitzen. Einige Tage später beobachtete Ismail noch einmal, wie er zu Boden fiel. Sie hoben ihn auf. Ungefähr 27 Tage, nein 25, nein 27 Tage, saß Agop auf der Bank. Er fällt um, und sie heben ihn wieder auf. Wenn er niederfällt, schlägt er mit dem Kopf auf dem Boden auf. Zwischen seinen weißen Haaren sind Blutkrusten zu sehen, sein Gesicht ist zerschlagen und zerkratzt. Im vierten Stock, vor der Tür mit dem doppelten Halbmond, stehen die Mütter, Frauen und Schwestern der Häftlinge.

Ich weiß nicht, wie viele Monate vergangen waren, seit Ismail festgenommen worden war. Da erkrankte Neriman, und eine Woche lang brachte Osman Bey Ismail das Essen. Ich habe keine Angst, mir kann keiner etwas tun. Aber wenn Ismail jetzt herauskommt, soll er endlich Vernunft annehmen!
Wir verlangen ja nicht von ihm, daß er alles aufgibt, aber immerhin wird er ja bald Vater. Und Emine kann man schließlich auch als seine Tochter betrachten. Wir verlangen ja nicht, daß er etwas aufgibt, aber er muß nicht immer so voranpreschen …

Vor der Tür mit dem doppelten Halbmond lernte Neriman Kerims Schwester kennen. Kerim war vor 25 Tagen verhaftet worden. Zwei Monate nach Ismail. Kerims Schwester war alt

und dick, hatte aber ein fröhliches Gesicht. Sie konnte die Stiegen hinaufstürmen wie ein vierzehnjähriges Mädchen. Neriman sagte:
»Vor einem Monat habe ich Kerim im Autobus getroffen. Ich sah ihn vorne stehen und habe mich sehr gefreut. Bis es mir gelang, mich durch die Menge zu ihm vorzukämpfen, hielt der Autobus an. Ich konnte seinen Namen nicht mehr rufen, und er stieg aus. Ich stieg ebenfalls aus, er ging jedoch schnell weg, ohne sich umzuschauen. Ich ihm nach. Er bog in eine Seitengasse ein und begann zu laufen. Da dämmerte mir, daß er mich nicht sehen wollte.«

Kerims Schwester hatte die Eßschüssel und vier rote Rosen in der Hand. Die Rosen hatte sie aus Sarıyer gebracht. Eine der Rosen gab sie Neriman:
»Diese Rosen wachsen in dem Gewächshaus, das Kerim selbst gebaut hat.« Dann erzählte sie: »Wenn wir dieses Haus verlassen, werden wir verfolgt. Sie versuchen herauszufinden, wohin wir gehen und mit wem wir reden. Das wird auch der Grund sein, weshalb Kerim vor dir davongelaufen ist. Mich verfolgt so ein blatternarbiger Kerl. Der Dummkopf heftet sich mir richtig an die Fersen. Letztes Mal bin ich am Morgen nachdem ich das Essen hier abgegeben hatte, weggegangen. Hinter mir der Blatternarbige. Ich bin in ein Dampfbad in Fındıklı gegangen. Dort habe ich bis zum Abend gebadet. Dann kam ich wieder heraus: Steht der Blatternarbige nicht immer noch gegenüber des Dampfbades auf dem Gehsteig? Noch dazu hat es an jenem Tag geschneit. Der Hund hat vor Kälte am ganzen Leib gezittert. Ob sie den Unseren das Essen wohl so geben, wie wir es herbringen? Oder fressen sie sich damit selbst voll?«

Eine Frauenstimme gellte durch den Raum:
»Ihr müßt meinem Mann das Essen warm geben, er ist lungenkrank!«

Die Tür mit dem doppelten Halbmond, die sich seit zwei Stunden nicht geöffnet hatte, geht auf, und die Polizisten nehmen das Essen von der Frau in Empfang. Sie nehmen auch die roten Rosen, die Kerims Schwester mitgebracht hat.
»Schreit doch nicht so, ich bitte euch!«
»Warum sollen wir nicht schreien? Mit welchem Recht laßt ihr uns hier stundenlang warten?«
Die so schrie, war eine junge, auf eigenartige Weise hübsche Frau. Ihr Vater war Abgeordneter. Und ihr Mann war Kommunist. Ein Kerl mit dunklem Teint. Zweimal hatte er auf der Polizei den Schlägen nicht standgehalten. Kerims Schwester sagte: »Über diese Necla kann ich mich nur wundern. Sie ist gescheit, kann gut denken und ist blutjung. Wie konnte sie sich nur in diesen Kerl verlieben und ihn heiraten? Sie hat ihre Familie vor den Kopf gestoßen. Der Vater hat sie zwar nicht verstoßen, aber so etwas Ähnliches. Die Polizisten haben irgendwie Angst vor ihrem Vater. Die Stimme des Herzens ... Wieso hat sie das Haus ihres reichen Vaters verlassen und einen Kommunisten genommen? Aber wenn sie schon einen Kommunisten nimmt, dann wenigstens einen wie meinen Kerim!« Sie lächelte und zeigte dabei ihre geraden, weißen Zähne. »Sie wird eben einen Narren gefressen haben an diesem Kerl!«

Die Frauen gaben das Essen ab. Danach gingen sie nicht weg. Sie warteten auf das leere Geschirr und auf noch etwas ... Die Tür mit dem doppelten Halbmond ging auf, und zwei

Zivilpolizisten mit vier Gefangenen kamen heraus. Die Gefangenen trugen Kohlenkübel. Sie sollten aus dem Keller Kohlen für die Öfen im politischen Trakt holen. Keiner der Gefangenen ist ein Angehöriger der Frauen vor der Tür. Und doch lächeln beide Seiten glücklich. Necla öffnet die Zeitung in ihrer Hand und tut so, als würde sie darin lesen. Einer der Gefangenen, der französisch sprach, konnte die Titelseite in der Zeitung ›L'Humanité‹ entziffern: ›Kommunisten in der Türkei gefoltert. Die Demokraten der Welt ...‹ mehr konnte er nicht lesen, denn der Polizist neben ihm stieß ihn an:
»Weiter, los!«
Necla rief:
»Ihr foltert sie ja sogar vor meinen Augen!«
Der Polizist schaute Necla böse an, schüttelte den Kopf und ging weiter. Die Gefangenen mit den Kohlenkübeln setzten ihren Weg in den Keller fort.
Kerims Schwester sagte zu Neriman:
»Hoffentlich foltern sie Kerim nicht. Ich habe so sehr darum gefleht, nur ein einziges Mal ihn sehen zu dürfen, aber es ging nicht ...«
»Ich habe Ismail noch nicht gesehen, seit er drinnen ist.«

Kerim war im ›Sarg‹. Der ›Sarg‹ hatte drei Wände aus Beton und auch der Boden war aus Beton. Die Tür war aus Holz. Nur ein einziger Mann hatte hier Platz. Und auch das nur, wenn er aufrecht stand. Schultern und Rücken stießen an die Wände, die Knie an die Tür.

Kerim blieb 20 Tage im ›Sarg‹. In der ersten Nacht nach seiner Verhaftung wurde er geprügelt, daraufhin warfen sie ihn in eine Zelle, und danach kam er in den ›Sarg‹. Über seinem

Kopf brennt eine Glühbirne, die weiß Gott wie stark ist, und blendende Helligkeit verbreitet. Einmal brennt sie, dann wieder nicht. Einmal ist es stockfinster, dann wieder blendend hell.

Kerim ist zwanzig Tage im ›Sarg‹. Fünf Tage gaben sie ihm nichts zu essen. Jetzt geben sie ihm ein wenig. Auf die Toilette wird er nur einmal am Tag geführt.
Sein Essen bekommt er ebenfalls nur einmal am Tag im ›Sarg‹ und den Rest des Tages steht er. Einmal im Finstern, einmal im Licht.

Kerim ist zwanzig Tage im ›Sarg‹. Jetzt müssen sie ihn schon unter den Armen anfassen, wenn sie ihn zum Abort bringen.
Kerim ist zwanzig Tage im ›Sarg‹. Er kann jetzt nichts mehr denken. Das, was man denken nennt, hat er verlernt. Er spürt auch keine Müdigkeit. Das, was er spürt, ist etwas ganz anderes als Müdigkeit. Einmal hell, einmal dunkel. Anfangs hatte er seine Augen fest zugedrückt, um sich gegen das einmal Hell, einmal Dunkel zu schützen. Jetzt macht er die Augen einmal auf, einmal zu – einmal auf, einmal zu …

In der Nacht des sechsundzwanzigsten Tages brachten sie Kerim ins Zimmer des Abteilungskommandanten. Ismail war auch dort. Auf dem Tisch des Kommandanten standen in einem Glas drei rote, schon ziemlich verwelkte Rosen.
Der Abteilungskommandant fragte Ismail:
»Kennst du den da?« Er zeigte auf Kerim.
Ismail schaute in Kerims Augen, die sich einmal öffneten und einmal schlossen. Aber nicht nur seine Augen, sein ganzes Gesicht ging einmal auf und einmal zu. Ismail kannte

sich zuerst nicht aus. Dann plötzlich ging ihm ein Licht auf: Der ›Sarg‹.
»Den kenne ich nicht.«
»Er kennt aber dich!«
»Das ist gelogen.«
Der Abteilungskommandant fragte Kerim:
»Das Wachspapier und die Maschine hat dir doch der da gegeben, nicht?«

Kerim schweigt. Kerim ist nicht hier, er ist in einer anderen Welt. In einer Welt, in der es einmal hell und einmal dunkel wird. Sein Gesicht und seine Augen gehen einmal auf und einmal zu. Zwei Polizisten halten ihn unter den Armen. Ismail weiß, daß sie Kerim in den ›Sarg‹ gesteckt haben, weil er bei der Bastonade nicht ausgesagt hat.
Der Abteilungskommandant schreit Kerim an:
»He, antworte! Du hast es doch von dem da bekommen! An wen hast du es weitergegeben?«
Ismail schaute Kerim in die Augen. Unglaublicher Schmerz erfaßte Ismail. Die machen den Jungen noch verrückt!
»Auf den Boden mit den Schuften!«
Ismail wehrte sich auch diesmal. Kerim fiel sofort um, als man ihn anstieß. Sie steckten von jedem einen Fuß in das Bastonadenholz. Dann begannen sie mit dem Prügeln.
»Bring sie weg!«
Beide wurden dorthin zurückgebracht, wo sie schon vorher gewesen waren. Zehn Tage später verlor Kerim den Verstand. Er wurde um Mitternacht ins Irrenhaus gebracht.

Ismail zündete sich mit dem Feuerzeug eine Zigarette an. Ahmet, der ihm gegenübersaß, fuhr zurück, als hätte ihn jemand mit Nadeln in die Augen gestochen. Ismail drängte die Gedanken zurück, die ihm durch den Kopf schossen. Er fragte nichts. Ahmet sagte:
»Ich habe mich nicht vor dem Feuerzeug oder der Flamme erschrocken, sondern davor, daß du mir den Bart versengst.« Im selben Augenblick war mir klar, wie dumm es war, von der Angst zu reden, mein Bart könnte versengt werden ... Ich hielt den Mund. Sie legten sich nieder. Ahmet wartete, bis Ismail schnarchte. Er stand auf. Geschwind nahm er das Feuerzeug im Dunklen vom Tisch. Er führte es vor seine Augen. Wartete. Wartete noch ein wenig. Ließ es aufschnappen. Die Flamme schien ihm die Augen verbrannt zu haben. Er drückte die Augen zu. Öffnete sie. Schloß sie. Öffnete sie. Schaute in die Flamme. Ich habe keine Angst. Ich habe keine Angst. Ich habe keine Angst. Er löschte das Feuerzeug. Legte sich aufs Bett. Das Feuerzeug hielt er in der Hand. Er wartete. Ließ das Feuerzeug aufschnappen. Drückte die Augen ängstlich zu. Ich habe Angst. Er löschte das Feuerzeug wieder. Es fängt also an. Die Angst vor dem Feuer fängt an. Aber vor dem Wasser habe ich keine Angst. Welche Angst kommt zuerst? Ich muß im Buch nachlesen. Das Buch liegt auf dem Bett. Wie kann ich in der Dunkelheit lesen? Er stand auf. Öffnete das Buch. Die bewußten Seiten öffneten sich ohnehin schon von selbst. Er ließ das Feuerzeug aufschnappen und blätterte in dem flackernden Licht, ohne in die Flamme zu schauen. Er las. Verdammt, welche Angst zuerst kommt, steht nicht drin. Er legte das Buch zurück. Löschte

das Feuerzeug. Legte sich nieder. Es war noch nicht Zeit für die Schlaftabletten. Ich kann noch zwei, drei Tage warten. Noch zwei, drei Tage. So ist das. Zwei, drei Tage. Und nach zwei, drei Tagen gibt es den Genossen Ahmet entweder weiterhin oder auch nicht. Das Mitleid mit mir selbst schnürt mir den Hals zu.

Ich zeichne den vierzehnten Strich. Anuschka ist bei mir. Ich überlege: Hier bleiben wir noch sechs Tage. Dann kommt Moskau, und dann, in einer Woche oder in zehn Tagen, geht es auf nach Istanbul.

Ich schaue Anuschka an:
»Gib mir deine Hand, Anuschka!«
Ich hielt ihre dickliche Hand mit den weißen Fingern. Zwischen unseren Händen, die einander festhalten, liegt die Trennung. Davon weiß Anuschka noch nichts.
»Ahmet, wir kommen zu spät. Auf dem Rückweg vom Bahnhof schauen wir auch bei Petja vorbei! Ob er krank geworden ist oder was sonst mit ihm los ist.«
Petja hat seit zwei Tagen keine Milch gebracht.
»Gut.«

Auf dem Bahnsteig der Station promenieren die Nepmanen. Sie sind fein säuberlich herausgeputzt. In unserem Wald befinden sich auch die Ferienhäuser der Orient-Universität. Deshalb gehen hier auch ein paar Studentengruppen, vor allem aus Ländern des Fernen Ostens, Chinesen, Japaner und auch Iraner, auf und ab. Die Tochter des Geistlichen ist auch da. Sie liebäugelt mit dem Iraner Hüseyinzade. Sie gehen nebeneinander. Von unseren Türken ist niemand da. Dafür einige Bauern mit Bündeln und Säcken und auch einige ›Bespirizorni‹-Kinder, die keine Eltern und kein Zuhause haben.
Marusa und Kerim steigen aus dem Zug. Wir umarmen uns. Marusa trägt ein rotes Kopftuch und eine ziemlich alte Lederjacke.

»Marusa«, sage ich, »in zehn oder hundert Jahren wird man das Komsomol-Mädchen genauso malen, wie du heute aussiehst. Genauso wird es in Filmen, im Theater und auch in Romanen noch in Tausenden von Jahren erscheinen!«
Marusa war hübsch, dunkel, mit gelbbraunen Augen.
»Am Morgen kamen Wolken auf, deshalb habe ich die Jacke angezogen.«
»Es wird dir darin zu heiß werden, zieh sie lieber aus.«
Sie zog die Lederjacke aus und legte sie sich über den Arm. Unter ihrem kurzen Kleid aus Baumwolle tanzten ihre Brüste.
Kerim sagte auf türkisch zu mir:
»He, du bist über beide Ohren verliebt und schaust trotzdem die Frau eines anderen gierig an!«
Auf dem Weg erzählte Marusa, daß die Arbeit in der Fabrik – sie arbeitete in einer Fabrik – gut voranginge. Wir sprachen von den Bespirizorni-Kindern, die wir mit ihren unglaublich verschmutzten Gesichtern und ihren unglaublich zerlumpten Kleidern am Bahnhof gesehen hatten – und die mich an unsere Dorfkinder erinnerten. Marusa erzählte, was die Krupskaja zu diesem Thema vor was weiß ich wie vielen Monaten und in was weiß ich welcher Zeitung gesagt hatte.
»Wir beschäftigen uns in der Fabrik auch mit diesen Dingen«, sagte Marusa.
Wir kamen in Petjas Dorf. Wir wußten aber nicht, wo Petja wohnt. Weder in den Höfen noch vor den Häusern, die schief neben dem staubigen Weg standen, war ein Mensch zu sehen. Ich schaute mich um. Vor einem Haus mit geschnitzten Fensterrahmen und erneuertem Strohdach entdeckte ich einen bärtigen Mann in Stiefeln.
»Wartet hier, ich gehe fragen.«

Ich ging auf den Mann zu.
»Freundschaft, Genosse. Ich wollte fragen, wo Petja wohnt. Der Sohn von Marija Mihailovna.« – Petjas Vater war im Kampf in der Roten Armee gefallen – »Petja bringt uns immer Milch.«
Der Mann antwortete nicht. Er sah mich eine Weile an. Dann fragte er:
»Bist du Tatare?«
»Ich bin Türke. Aus der Türkei, aus Istanbul.«
Der Mann kratzte sich am Bart. Dann sah er mich wieder an:
»Du bist also Türke. Türke. Was hast du dann hier verloren?«
»Ich studiere. An der Universität.«
»Wohl so wie die Schlitzaugen hier aus den Ferienhäusern?«
»Genauso.«
»Wohnst du auch bei ihnen in einem Ferienhaus?«
»Nein, bei Bekannten.«
Jetzt kam Marusa zu uns.
Der Mann starrte uns weiterhin an.
»Petja bringt euch also jeden Morgen Milch.«
Die Worte des Mannes begannen mir komisch vorzukommen.
»Ja. Was ist dabei?«
»Was ist dabei? Was ist dabei ... Reicht es nicht, daß ihr das Brot der Russen eßt und die Milch der Russen trinkt? Was habt ihr hier verloren? Ihr redet von der Weltrevolution und lebt auf unsere Kosten. Es gibt nicht genug Milch und Brot für die Russen!«
Marusa stürzte sich auf ihn:
»Du Schwein! Du ›Kulak‹!«

Zwischen Marusa und dem Mann entspann sich ein heftiges Wortgefecht.
»Euch werden wir auch noch ausrotten, ihr Parasiten!«
Der Mann schimpfte. Und Marusa stand ihm nicht nach. Kerim und Anuschka kamen hinzu. Frauen und Männer, Bauern und Kinder, alle versammelten sich um uns. Einige ergriffen Partei für Marusa, einige für den Dorfkaiser. Eine Bäuerin, eine sehr liebe, war Petjas Mutter.
»Petja ist krank«, sagte sie. Und dann zum Dorfoberhaupt: »Schäm dich, Iwan Petrovitsch! Du bist uns neidig, weil wir Milch verkaufen. Wir haben nur eine einzige Kuh, und du hast drei. Und du kannst immer noch nicht genug kriegen!« Dann wandte sie sich wieder an uns:
»Petja ist krank, und ich konnte euch die Milch nicht bringen, weil ich zuviel Arbeit hatte.«
Anuschka sagte:
»Wir haben uns schon Sorgen um Petja gemacht. Bis er wieder gesund ist, komme ich die Milch holen.«
Aus irgendeinem Grund gingen wir Petja nicht besuchen. Oder besser gesagt, nach allem, was sich abgespielt hatte, war es uns gar nicht eingefallen.
Marija Mihailovna ging die Milch holen.
Auf dem Rückweg zum Landhaus fragte mich Kerim auf türkisch:
»Hast du dem Mädchen schon etwas gesagt?«
»Nein, warum? Und du?«
»Ich auch nicht.«
Als wir zum Landhaus kamen, sagte ich zu Anuschka:
»Morgen früh bringen wir Petja Erdbeeren.«
»Ja.«
In dieser Nacht zündeten wir im Wald, im Freien, ein Feuer an. Ich glaube, die Romantik, die man spürt, wenn man in

einem russischen Wald ein Feuer anzündet und dann darum sitzt, diese Schönheit, oder besser gesagt, das einfach In-die-brennenden-Kiefernstämme-Schauen und In-Gedanken-Versinken, das kann man in keinem anderen Wald der Welt erleben – ich muß aufpassen, daß ich nicht etwas Unsinniges sage, und das noch dazu auf russisch.

Ich halte Anuschkas Hand in der meinen. Marusa hatte ihren Kopf auf Kerims Knie gelegt. Auf unseren Gesichtern flakkert das Licht. Um uns herum stehen Buchen und Kiefern.

Marusa fragt:

»Kerimuschka, liebst du mich wenigstens heute nach sehr?«

Wenn Kerim jetzt wieder supergescheit ist und ›sehr nicht‹ sagt, werde ich ihm mit der freien rechten Hand etwas auf den Kopf schlagen.

»Sehr«, sagt er. »Ich liebe dich sehr, Marusa.«

Er beugte sich vor, hob den Kopf des Mädchens von seinen Knien hoch und küßt sie auf den Mund.

Gott verdammt, denke ich, und schaue Anuschka an, in drei Wochen werde ich diese Stirn, diese Haare, diesen Mund, diese Nase und diese Augen nicht wiedersehen. Wir könnten füreinander sterben. So nah wie in dieser Nacht war ich ihr nicht einmal, als wir miteinander schliefen. Diese Nähe eines Menschen zu einem anderen, diese Nähe, die mir die Tränen in die Augen treibt, diese Nähe und dieses Vertrauen werde ich nie mehr irgendeinem Menschen gegenüber empfinden. Ich weiß, daß alle diese Gedanken romantisch sind. Mein Leben ist aber seit vielen Jahren romantisch. Wie das Leben von Kerim und von vielen anderen, die ich noch nicht kenne oder die ich schon kenne. Wie das Leben von Suphi, von Petrosyan, von Marusa, von Anuschka. Sie alle sind Romantiker. Auch der Reiter der Roten Partisanen auf seinem geschundenen, blutenden Pferd, der galoppierende Reiter. Wohin ga-

loppiert dieser Reiter? Meistens in den Tod. Aber für das Leben. Für ein schöneres, reiferes, tieferes Leben mit mehr Rechten.
Kerim singt Heimatlieder. Er hat eine rührende Stimme.

»Nimm den Dolch, meine Liebste,
erstich mich, daß ich sterbe!«

Beim Singen verändert sich sein Gesicht. Es wird ausdrucksvoller. Die Flammen spiegeln sich in seinen gelben Augen, und er hat, wie ein junger Wolf, Hunger nach dem Leben, nach dem unendlichen, nie enden wollenden Leben.

Der Motor macht tak tak, tak tak. Das Motorgeräusch erfüllt die Steinhütte; es liegt im Licht der Petroleumlampe, auf den Schatten, die ich und Ismail an die Wand werfen, auf meinen zitternden Fingern am Tisch. Ich bringe es nicht fertig, den roten, den glutroten, den furchtbar roten Docht der Petroleumlampe anzuschauen. Ismail bemerkt das. Er glaubt mir die Antwort ohnehin nicht, aber er stellt mir wieder dieselbe Frage: »Wie geht es dir?«
Ich will nicht sagen, daß es mir nicht gutgeht, und schweige daher.
»Tut dein Kopf sehr weh?«
Ich antworte nicht.
»Tut dir das Licht in den Augen weh?«
Er hat die Katze aus dem Sack gelassen. Wie konnte er so niederträchtig sein, das zu fragen! Ich schaue in die Lampe, zum Docht. Ismail beobachtet mich mit den Augen eines Jägers. Meine Augäpfel schmerzen, als hätte mir jemand glühende Nadeln hineingestoßen. Ich schaue den Docht an. Der Schmerz ist schrecklich. Ich schaue den Docht an und bin plötzlich blind. Dunkelheit. Ich darf Ismail nicht merken lassen, daß um mich alles dunkel ist. Wenn ich mich jetzt nicht fest zusammennehme, werde ich gleich laut losbrüllen. Ich stehe auf. Ich stehe auf, ohne mich am Tisch festzuhalten. Es ist alles dunkel, und meine Augen brennen. Es ist dunkel, aber in meinem Kopf blitzen Flammen auf. Ich gehe einen Schritt. Taumle. Ismail schreit auf:
»Setz dich!«
Ahmet gibt sofort auf. Mit einem schnellen Griff erwischt er den Stuhl und setzt sich.

»Mensch, mach die Augen auf!«
Ahmet bemerkt, daß er die Augen zugedrückt hatte, daß er sie ganz unbewußt zugedrückt hatte. Er macht sie auf. Die Lampe steht jetzt hinter ihm. Ismail mußte sie weggestellt haben. Ismail steht da. So habe ich ihn noch nie gesehen. Er hat Angst und versucht nicht einmal, sie zu verbergen. Ahmet will schreien: ›Ismail, hab keine Angst!‹ Aber er schreit nicht. Er gibt keinen Laut von sich. Ismail hat seine Hand in der Rocktasche. Er hat die Pistole also aus der Hosentasche genommen und sie in die Rocktasche gesteckt. Wahrscheinlich, damit er sie schneller ziehen konnte. Diese Nacht mußte er also die Schlaftabletten schlucken. Alle.
»Wie geht es dir?«
»Gut, Ismail. Mir war nur schwindlig. Es ist aber schon vorbei. Jetzt geht es mir wieder gut. Ich werde schlafen.«
Er schaut mich seltsam an. Ich frage:
»Bist du noch nicht müde?«
»Nein.«
»Was wirst du tun?«
»Ich werde noch Zeitung lesen.«
Ahmet zieht sich mit dem Rücken zur Lampe aus, dann steigt er ins Bett.

Ich drücke die Augen fest zu. Mache sie wieder auf. Ismail sitzt am Tisch. Er tut, als würde er Zeitung lesen, beobachtet mich aber. Ich drehe mein Gesicht zur Wand. Eine Zeitlang bleibe ich so liegen, dann drehe ich mich wieder nach rechts. Ismail hat sich etwas anders gesetzt und beobachtet mich. Er hat seine Augen auf mich geheftet. Ich schaue ihn ebenfalls an, von dort, wo ich liege. Die Lampe schmerzt nicht mehr in den Augen. Aber für Ismail empfinde ich so eine eigenartige Feindschaft, das kann ich ihm gar nicht sagen. Ich mache meine Augen ein paarmal auf und zu. Ismail schaut mich an. Ich befühle die Schachtel mit Schlaftabletten unter meinem Polster. Wird er bis zum Morgen so sitzen bleiben? Ich kann doch nicht vor seinen Augen eine Handvoll Schlaftabletten schlucken. Verdammt noch mal, diese Geschichte muß heute ein Ende finden. Ein Ende … Ich schaue in die Lampe. Meine Augen brennen nicht. Diese Geschichte muß heute nacht ein Ende finden. Ismail sitzt am Tisch, und ich wünsche mir inständig, er möge nicht aufstehen. Er soll mich bis zum Morgen so anstarren …

Ismail wurde aus der Zelle geholt. Er liegt jetzt auf dem Korridor neben dem Abort auf einem Tragbett, ohne Matratze und ohne Decke. Seit wie vielen Monaten ist er schon im Gefängnis? Jetzt kratzt er seine Striche hier in die Wand ein. Auf den Stühlen sitzt niemand mehr. Ein Teil ist freigelassen worden, die anderen sind unten in einer Gemeinschaftszelle. Ismail ist nach der gemeinsamen Bastonade mit Kerim nicht mehr vernommen worden. Gibt es neue Verhaftungen? Er weiß es nicht. Aber er meint, wenn es neue Verhaftungen gegeben hätte, hätte er es von dem Tragbett auf dem Korridor aus sehen müssen.

Der Zahnarzt Agop sitzt jetzt auch unten in der Gemeinschaftszelle.

Seit zwei Tagen verlangt Ismail von Neriman trockene Speisen. In der Zelle neben dem Tragbett muß einer – wer es war, wußte Ismail nicht – fasten. Ismail schiebt ihm nachts unter dem Türspalt Käse, gekochtes Fleisch und Pasteten zu, ohne daß es die Polizisten bemerken.

In derselben Woche, in der man ihn auf das Tragbett gelegt hatte, wurde Ismail durch den Abteilungskommandanten, den bebrillten Kommissar und durch einen Zivilen geweckt.

»Los, marsch!«

Auf dem Gang bogen sie nach links ab. Der bebrillte Kommissar öffnete eine Tür. Ismail sah Ziya. In einer leeren Zelle vor einem vergitterten Fenster ohne Scheiben stand Ziya. Er ist nackt bis auf seine kurze Unterhose. Die Hände waren ihm mit Handschellen auf den Rücken gebunden. Auch die Füße waren gefesselt. Unter den Armen war ein Seil durch-

geschlungen, das an den obersten Gitterstab des Fensters gebunden war. Ziyas Bauch war eingesunken. Alle seine Muskeln waren, wie unter dem Einfluß eines schweren Gewichtes, nach unten ausgezehrt, und Ziya stand auf nackten Zehenspitzen. Wenn er sich nur ein wenig nach unten fallen läßt, schneiden ihn die Seile unter den Armen. Sein Kopf ist zwischen die Schultern gesunken. Seine Augen sind aufgerissen. Der Regen peitscht ihm auf den Rücken.
Der Abteilungskommandant fragt Ismail:
»Kennst du ihn?«
»Nein.«
»Ist es nicht der, der dir das Wachspapier und die Maschine gegeben hat?«
»Mir hat niemand etwas gegeben.«
Der Abteilungskommandant ging auf Ziya zu, dann zeigte er auf Ismail:
»Kennst du ihn?«
»Nein.«
Ziyas Stimme war wie immer weich und tief.
»Hast du ihm nicht das Wachspapier und ...«
Ziya schnitt dem Abteilungskommandanten das Wort ab:
»Ich habe niemandem etwas gegeben.«
Der Abteilungskommandant schimpfte nicht. Er schüttelte seinen braunen Kopf. Sie gingen hinaus.
Ismail kehrte zu seinem Tragbett zurück. Er dachte nach. Die Schweine hatten Ziya gekreuzigt. Genauso wie Börklüce Mustafa auf einem Kamel Sultan Murads gekreuzigt worden war. Das hatte er von Ziya gehört. Diese Schweine. Plötzlich begann sein Gehirn in eine andere Richtung zu arbeiten: Warum haben sie das, was sie mit Kerim und Ziya gemacht haben, nicht auch mit mir gemacht? Der Direktor hatte doch gesagt, daß sie wissen, daß ich das Wachspapier und die Ma-

schine von Ziya bekommen und an Kerim weitergegeben habe. Von wem haben sie das erfahren? Aber bei Kerim haben sie die Maschine und das Wachspapier nicht gefunden. Deshalb haben sie ihn auch so gequält. – Daß Kerim verrückt geworden ist, weiß Ismail noch nicht –. Und Ziya haben sie gekreuzigt, weil sie annehmen, daß er als einer der Verantwortlichen weiß, wem Kerim das Wachspapier und die Maschine weitergegeben hat. Wachspapier und eine Schreibmaschine. Ein paar Bögen Wachspapier und eine ziemlich alte Schreibmaschine ... Die nicht einmal den Buchstaben ›D‹ richtig schreibt ...

Das Kreuzzeichen

Ahmet schaut das Wasserglas in seiner Hand an. Er trinkt Schluck für Schluck. Er stellt das Glas weg und öffnet den Hahn des Kanisters, wo sie sich sonst immer das Gesicht gewaschen hatten – eine Erfindung Ziyas – noch einmal. Er schloß den Hahn. Gestern, beim Gesichtwaschen, hatte er plötzlich Angst verspürt, als er das Geräusch des Wassers hörte. Gestern hatte er auch kein Wasser getrunken. Aber heute konnte er sich das Gesicht ohne Probleme waschen. Und trinken konnte er das Wasser auch. Er kann das Wasser auch anschauen. Er steckte das Fieberthermometer noch einmal unter den Arm. 36,8. Kein Kopfschmerz, keine Zerschlagenheit. Er zählte die Striche hinter der Tür noch einmal: Es waren 32. Er nahm die Kreide. Über die 32 Striche zog er drei, von oben nach unten versetzte Striche. Danach zog er über die gesamte Tür und die 32 Striche ein großes Kreuz, dessen vier Enden die vier Eckkanten der Tür berührten. Er lächelte. Horchte auf das Motorengeräusch und begann, auf Ismail zu warten.

Istanbul, Straßenbahnhaltestelle Eminönü

Auf Istanbul fällt Frühlingsregen. Es ist schon viel wärmer geworden. Neriman steht an der Straßenbahn-Haltestelle Eminönü. Sie hat ihren Schirm aufgespannt. Sie ist hochschwanger. Straßenbahnen kommen und fahren vorbei. Auch solche, auf die Neriman wartet und die zum Aksaray fahren. Neriman bemerkt sie nicht. Sie lächelt, murmelt etwas vor sich hin. Die Aksaray-Straßenbahn fährt wieder vorbei. ›Morgen werde ich Ismail sehen. Sie haben gesagt, ich kann ihn morgen sehen. Ich werde Emine auch mitnehmen.‹

Der Frühlingsregen fällt. Auf die Kuppeln der Moschee Yeni Cami, auf die Spitzen des Minaretts, auf das Goldene Horn, auf die Schleppkähne, auf die Galatabrücke.

An so einem Tag hatten Ahmet und Kerim ihre Zeitungen verkauft ... aber damals hatte es lediglich genieselt. Ahmet hatte zuerst nichts verkauft, weil er zu schüchtern war.

Neriman wurde es eng ums Herz. Kerims Schwester hatten sie gesagt, daß Kerim ins Irrenhaus gebracht worden war. Die Frau war vor der Tür mit dem doppelten Halbmond zusammengebrochen. Sie hatte wieder vier rote Rosen in der Hand ...

Der Frühlingsregen fiel auf den Fischmarkt. Auf den Eminönü-Platz, auf die Uhr auf dem Platz, auf die Straßenbahnhaltestelle, die Dächer, Nerimans Schirm. Die Aksaray-Straßenbahnen kommen und fahren vorbei. Neriman spürt einen unerträglichen Schmerz.

Um nicht laut aufzuschreien, beißt sie sich auf die Lippen. Es ist, als stäche jemand mit Messern in ihren Bauch. Morgen werde ich Ismail sehen. Die Schmerzen kommen nacheinan-

der. Sie hält ein Taxi an. Und hatte dabei noch Glück, denn bei dem Regen war das nicht einfach.
Drei Stunden später brachte Neriman mit Hilfe der Nachbarin, die Hebamme war, im Schlafzimmer ihrer Wohnung am Aksaray, ein Mädchen zur Welt. Die Nachbarn hatten vom Gemischtwarengeschäft aus Osman Bey angerufen. Osman Bey ging vor der Schlafzimmertür auf und ab und hielt dabei Emine an der Hand. Neriman hatte sich die Lippen wund gebissen, damit ihr Bruder und auch sonst niemand ihre Schreie hören mußte. Sie hatte die Bettücher zerfetzt. Und Ismail eine Tochter geboren. Auf Istanbul fällt Frühlingsregen. Er fällt auf die Holzhäuser mit den Erkern, die ungestrichenen Holzhäuser.

Im Zug

Nachdem Ismail eingetreten war, zeigte ihm Ahmet die Hinterseite der Tür: »Schau!«
Ismail sah hin und verstand. Sie umarmten sich.
»Ich habe nicht bis vierzig und einundvierzig gewartet, Ismail!«
»Gut so. Es ist ohnehin ...« Er sprach nicht zu Ende.
»Mensch, ich gehe eine Flasche Rakı holen!«
»Ich fahre morgen nach Balıkesir, zu Ziya.«
»Wie du willst, aber ...«
»Nach Istanbul kann ich noch nicht. Ich möchte mit Ziya reden. Überlegen wir, wie wir dieses Loch nützen können. Das läßt sich hier, bei der Versammlung, nicht besprechen. Nur Ziya ist von den Verantwortlichen übriggeblieben. Die anderen sind ja alle verhaftet worden.«

Ahmet rasierte sich den Schnurrbart ab. Er stopfte sich Watte unter die Ober- und die Unterlippe. Er veränderte die Form seines Mundes. Über das linke Auge schmierten sie reichlich Jod, damit es wie eine Wunde aussah.
»Habe ich mich verändert?«
»Ziemlich.«
»Gib mir einmal deinen Personalausweis.«
Das Foto in Ismails Personalausweis sah jedem ähnlich, nur Ismail nicht. Ismail hatte einen Hut, wie ihn amerikanische Matrosen trugen. Ahmet probierte ihn und ließ seine Haare unter dem Hut hervor auf die Stirn fallen.
»Mensch, hast du dich aber verändert!«
Am nächsten Morgen wachten beide gleichzeitig sehr früh auf. Sie umarmten sich. Ismail ging nicht zur Arbeit.

»Die Tür kannst du nicht offenlassen. Wem gibst du den Schlüssel?«

Als Ahmet auf dem Bahnhof in den Wagen dritter Klasse einstieg, fiel ihm ein Mann auf. Er stand am Bahnsteig. Sah so aus, als musterte er die Leute, die in den Zug einstiegen. Irgendwie kommt mir der Kerl bekannt vor. Oder sieht er nur irgend jemandem ähnlich? Sah er dem Mann ähnlich, der vor dem Gebäude des Aydınlık stand und beobachtete, wer aus und ein ging? Nein, nein. Ich bilde mir schon wieder etwas ein. Verdammt noch mal. Der Zug fuhr ab. Ahmet lehnte seinen Kopf an die Fensterscheibe. Anuschka hat ihren Kopf an die Scheibe des Wagens gelegt. Wir fahren nach Moskau zurück. Sie hält meine Hand. Wir fahren an Wäldern vorbei. Sprechen nicht. Sie hält meine Hand so fest, als müßte sie befürchten, daß ich flüchte und sie im Zug allein zurücklasse. Ich murmle:

»Höre im Lied, das die Flöte erzählt,
wie sie der Schmerz der Trennung quält ...«

»Ist das wieder das Gedicht von diesem mystischen Dichter?«
»Woher weißt du das?«
»Ich erkenne es am Klang. Sag es noch einmal. Zuerst auf türkisch und dann auf russisch. Aber sag es mir ins Ohr!«
Ich tat es.
»Das ist sehr traurig. Glaubst du, daß man diese Flöte in Mittelasien oder im Kaukasus bekommen kann?«
»Ich glaube schon. Was willst du denn damit machen?«
»Ich werde versuchen eine zu bekommen. Spielen kann ich zwar nicht darauf, ich werde sie aber in meinem Zimmer an die Wand hängen.«

Der Kerl, den ich auf dem Bahnsteig gesehen hatte, kam in mein Abteil. Er setzte sich mir gegenüber. Er sah dem anderen sehr ähnlich. Er bemüht sich krampfhaft, mich nicht anzuschauen. Mein Gott, auch wenn sie hinter mir her sind, können sie mich nicht gleich verhaften. Sie werden aber mitbekommen, mit wem ich Verbindung aufnehme. Soll ich zu Ziya gehen oder nicht? Ich darf ihm nicht grundlos Schwierigkeiten machen ... Der Kerl geht hinaus. Wir kommen in einen Bahnhof. Der Zug fährt langsamer. Das bedeutet, der Kerl ist jener Kerl. Er wird hier aussteigen. Ich schaute aus dem Fenster, um festzustellen, ob er ausgestiegen war. Ich konnte ihn nicht sehen – aber wenn er hinten aussteigt, kann ich ihn sowieso nicht sehen. Der Zug fährt an.

Anuschka hält meine Hand weiter so fest. Buchen ziehen vorbei. Die Russen lieben diese Buchen. Welche Bäume lieben wir? Pappeln? Platanen? Welche Bäume liebe ich? Weiden? Ihre Augen sahen manchmal sehr alt aus ... Ich ... Anuschka! Anuschka! Dieses Anuschka muß ich ziemlich laut gesagt haben, aus tiefstem Herzen.

»Was ist denn, Ahmeduschka?«

»Ich habe noch nie eine Frau so geliebt wie dich, und ich werde auch nie mehr eine so lieben!«

»In ein, zwei Jahren wirst du in deine Heimat zurückkehren, Ahmeduschka. Eine Zeitlang wirst du dich an mich erinnern ... Sicher wirst du dich erinnern. Und dann ... Aber das ist ja nicht das Problem. Wir haben noch ein, zwei Jahre. Denken wir lieber an diese ein, zwei Jahre ...«

Alles in mir ist aufgewühlt. Auch wenn ich ihr sagen könnte, daß ich in einer Woche, zehn Tagen fahren muß, ich würde es nicht tun. In der letzten Nacht, vielleicht ... Anuschka wird es ohnehin bemerken, wenn ich eines Tages verschwunden bin. Und was bringt es, wenn ich es ihr eine Nacht vorher sage? Ich kann mir einfach nicht vorstellen, wie ich es Anuschka sagen soll. Ich muß mich sofort mit etwas ablenken. Sofort. Ich bemerke das Paket, das Anuschka in Zeitungspapier eingewickelt hat. Ich lese: ›Terror in Rumänien. Das fünfte Jahr der Komintern.‹

Ich sah den Kerl von vorhin auf dem Gang. Oder besser, er sah ins Abteil herein und zog seinen Kopf dann wieder zurück. Es steht also fest, daß ich erkannt wurde, als ich in den Zug stieg. Sie sind hinter mir her. Wie kann ich unbemerkt an einer der nächsten Stationen aussteigen? Ich muß den Plan aufgeben, zu Ziya zu fahren. Aber wohin soll ich fahren? Meine Fahrkarte geht bis Balıkesir.

Wir nähern uns Moskau. Anuschka sagt:

»Kerim und Marusa werden uns vom Bahnhof abholen, nicht?«

»Sie haben es zumindest versprochen.«

»Kerim ist ein guter Mann. Je mehr solche Männer ihr in der Partei habt, um so besser könnt ihr arbeiten.«

Wieder fällt mein Blick auf das Zeitungspapier des Pakets. Ich lese dieselben Zeilen: ›Terror in Rumänien; das fünfte Jahr der Komintern.‹

Wir fahren durch die Vorstädte Moskaus. Anuschkas Hand.

Wir kommen am Fuß eines Berges vorbei. Der Kerl sitzt mir gegenüber. Er ist eingenickt. Ist er das wirklich, oder stellt er sich nur so? Ich habe Besuch: Anuschka, Ismail, Ahmet, Neriman, Marusa, SI-YA-U.

Kerim nicht. Kerim ist tot. Er ist nicht im Irrenhaus gestorben. Er ist wieder gesund geworden und herausgekommen. Dann ist er an Schwindsucht gestorben, im Mai 1950. Meine Besucher haben sich nicht verändert. Sie sind immer noch in

demselben Alter, in dem ich sie zum letzten Mal gesehen habe. SI-YA-U ist wieder verliebt in Anuschka. Ahmet ist wieder eifersüchtig auf SI-YA-U. Ziya sagt:
»Sag ein Gedicht auf!«
Ich spreche:
»Ich bin Kommunist.
Ich bin voll Liebe, von Kopf bis Fuß.
Liebe: Das ist sehen, denken, verstehen.
Liebe: Das ist ein Kind, das geboren wird, das ist Licht.
Liebe: Das ist eine Schaukel bauen in den Sternen.
Liebe: Das ist Eisen gießen im Schweiße des Angesichts.
Ich bin Kommunist.
Ich bin voll Liebe, von Kopf bis Fuß.«

Ich habe Marusa und Anuschka das Gedicht auf russisch übersetzt.
Ismail zündete seine Zigarette an meiner Zigarette an.
»Das hast du gut geschrieben«, sagte er. Er stand auf und öffnete das Fenster. Sonnenlicht flutete herein. Ahmets Hand in Anuschkas fester Hand mit den langen, weißen Fingern.
Neriman wiederholte mit ihrer tiefen Stimme die Worte ihres Mannes:
»Mensch, das Leben ist schön!«
Meine Besucher sind nicht älter geworden. Sie sind in demselben Alter, in dem ich sie das letzte Mal gesehen habe. Aber ich bin jetzt über sechzig. Wenn ich noch fünf Jahre leben könnte ...

Ende

Worterklärungen

Itilafçı: ein Anhänger der Partei Itilaf ve Hürriyet, die 1909 gegründet worden und die Regierungspartei in Istanbul von 1919 bis zur Gründung der Republik gewesen war.
Ittihat-Partei (Ittihat ve Terakki Partisi): die Regierungspartei des Osmanischen Reiches zwischen 1909 und 1918, deren Mitglieder meist aus jungen Offizieren und Intellektuellen bestanden, die bei der Ausrufung des Parlaments im Jahre 1908 aktiv gewesen sind.
Koltschak und Denikin: Generale der Weißen Armee während des russischen Bürgerkriegs.
Mesnevi: das Werk des mystischen Dichters Mevlâna Celaleddin Rûmi, der im 13. Jahrhundert gelebt hat.
Mustafa Suphi: Erster Vorsitzender der TKP, der am 28. 1. 1921 ermordet wurde.
Nepmanen: NEP ist das von Lenin 1921 eingeführte System zur Gewährung wirtschaftlicher Erleichterungen. Nepmanen sind Personen, denen der Einzelhandel anvertraut worden ist. Sie zogen sich bald den Zorn der strengen Kommunisten zu, weil sie sich persönlich bereicherten. Das System wurde daher 1928 wieder abgeschafft.
Pud: ein russisches Gewicht. 1 Pud wiegt 16,38 kg.
Simit: ein ringförmiges Gebäck mit Sesamkörnern.
Taschanaken: Armenische Nationale Befreiungsorganisation.
Unabhängigkeitsgericht: Sondergerichte während der Gründungszeit der türkischen Republik. Das Gericht setzte sich aus Abgeordneten zusammen, und seine Urteile waren unanfechtbar.

Anmerkung der Übersetzerin:
Der schwankende Gebrauch von Präsens und Imperfekt sowie die Wechsel von »Ahmet« zu »ich« und umgekehrt in der Erzählperspektive sind Stilmittel, die Nâzım Hikmets Buch in türkischer Sprache kennzeichnen. Soweit es die deutsche Sprache zuläßt, wurden sie dem Original nachgebildet.

Nachwort

Nâzım Hikmet soll einmal gesagt haben, er habe in seinem ganzen Leben nie ein Gefängnis verlassen, ohne daß alle Mitgefangenen lesen und schreiben konnten. Darauf sei er stolz.
Kaum je ein anderer Satz hat mich so gerührt wie dieser, und mir scheint, der ursprüngliche Titel dieses Buches »Mensch, das Leben ist schön, sag ich dir« hat mit diesem Satz zu tun. Was auch immer geschieht und wo es auch immer geschieht, es ist immerhin Leben.
Schon dieser Satz allein macht Nâzım zu einem großen Menschen und Hikmet zu einem großen Autor.

Ich kannte jahrelang nur drei Gedichte von Hikmet. Ich fand sie 1960 in dem »Museum der modernen Poesie« von Hans Magnus Enzensberger. Diese drei Gedichte allein – und ich wußte eigentlich nicht weshalb – überzeugten mich davon, daß es Gedichte eines ganz großen Autors sein müssen. Ich konnte sie alle drei auswendig, und keiner meiner Freunde kam darum herum, sie immer wieder hören zu müssen.
Vielleicht fürchtete ich mich vorerst vor den anderen Werken von Hikmet. Ich konnte mir nicht vorstellen, daß jemand mehr als drei Gedichte von solcher Kraft hätte schreiben können. Wohl nie sonst hat mich ein Autor mit so wenigen Zeilen berührt. »Angina pectoris« hieß das eine:

> Wenn die Hälfte meines Herzens hier ist, Doktor, –
> die andere Hälfte ist in China
> mit der Armee, die hinabzieht, dem gelben Fluß zu,
> und an jedem Morgen, Doktor,

an jedem Morgen, wenn es dämmert,
wird mein Herz in Griechenland erschossen …

Ich kenne keine Zeile von Hikmet, die nicht politisch wäre, und ich kenne keine Zeile, die nicht poetisch wäre. Das war mir immer ein Rätsel, wie ihm das gelingen konnte, poetisch zu sein, ohne hinabzustürzen in innere Emigration und Resignation. Ich suchte in den vielen Gedichten, die ich später von ihm las – die »Menschenlandschaften« zum Beispiel –, nach dem Handwerk, nach dem Trick, der ihn dies machen ließ. Es gibt andere sozialistisch engagierte Poeten, Neruda, Asturias, Aragon, die mit zerrissenem Herzen zwischen Politik und Poesie lebten – für Hikmet war es eine Einheit.

Dieser Roman ist für mich der Schlüssel für diese Einheit. Es ist eines der traurigsten Bücher, die ich kenne, und mit Sicherheit das fröhlichste – es stimmt traurig und macht froh. Es gehört zu den ganz großen Büchern dieses Jahrhunderts. Wir werden es immer wieder entdecken müssen – irgendwie entzieht es sich in Deutschland dem Erfolg, das ist schade und traurig, aber es macht zum mindesten die Hikmet-Leser zu Verschworenen, zu einer Gemeinde von Liebenden.
Die ganz großen Bücher werden in der Regel von jungen Autoren geschrieben, mit trotzigem und naivem Mut.
»Die Romantiker« ist Hikmets letztes Buch. Er hat es in sehr kurzer Zeit, kurz vor seinem Tod 1963 in Moskau geschrieben. Man fand das Manuskript in seinem Nachlaß, es ist Hikmets Vermächtnis, nicht einfach eine Autobiographie, nicht einfach eine Erzählung, ein Roman, sondern die Beschreibung eines Lebens – die Beschreibung des Lebens an und für sich, von einem, der das Leben geliebt hat, und nichts als das Leben, so sehr geliebt hat, daß er jederzeit bereit ge-

wesen wäre, sein eigenes Leben für das Leben herzugeben – ein Mann, der die Revolution in seinem Herzen trug, nicht weil er gegen etwas war, sondern weil er für etwas war.

Ich habe das Buch mehrmals und immer wieder gelesen, und ich fürchte mich davor, den Lesern nun mitzuteilen, was ich nach und nach entdeckt habe, etwa, daß Ahmet und Ismail und der Ich-Erzähler dieselben sind, nämlich Hikmet. Ich habe mich nach den geschichtlichen Hintergründen erkundigt, und der Leser hätte das Recht darauf, daß ich wenigstens versuchen würde, sie zu erklären. Ich hätte hier aufzuzählen, in welchen Gefängnissen Hikmet eingeschlossen war – in welchen Gefängnissen er lehrte und lernte, schrieb und lebte. Könnte ich sicher sein, daß Nachwörter nachher gelesen werden, ich würde es tun, und wäre Hikmet sicher gewesen, daß seine persönliche Geschichte und die Geschichte schlechthin wichtig sind, er hätte es selbst getan. Aber hier wird etwas anderes beschrieben – Leben an und für sich, Leben in der Geschichte.
Das ist ein unmögliches Unterfangen, alles beschreiben zu wollen, einfach alles, das ganze Leben. Die Erzählebenen sind ab und zu nicht auseinanderzuhalten, was ist 1925 geschehen, was 1938 und was 1922? Halten wir uns an die 29 Striche – sie sind die Geschichte: der Kommunist Ahmet versteckt sich, aber nicht die Polizei, nicht die Revolution, nicht die Liebe zu einer Frau besetzt sein Hirn, sondern der Verdacht, er könnte die Tollwut haben – das ist die Geschichte, die Beschreibung eines Kleinmütigen, eines Untapferen, eines Feigen, und alles, was die historische Geschichte ist, läuft beiläufig ab, die wunderschöne Geschichte vom Tod Lenins und vom weinenden Moskau, Ahmet, der an der Bahre Lenins Wache steht, so wie Nâzım Hikmet dort

Wache gestanden hat. Das ist zwar ein Augenzeugenbericht, aber auch hier gehört das Wort »zum Beispiel« dazu. Gemeint ist Leben – zum Beispiel Lenins Tod, zum Beispiel Ahmets Hilflosigkeit, als er dasteht mit seinem Gewehr mitten in der Geschichte, mit einem Gewehr, das er nicht einmal bedienen könnte.

Die Angst vor Tollwut, die Eifersucht auf SI-YA-U werden dasselbe, und die Beschreibung der Ungewißheit wird zur Beschreibung der Revolution, die 29 Striche der Ungewißheit über die Tollwut werden dieselben Striche, die den Verrat an seiner Liebe zu Anuschka in Moskau begleiten. Einer, der wie kaum ein anderer sein Leben bestanden hat, beschreibt seinen Kleinmut.

Das ist es denn wohl auch, was ihn sein Leben bestehen ließ. Er blieb ein Staunender, der ganz klein vor dem großen Leben stand. Einem Staunenden wird nichts zum Abenteuer. Was für große Worte brauchte er für seine Gedichte, ohne daß er auch nur einmal pathetisch geworden wäre.

Ich staune darüber, daß ich das alles, was Hikmet hier beschreibt, kenne. Ich war noch nie im Gefängnis, ich war noch nie in der Revolution, ich stand noch nie auf Fahndungslisten der Polizei – aber wenn es mir Nâzım Hikmet erzählt, dann wird es mir vorstellbar, denn ich bin auch ein Kleinmütiger.

Nein, Hikmet war es nicht, aber er läßt sich herunter zu mir – der Mutige erzählt dem Kleinmütigen die Revolution so, daß er sie versteht.

Er erwähnt dabei das Wort Revolution nicht, und das Wort Arbeiter ist bei ihm selten – das eine heißt bei ihm Leben und das andere Menschen. Das Wort Mensch hat etwas Aufklärerisches – ich hätte gerne bei Nâzım Hikmet lesen und schreiben gelernt. Seine Mitgefangenen lernten bei ihm auch

Französisch – eine Sprache, die ich als freier Schweizer nicht beherrsche. In Freiheit hat man offensichtlich anderes zu tun, als das Leben zu bestaunen.

Wenn Staunen etwas Romantisches ist, dann ist der Titel, den die ersten Herausgeber über dieses Buch gesetzt haben, wohl richtig. Hikmet hat sich mit Titeln immer schwergetan, und seine Bücher hatten immer mehrere Arbeitstitel. Neben dem Titel, den er schließlich auf das vollendete Manuskript setzte – Mensch, das Leben ist schön –, gab es auch den Arbeitstitel »Romantika« oder »Die Romantiker«. Ich habe den Verdacht, daß es etablierte Sozialisten waren, die sich für diesen Titel entschieden. Hikmet war wohl einer der treuesten Sozialisten – gebildeter und ausgebildeter Kommunist –, aber daß der Revolutionär auch liebt, auch zweifelt, auch zaudert – das mag für viele nicht ins Bild der Revolution passen, denn was sie letztlich im Sinne hat, die Revolution, das ist ein System – mit Fahnen und Ämtern und Wahlen und Karrieren – für Hikmet meint Revolution jedoch kein System, sondern das Leben selbst. Überall in der Welt werden Politiker dieses Verhalten als romantisch bezeichnen – wo kämen wir hin, wenn Politik und Poesie dasselbe wären?

Einem einzigen ist es gelungen, in Poesie und Politik gleichzeitig zu leben, Nâzım Hikmet. Das ist Beweis genug, daß es nicht gelingen kann, wenn es nur einem einzigen gelingt. Und das ist Hoffnung genug, daß es einem einzigen gelungen ist. Deshalb ist dieses Buch das fröhlichste, das ich je gelesen habe.

Auch die Menschen, die nach der Revolution die Führung übernehmen würden, sind in diesem Buch beschrieben, es sind mitunter nicht erfreuliche Menschen, aber Menschen sind es schon. Und wenn Hikmet allen Mitgefangenen das Lesen und Schreiben beigebracht hat, das waren keine Menschen aus einem romantischen Film, das waren Schwierige und Unangenehme und Gewalttätige und Ekelhafte – mit wieviel Sanftmut er sie beschreibt – Mensch, das Leben ist schön.

Alle Türken, denen ich begegne, hier in der Schweiz oder in Deutschland, frage ich nach Nâzım Hikmet – kaum einer hat den Namen noch nie gehört. Und lange Zeit glaubte ich, daß jene, die übers ganze Gesicht strahlen, wenn sie den Namen hören, Linke sein müßten, Sozialisten. Ich habe inzwischen erfahren müssen, daß es einfach Türken sind – Türken, die ihren Nâzım lieben. Und wenn man sie fragt, ob er gegenwärtig erlaubt oder verboten sei in der Türkei, dann wissen sie es nicht so recht – ein bißchen verboten und ein bißchen erlaubt vielleicht.
Bei uns in Westeuropa funktioniert das anders. Es sieht so aus, daß kapitalistische Feilscherei um Lizenzen und Rechte hier immer noch einen der größten Autoren dieses Jahrhunderts zum Unbekannten machen. Es sieht so aus – ein bißchen erlaubt, ein bißchen verboten.
Mir scheint, es sind die Bedenken gegen den Poeten. Als er noch lebte – 1925 in der Türkei – war er als Politiker gefährlich. Heute ist er es für uns alle als Poet.
Wer hingeht und alles anschaut und alles beschreibt und die Leiden des Lebens sieht und erlebt und sich hinstellt und sagt: »Mensch, das Leben ist schön«. So einer ist ein Verräter. Er spricht aus, was Millionen seit Jahrhunderten als Wissen in ihren Herzen tragen – ein revolutionärer Satz – Poesie und Politik könnten dasselbe sein. Es gibt Gründe, weswegen Politiker in aller Welt die Poeten als Romantiker bezeichnen. Ihre Alternative heißt Realismus, und Realismus heißt für sie, das Leben nicht anschauen, das Leben nicht bewundern.

Hikmet ist nur ein Erzähler. Er erzählt, was er gesehen hat. Erzählen ist immer sanft.
Walter Benjamin hat in seinem Essay »Der Erzähler« geschrieben: »In der Figur des Erzählers erkennt der Gerechte sich selbst.«
Wenn ich Hikmet lese, werde ich zum Gerechten, das macht mich froh, und das läßt mich hoffen für mich und für uns.

Peter Bichsel

Inhalt

Bibliothek Suhrkamp

Verzeichnis der letzten Nummern

1216 Hans Mayer, Reden über Deutschland
1217 Alvaro Cunqueiro, Die Chroniken des Kantors
1218 Inger Christensen, Das gemalte Zimmer
1219 Peter Weiss, Das Gespräch der drei Gehenden
1221 Sylvia Plath, Die Glasglocke
1223 Cees Nooteboom, Das Gesicht des Auges/Het gezicht van het oog
1224 Samuel Beckett, Endspiel/Fin de partie/Endgame
1225 Bernard Shaw, Die wundersame Rache
1226 Else Lasker-Schüler, Der Prinz von Theben
1227 Cesare Pavese, Die einsamen Frauen
1228 Zbigniew Herbert, Stilleben mit Kandare
1230 Peter Handke, Phantasien der Wiederholung
1231 John Updike, Der weite Weg zu zweit
1233 Jürgen Habermas, Vom sinnlichen Eindruck zum symbolischen Ausdruck
1234 Clarice Lispector, Wo warst du in der Nacht
1235 Joseph Conrad, Falk
1237 Virginia Woolf, Die Wellen
1238 Cesare Pavese, Der schöne Sommer
1239 Franz Kafka, Betrachtung
1241 Bohumil Hrabal, Ein Heft ungeteilter Aufmerksamkeit
1242 Erhart Kästner, Die Lerchenschule
1243 Eduardo Mendoza, Das Jahr der Sintflut
1244 Karl Kraus, Die Sprache
1245 Annette Kolb, Daphne Herbst
1247 Marieluise Fleißer, Die List
1248 Sadeq Hedayat, Die blinde Eule
1250 Paul Celan, Schneepart
1251 György Dalos, Die Beschneidung
1252 René Depestre, Hadriana in all meinen Träumen
1253 Jurek Becker, Bronsteins Kinder
1255 Cesare Pavese, Der Teufel auf den Hügeln
1256 Hans Magnus Enzensberger, Kiosk
1257 Paul Bowles, Zu fern der Heimat
1258 Adolfo Bioy Casares, Ein schwankender Champion
1259 Anna Maria Jokl, Essenzen
1261 Giuseppe Ungaretti, Das verheißene Land/La terra promessa
1262 Juan Carlos Onetti, Magda
1263 Hans Blumenberg, Schiffbruch mit Zuschauer
1264 Hermann Lenz, Die Augen eines Dieners
1265 Hans Erich Nossack, Um es kurz zu machen
1266 Joseph Brodsky, Haltestelle in der Wüste
1267 Mário de Sá-Carneiro, Lúcios Bekenntnis
1268 Gerhard Meier, Land der Winde
1269 Gershom Scholem, Judaica 6
1270 Rafael Alberti, Der verlorene Hain
1271 Bertolt Brecht, Furcht und Elend des III. Reiches

1272 Thomas Wolfe, Der verlorene Knabe
1273 E. M. Cioran, Leidenschaftlicher Leitfaden
1274 Bertolt Brecht, Flüchtlingsgespräche
1275 Else Lasker-Schüler, In Theben geboren
1276 Samuel Joseph Agnon, Buch der Taten
1277 Volker Braun, Die unvollendete Geschichte und ihr Ende
1279 Yasushi Inoue, Shirobamba
1281 György Konrád, Heimkehr
1282 Peter Bichsel, Der Busant
1284 Carlos Fuentes, Der alte Gringo
1285 Peter Rühmkorf, Lethe mit Schuß
1286 Cees Nooteboom, Der Ritter ist gestorben
1287 Christopher Isherwood, Praterveilchen
1288 Ernst Weiß, Jarmila
1289 Vladimir Nabokov, Pnin
1291 Rainer Maria Rilke, Mitten im Lesen schreib ich Dir
1293 S.J. Agnon, Liebe und Trennung
1295 Inger Christensen, Das Schmetterlingstal
1296 Rosario Castellanos, Die Tugend der Frauen von Comitán
1297 Marcel Proust, Freuden und Tage
1298 Weniamin Kawerin, Vor dem Spiegel
1299 Juan Carlos Onetti, Wenn es nicht mehr wichtig ist
1300 Peter Handke, Drei Versuche
1301 Hans Henny Jahnn, 13 nicht geheure Geschichten
1302 Claude Simon, Die Akazie
1303 Hans Blumenberg, Begriffe in Geschichten
1304 Friederike Mayröcker, Benachbarte Metalle
1305 S.Yishar, Ein arabisches Dorf
1306 Paul Valéry, Leonardo da Vinci
1308 Octavio Paz, Im Lichte Indiens
1309 Gertrud Kolmar, Welten
1310 Alberto Savinio, Tragödie der Kindheit
1311 Zbigniew Herbert, Opfer der Könige
1314 Augusto Roa Bastos, Die Nacht des Admirals
1315 Frank Wedekind, Lulu – Die Büchse der Pandora
1316 Jorge Ibargüengoitia, Abendstunden in der Provinz
1317 Marina Zwetajewa, Ein Abend nicht von dieser Welt
1318 Hans Henny Jahnn, Die Nacht aus Blei
1319 Julio Cortázar, Andrés Favas Tagebuch
1320 Thomas Bernhard, Das Kalkwerk
1321 Marcel Proust, Combray
1322 Ludwig Wittgenstein, Logisch-philosophische Abhandlung
1323 Hermann Lenz, Spiegelhütte
1325 Sigrid Undset, Das glückliche Alter
1326 Botho Strauß, Gedankenfluchten
1328 Paul Nizon, Untertauchen
1330 Sherwood Anderson, Winesburg, Ohio
1331 Derrida / Montaigne, Über die Freundschaft
1332 Günter Grass, Katz und Maus
1333 Gert Ledig, Die Stalinorgel

1335 Heiner Müller, Ende der Handschrift
1337 Konstantinos Kavafis, Gefärbtes Glas
1338 Wolfgang Koeppen, Die Jawang-Gesellschaft
1339 Jorge Semprun, Die Ohnmacht
1341 Hermann Hesse, Der Zauberer
1342 Hermann Broch, Hofmannsthal und seine Zeit
1343 Bertolt Brecht, Kalendergeschichten
1344 Odysseas Elytis, Oxópetra / Westlich der Trauer
1345 Hermann Hesse, Peter Camenzind
1346 Franz Kafka, Strafen
1347 Amos Oz, Sumchi
1348 Stefan Zweig, Schachnovelle
1349 Ivo Andrić, Der verdammte Hof
1350 Rudolf Borchardts Leben von ihm selbst erzählt
1351 André Breton, Nadja
1352 Ted Hughes, Etwas muß bleiben
1353 Arno Schmidt, Das steinerne Herz
1354 José María Arguedas, Diamanten und Feuersteine
1355 Thomas Brasch, Vor den Vätern sterben die Söhne
1356 Federico García Lorca, Zigeunerromanzen
1357 Imre Kertész, Der Spurensucher
1358 István Örkény, Minutennovellen
1360 Giorgio Agamben, Idee der Prosa
1361 Alfredo Bryce Echenique, Ein Frosch in der Wüste
1363 Ted Hughes, Birthday Letters
1364 Ralf Rothmann, Stier
1365 Arno Schmidt, Seelandschaft mit Pocahontas
1366 Bertolt Brecht, Geschichten vom Herrn Keuner
1367 M. Blecher, Aus der unmittelbaren Unwirklichkeit
1368 Joseph Conrad, Ein Lächeln des Glücks
1369 Christoph Hein, Der Ort. Das Jahrhundert
1370 Gertrud Kolmar, Die jüdische Mutter
1371 Hermann Lenz, Vielleicht lebst du weiter im Stein
1372 Ludwig Wittgenstein, Philosophische Untersuchungen
1373 Thomas Brasch, Der schöne 27. September
1374 Péter Esterházy, Die Hilfsverben des Herzens
1375 Stanislaus Joyce, Meines Bruders Hüter
1376 Yasunari Kawabata, Schneeland
1377 Heiner Müller, Germania
1378 Du kamst, Vogel, Herz, im Flug; Spanische Lyrik
1379 Giorgio Agamben, Kindheit und Geschichte
1380 Louis Begley, Lügen in Zeiten des Krieges
1381 Alejo Carpentier, Das Reich von dieser Welt
1382 Nagib Machfus, Das Hausboot am Nil
1383 Guillermo Rosales, Boarding Home
1384 Siegfried Unseld, Briefe an die Autoren
1385 Theodor W. Adorno, Traumprotokolle
1386 Rudolf Borchardt, Jamben
1387 Günter Grass, »Wir leben im Ei«
1389 Hans-Ulrich Treichel, Der Felsen, an dem ich hänge

1388 Palinurus, Das ruhelose Grab
1390 Edward Upward, Reise an die Grenze
1391 Adonis und Dimitri T. Analis, Unter dem Licht der Zeit
1392 Samuel Beckett, Trötentöne/Mirlitonnades
1393 Federico García Lorca, Dichter in New York
1394 Durs Grünbein, Der Misanthrop auf Capri
1395 Ko Un, Die Sterne über dem Land der Väter
1396 Wisława Szymborska, Der Augenblick/Chwila
1397 Brigitte Kronauer, Frau Melanie, Frau Martha und Frau Gertrud
1398 Idea Vilariño, An Liebe
1399 M. Blecher, Vernarbte Herzen
1401 Gert Jonke, Schule der Geläufigkeit
1402 Heiner Müller / Sophokles, Philoktet
1403 Giorgos Seferis, Ionische Reise
1404 Christa Wolf, Nachdenken über Christa T.
1405 Günther Anders, Tagesnotizen
1406 Roberto Arlt, Das böse Spielzeug
1407 Hermann Hesse / Stefan Zweig, Briefwechsel
1408 Franz Kafka, Die Zürauer Aphorismen
1409 Saadat Hassan Manto, Schwarze Notizen
1410 Arno Schmidt, Die Gelehrtenrepublik
1411 Bruno Bayen, Die Verärgerten
1412 Marcel Beyer, Flughunde
1413 Thomas Brasch, Was ich mir wünsche
1414 Reto Hänny, Flug
1415 Zygmunt Haupt, Vorhut
1416 Gerhard Meier, Toteninsel
1417 Gerhard Meier, Borodino
1418 Gerhard Meier, Die Ballade vom Schneien
1419 Raymond Queneau, Stilübungen
1420 Jürgen Becker, Dorfrand mit Tankstelle
1421 Peter Handke, Noch einmal für Thukydides
1422 Georges Hyvernaud, Der Viehwaggon
1423 Dezső Kosztolányi, Lerche
1424 Josep Pla, Das graue Heft
1425 Ernst Wiechert, Der Totenwald
1427 Leonora Carrington, Das Haus der Angst
1428 Rainald Goetz, Irre
1429 A. F. Th. van der Heijden, Treibsand urbar machen
1430 Helmut Heißenbüttel, Über Benjamin
1431 Henri Thomas, Das Vorgebirge
1432 Arno Schmidt, Traumflausn
1433 Walter Benjamin, Träume
1434 M. Blecher, Beleuchtete Höhle
1435 Edmundo Desnoes, Erinnerungen an die Unterentwicklung
1436 Nazim Hikmet, Die Romantiker
1437 Pierre Michon, Rimbaud der Sohn
1438 Franz Tumler, Der Mantel
1439 Yi Munyol, Der Dichter
1440 Ralf Rothmann, Milch und Kohle

Bibliothek Suhrkamp

Alphabetisches Verzeichnis